目 录
CONTENTS

阅世心语

003　人生
005　再谈人生
007　人生的意义与价值
009　不完满才是人生
012　走运与倒霉
014　缘分与命运
016　做人与处世
018　牵就与适应
020　容忍
022　成功
024　知足知不足
026　有为有不为
028　论压力
030　论朋友

033 傻瓜

035 谈孝

037 毁誉

039 三思而行

041 老年谈老

045 八十述怀

050 九三述怀

055 九十五岁初度

059 老年四"得"

061 老年十忌

● 文化拾零

079 国学漫谈

084 略说中国传统文化及其特点

089 中国文化的内涵（节选）

094 从宏观上看中国文化

111 21世纪：东方文化的时代

116 西方不亮东方亮

127 我们要奉行"送去主义"

130 天下好事，还是读书

133 对我影响最大的几本书

136 外来文化与本土文化（节选）

139 学术良心或学术道德

141 文化与气节（节选）

143 才、学、识（节选）

往事如烟

149　他实现了生命的价值

154　为胡适说几句话

159　站在胡适之先生墓前

170　我记忆中的老舍先生

175　回忆梁实秋先生

178　扫傅斯年先生墓

183　悼巴老

184　悼念赵朴老

187　悼念沈从文先生

人世品录

195　我的家

199　一个预言的实现

201　再谈爱国主义

203　温馨，家庭不可或缺的气氛

206　我的座右铭

208　座右铭（老年时期）

209　我的美人观

214　赞"代沟"

218　笑着走

220　关于人的素质的几点思考

228　我害怕"天才"

230　病中琐谈（在病中）

回首前行

271 梦游 21 世纪
274 千禧感言

阅世心语

人　生

在一个"人生漫谈"的专栏①中,首先谈一谈人生,似乎是理所当然的,未可厚非的。

而且我认为,对于我来说,这个题目也并不难写。我已经到了望九之年,在人生中已经滚了八十多个春秋了。一天天面对人生,时时刻刻面对人生,让我这样一个世故老人来谈人生,还有什么困难呢?岂不是易如反掌吗?

但是,稍微进一步一琢磨,立即出了疑问:什么叫人生呢?我并不清楚。

不但我不清楚,我看芸芸众生中也没有哪一个人真清楚的。古今中外的哲学家谈人生者众矣。什么人生意义,又是什么人生的价值,花样繁多,扑朔迷离,令人眼花缭乱;然而他们说了些什么呢?恐怕连他们自己也是越谈越糊涂。以己之昏昏,焉能使人昭昭!

哲学家的哲学,至矣高矣。但是,恕我大不敬,他们的哲学同吾辈凡人不搭界,让这些哲学,连同它们的"家",坐在神圣的殿堂里去独现辉煌吧!像我这样一个凡人,吃饱了饭没事儿的时候,有时也会想到人生问题。我觉得,我们"人"的"生",都绝对是被动的。没有哪一个人能先制订一个诞生计划,然后再下生,一步

---

① 指作者1996年起在上海《新民晚报》副刊"夜光杯"开设的个人专栏。——编者注

步让计划实现。只有一个人是例外，他就是佛祖释迦牟尼。他住在天上，忽然想降生人寰，超度众生。先考虑要降生的国家，再考虑要降生的父母。考虑周详之后，才从容下降。但他是佛祖，不是吾辈凡人。

吾辈凡人的诞生，无一例外，都是被动的，一点主动也没有。我们糊里糊涂地降生，糊里糊涂地成长，有时也会糊里糊涂地夭折，当然也会糊里糊涂地寿登耄耋，像我这样。

生的对立面是死。对于死，我们也基本上是被动的。我们只有那么一点主动权，那就是自杀。但是，这点主动权却是不能随便使用的。除非万不得已，是决不能使用的。

我在上面讲了那么些被动，那么些糊里糊涂，是不是我个人真正欣赏这一套，赞扬这一套呢？否，否，我决不欣赏和赞扬。我只是说了一点实话而已。

正相反，我倒是觉得，我们在被动中，在糊里糊涂中，还是能够有所作为的。我劝人们不妨在吃饱了燕窝鱼翅之后，或者在吃糠咽菜之后，或者在卡拉OK、高尔夫之后，问一问自己：你为什么活着？活着难道就是为了恣睢地享受吗？难道就是为了忍饥受寒吗？问了这些简单的问题之后，会使你头脑清醒一点，会减少一些糊涂。谓予不信，请尝试之。

1996 年 11 月 9 日

再谈人生

人生这样一个变化莫测的万花筒，用千把字来谈，是谈不清楚的。所以来一个"再谈"。

这一回我想集中谈一下人性的问题。

大家知道，中国哲学史上，有一个不大不小的争论问题：人是性善，还是性恶？这两个提法都源于儒家。孟子主性善，而荀子主性恶。争论了几千年，也没有争论出一个名堂来。

记得鲁迅先生说过："人的本性是，一要生存，二要温饱，三要发展。"（记错了，由我负责。）这同中国古代一句有名的话，精神完全是一致的："食色，性也。"食是为了解决生存和温饱的问题，色是为了解决发展问题，也就是所谓传宗接代。

我看，这不仅仅是人的本性，而且是一切动植物的本性。试放眼观看大千世界，林林总总，哪一个动植物不具备上述三个本能？动物姑且不谈，只拿距离人类更远的植物来说，"桃李无言"，它们不但不能行动，连发声也发不出来。然而，它们求生存和发展的欲望，却表现得淋漓尽致。桃李等结甜果子的植物，为什么结甜果子呢？无非是想让人和其他能行动的动物吃了甜果子把核带到远的或近的其他地方，落到地上，深入土中，能发芽、开花、结果，达到发展，即传宗接代的目的。

你再观察，一棵小草或其他植物，生在石头缝中，或者甚至压在石头块下，缺水少光，但是它们却以令人震惊得目瞪口呆的毅力，冲破了身上的重压,弯弯曲曲地、忍辱负重地长了出来,由细弱变为强硬,由一根细苗甚至变成一棵大树,再作为一个独立体,继续顽强地实现那三种本性。"下自成蹊",就是"无言"的结果吧。

你还可以观察,世界上任何动植物,如果放纵地任其发挥自己的本性,则在不太长的时间内,哪一种动植物也能长满塞满我们生存的这一个小小的星球地球。那些已绝种或现在濒临绝种的动植物,属于另一个范畴,另有其原因,我以后还会谈到。

那么,为什么到现在还没有哪一种动植物——包括万物之灵的人类在内——能塞满了地球呢?

在这里,我要引老子的话:"天地不仁,以万物为刍狗。"是造化小儿——谁也不知道,他究竟有没有?他究竟是什么样子?我不信什么上帝,什么天老爷,什么大梵天,宇宙间没有他们存在的地方。

但是,冥冥中似乎应该有这一类的东西,是他或它巧妙计算,不让动植物的本性光合得逞。

1996 年 11 月 12 日

人生的意义与价值

当我还是一个青年大学生的时候,报刊上曾刮起一阵讨论人生的意义与价值的微风,文章写了一些,议论也发表了一通。我看过一些文章,但自己并没有参加进去。原因是,有的文章不知所云,我看不懂。更重要的是,我认为这种讨论本身就无意义,无价值,不如实实在在地干几件事好。

时光流逝,一转眼,自己已经到了望九之年,活得远远超过了我的预算。有人认为长寿是福,我看也不尽然。人活得太久了,对人生的种种相,众生的种种相,看得透透彻彻,反而鼓舞时少,叹息时多。远不如早一点离开人世这个是非之地,落一个耳根清净。

那么,长寿就一点好处都没有吗?也不是的。这对了解人生的意义与价值,会有一些好处的。

根据我个人的观察,对世界上绝大多数人来说,人生一无意义,二无价值。他们也从来不考虑这样的哲学问题。走运时,手里攥满了钞票,白天两顿美食城,晚上一趟卡拉OK,玩一点小权术,耍一点小聪明,甚至恣睢骄横,飞扬跋扈,昏昏沉沉,浑浑噩噩,等到钻入了骨灰盒,也不明白自己为什么活过一生。

其中不走运的则穷困潦倒,终日为衣食奔波,愁眉苦脸,长吁短叹。即使日子还能过得去的,不愁衣食,能够温饱,然而也终日忙忙碌碌,被困于名缰,被缚于利锁。同样是昏昏沉沉,浑浑噩噩,不知道为什么活过一生。

对这样的芸芸众生，人生的意义与价值从何处谈起呢？

我自己也属于芸芸众生之列，也难免浑浑噩噩，并不比任何人高一丝一毫。如果想勉强找一点区别的话，那也是有的：我，当然还有一些别的人，对人生有一些想法，动过一点脑筋，而且自认这些想法是有点道理的。

我有些什么想法呢？话要说得远一点。当今世界上战火纷飞，人欲横流，"黄钟毁弃，瓦釜雷鸣"，是一个十分不安定的时代。但是，对于人类的前途，我始终是一个乐观主义者。我相信，不管还要经过多少艰难曲折，不管还要经历多少时间，人类总会越变越好的，人类大同之域决不会仅仅是一个空洞的理想。但是，想要达到这个目的，必须经过无数代人的共同努力。有如接力赛，每一代人都有自己的一段路程要跑。又如一条链子，是由许多环组成的，每一环从本身来看，只不过是微末不足道的一点东西；但是没有这一点东西，链子就组不成。在人类社会发展的长河中，我们每一代人都有自己的任务，而且是绝非可有可无的。如果说人生有意义与价值的话，其意义与价值就在这里。

但是，这个道理在人类社会中只有少数有识之士才能理解。鲁迅先生所称之"中国的脊梁"，指的就是这种人。对于那些肚子里吃满了肯德基、麦当劳、比萨饼，到头来终不过是浑浑噩噩的人来说，有如夏虫不足以与语冰，这些道理是没法谈的。他们无法理解自己对人类发展所应当承担的责任。

话说到这里，我想把上面说的意思简短扼要地归纳一下：如果人生真有意义与价值的话，其意义与价值就在于对人类发展的承上启下、承前启后的责任感。

1995 年

不完满才是人生

每个人都争取一个完满的人生。然而，自古及今，海内海外，一个百分之百完满的人生是没有的。所以我说，不完满才是人生。

关于这一点，古今的民间谚语，文人诗句，说到的很多很多。最常见的比如苏东坡的词："人有悲欢离合，月有阴晴圆缺，此事古难全。"南宋方岳（根据吴小如先生考证）诗句："不如意事常八九，可与人言无二三。"这都是我们时常引用的，脍炙人口的。类似的例子还能够举出成百上千来。

这种说法适用于一切人，旧社会的皇帝老爷子也包括在里面。他们君临天下，"率土之滨，莫非王土"，可以为所欲为，杀人灭族，小事一端，按理说，他们不应该有什么不如意的事。然而，实际上，王位继承，宫廷斗争，比民间残酷万倍。他们威仪俨然地坐在宝座上，如坐针毡。虽然捏造了"龙御上宾"这种神话，他们自己也并不相信。他们想方设法以求得长生不老，他们最怕"一旦魂断，宫车晚出"。连英主如汉武帝、唐太宗之辈也不能"免俗"。汉武帝造承露金盘，妄想饮仙露以长生；唐太宗服印度婆罗门的灵药，期望借此以不死。结果，事与愿违，仍然是"龙御上宾"呜呼哀哉了。

在这些皇帝手下的大臣们，"一人之下，万人之上"，权力极大，骄纵恣肆，贪赃枉法，无所不至。在这一类人中，好东西大概极少，否则包公和海瑞等决不会流芳千古，久垂宇宙了。可这些人到了皇帝跟前，只是一个奴才，常言道：伴君如伴虎，可见他们的日子并不好过。据说明朝的大臣上朝时在笏板上夹带一点鹤顶红，一旦皇恩浩荡，钦赐极刑，连忙用舌尖舔一点鹤顶红，立即涅槃，落得一个全尸。可见这一批人的日子也并不好过，谈不到什么完满的人生。

至于我辈平头老百姓，日子就更难过了。建国前后，不能说没有区别，可是一直到今天，仍然是"不如意事常八九"。早晨在早市上被小贩"宰"了一刀；在公共汽车上被扒手割了包，踩了人一下，或者被人踩了一下，根本不会说"对不起"了，代之以对骂，或者甚至演出全武行。到了商店，难免买到假冒伪劣的商品，又得生一肚子气。谁能说，我们的人生多是完满的呢？

再说到我们这一批手无缚鸡之力的知识分子，在历史上一生中就难得过上几天好日子。只一个"考"字，就能让你谈"考"色变。"考"者，考试也。在旧社会科举时代，"千军万马独木桥"，要上进，只有科举一途，你只需读一读吴敬梓的《儒林外史》，就能淋漓尽致地了解到科举的情况。以周进和范进为代表的那一批举人进士，其窘态难道还不能让你胆战心惊、啼笑皆非吗？

现在我们运气好，得生于新社会中。然而那一个"考"字，宛如如来佛的手掌，你别想逃脱得了。幼儿园升小学，考；小学升初中，考；初中升高中，考；高中升大学，考；大学毕业想当硕士，考；硕士想当博士，考。考，考，考，变成烤，烤，烤；一直到知命之年，厄运仍然难免，现代知识分子落到这一张密而不漏的天网中，无所逃于天地之间，我们的人生还谈什么完满呢？

灾难并不限于知识分子，"人人有一本难念的经"，所以我说"不完满才是人生"。这是一个"平凡的真理"；但是真能了解其中的意义,对己对人都有好处。对己,可以不烦不躁;对人,可以互相谅解。这会大大地有利于整个社会的安定团结。

1998 年 8 月 20 日

走运与倒霉

走运与倒霉,表面上看起来,似乎是绝对对立的两个概念。世人无不想走运,而绝不想倒霉。

其实,这两件事是有密切联系的,互相依存的,互为因果的。说极端了,简直是一而二二而一者也。这并不是我的发明创造。两千多年前的老子已经发现了,他说:"祸兮福之所倚,福兮祸之所伏。孰知其极?其无正。"老子的"福"就是走运,他的"祸"就是倒霉。

走运有大小之别,倒霉也有大小之别,而两者往往是相通的。走的运越大,则倒的霉也越惨,两者之间成正比。中国有一句俗话说:"爬得越高,跌得越重。"形象生动地说明了这种关系。

吾辈小民,过着平平常常的日子,天天忙着吃、喝、拉、撒、睡,操持着柴、米、油、盐、酱、醋、茶。有时候难免走点小运,有的是主动争取来的,有的是时来运转,好运从天上掉下来的。高兴之余,不过喝上二两二锅头,飘飘然一阵了事。但有时又难免倒点小霉,"闭门家中坐,祸从天上来",没有人去争取倒霉的。倒霉以后,也不过心里郁闷几天,对老婆孩子发点小脾气,转瞬就过去了。

但是,历史上和眼前的那些大人物和大款们,他们一身系天下安危,或者系一个地区、一个行当的安危。他们得意时,比如打了一个大胜仗,或者倒卖房地产、炒股票,发了一笔大财,意气风发,踌躇满志,自以为天上天下,唯我独尊。"固一世之雄也",怎二两二锅头了得!然而一旦失败,不是自刎乌江,就是从摩天高楼跳下,

"而今安在哉"!

从历史上到现在，中国知识分子有一个"特色"，这在西方国家是找不到的。中国历代的诗人、文学家，不倒霉则走不了运。司马迁在《太史公自序》中说："昔西伯拘羑里，演《周易》；孔子厄陈蔡，作《春秋》；屈原放逐，著《离骚》；左丘失明，厥有《国语》；孙子膑脚，而论兵法；不韦迁蜀，世传《吕览》；韩非囚秦，《说难》《孤愤》；《诗》三百篇，大抵贤圣发愤之所为作也。"司马迁算的这个总账，后来并没有改变。汉以后所有的文学大家，都是在倒霉之后，才写出了震古烁今的杰作。像韩愈、苏轼、李清照、李后主等等一批人，莫不皆然。从来没有过状元宰相成为大文学家的。

了解了这一番道理之后，有什么意义呢？我认为，意义是重大的。它能够让我们头脑清醒，理解祸福的辩证关系：走运时，要想到倒霉，不要得意过了头；倒霉时，要想到走运，不必垂头丧气。心态始终保持平衡，情绪始终保持稳定，此亦长寿之道也。

1998年11月2日

缘分与命运

缘分与命运本来是两个词儿，都是我们口中常说，文中常写的。但是，仔细琢磨起来，这两个词儿含义极为接近，有时达到了难解难分的程度。

缘分和命运可信不可信呢？

我认为，不能全信，又不可不信。

我绝不是为算卦相面的"张铁嘴""王半仙"之流的骗子来张目。算八字算命那一套骗人的鬼话，只要一个异常简单的事实就能揭穿。试问普天之下——番邦暂且不算，因为老外那里没有这套玩意儿——同年、同月、同日、同时生的孩子有几万，几十万，他们一生的经历难道都能够绝对一样吗？绝对的不一样，倒近于事实。

可你为什么又说，缘分和命运不可不信呢？

我也举一个异常简单的事实。只要你把你最亲密的人，你的老伴——或者"小伴"，这是我创造的一个名词儿，年轻的夫妻之谓也——同你自己相遇，一直到"有情人终成了眷属"的经过回想一下，便立即会同意我的意见。你们可能是一个生在天南，一个生在海北，中间经过了不知道多少偶然的机遇，有的机遇简直是间不容发，稍纵即逝，可终究没有错过，你们到底走到一起来了。即使是青梅竹马的关系，也同样有个"机遇"问题。这种"机遇"是报纸上的词儿，哲学上的术语是"偶然性"，老百姓嘴里就叫作"缘分"或"命运"。这种情况，谁能否认，又谁能解释呢？没有办法，只好称之为缘分或命运。

　　北京西山深处有一座辽代古庙，名叫"大觉寺"。此地有崇山峻岭，茂林流泉，有三百年的玉兰树，二百年的藤萝花，是一个绝妙的地方。将近二十年前，我骑自行车去过一次。当时古寺虽已破败，但仍给我留下了深刻的印象，至今忆念难忘。去年春末，北大中文系的毕业生欧阳旭邀我们到大觉寺去剪彩。原来他下海成了颇有基础的企业家。他毕竟是书生出身，念念不忘为文化做贡献。他在大觉寺里创办了一个明慧茶院，以弘扬中国的茶文化。我大喜过望，准时到了大觉寺。此时的大觉寺已完全焕然一新，雕梁画栋，金碧辉煌，玉兰已开过而紫藤尚开，品茗观茶道表演，心旷神怡，浑然欲忘我矣。

　　将近一年以来，我脑海中始终有一个疑团：这个英年岐嶷的小伙子怎么会到深山里来搞这么一个茶院呢？前几天，欧阳旭又邀我们到大觉寺去吃饭。坐在汽车上，我不禁向他提出了我的问题。他莞尔一笑，轻声说："缘分！"原来在这之前他携伙伴郊游，黄昏迷路，撞到大觉寺里来。爱此地之清幽，便租了下来，加以装修，创办了明慧茶院。

　　此事虽小，可以见大。信缘分与不信缘分，对人的心情影响是不一样的。信者胜可以做到不骄，败可以做到不馁，决不至胜则忘乎所以，败则怨天尤人。中国古话说："尽人事而听天命。"首先必须"尽人事"，否则馅儿饼决不会自己从天上落到你嘴里来。但又必须"听天命"。人世间，波诡云谲，因果错综。只有能做到"尽人事而听天命"，一个人才能永远保持心情的平衡。

1998年3月7日

做人与处世

一个人活在世界上，必须处理好三个关系：第一，人与大自然的关系；第二，人与人的关系，包括家庭关系在内；第三，个人心中思想与感情矛盾与平衡的关系。这三个关系，如果能处理得好，生活就能愉快；否则，生活就有苦恼。

人本来也是属于大自然范畴的。但是，人自从变成了"万物之灵"以后，就同大自然闹起独立来，有时竟成了大自然的对立面。人类的衣食住行所有的资料都取自大自然，我们向大自然索取是不可避免的。关键是，怎样去索取？索取手段不出两途：一用和平手段，一用强制手段。我个人认为，东西方文化之分野，就在这里。西方对待大自然的基本态度或指导思想是"征服自然"，用一句现成的套话来说，就是用处理敌我矛盾的方法来处理人与大自然的关系。结果呢，从表面上看上去，西方人是胜利了，大自然真的被他们征服了。自从西方产业革命以后，西方人屡创奇迹。楼上楼下，电灯电话。大至宇宙飞船，小至原子，无一不出自西方"征服者"之手。

然而，大自然的容忍是有限度的，它是能报复的，它是能惩罚的。报复或惩罚的结果，人皆见之，比如环境污染，生态失衡，臭氧层出洞，物种灭绝，人口爆炸，淡水资源匮乏，新疾病产生，如此等等，不一而足。这些弊端中哪一项不解决都能影响人类生存的前途。我并非危言耸听，现在全世界人民和政府都高呼环保，并采取措施。

古人说:"失之东隅,收之桑榆。"犹未为晚。

中国或者东方对待大自然的态度或哲学基础是"天人合一"。宋人张载说得最简明扼要:"民,吾同胞;物,吾与也。""与"的意思是伙伴。我们把大自然看作伙伴,可惜我们的行为没能跟上。在某种程度上,也采取了"征服自然"的办法,结果也受到了大自然的报复。前不久南北的大洪水不是很能发人深省吗?

至于人与人的关系,我的想法是:对待一切善良的人,不管是家属,还是朋友,都应该有一个两字箴言,一曰真,二曰忍。真者,以真情实意相待,不允许弄虚作假。对待坏人,则另当别论。忍者,相互容忍也。日子久了,难免有点磕磕碰碰。在这时候,头脑清醒的一方应该能够容忍。如果双方都不冷静,必致因小失大,后果不堪设想。唐朝张公艺的"百忍"是历史上有名的例子。

至于个人心中思想感情的矛盾,则多半起于私心杂念。解之之方,唯有消灭私心,学习诸葛亮的"淡泊以明志,宁静以致远",庶几近之。

1998年11月17日

牵就与适应

牵就,也作"迁就"。"牵就"和"适应",是我们说话和行文时常用的两个词儿,含义颇有些类似之处;但是,一仔细琢磨,二者间实有差别,而且是原则性的差别。

根据词典的解释,《现代汉语词典》注"牵就"为"迁就"和"牵强附会"。注"迁就"为"将就别人",举的例是"坚持原则,不能迁就。"注"将就"为"勉强适应不很满意的事物或环境",举的例是"衣服稍微小一点,你将就着穿吧!"注"适应"为"适合(客观条件或需要)",举的例子是"适应环境"。"迁就"这个词儿,古书上也有,《辞源》注为"舍此取彼,委曲求合"。

我说,二者含义有类似之处,《现代汉语词典》注"将就"一词时就使用了"适应"一词。

词典的解释,虽然头绪颇有点乱,但是,归纳起来,"牵就(迁就)"和"适应"这两个词儿的含义还是清楚的。"牵就"的宾语往往是不很令人愉快、令人满意的事情。在平常的情况下,这种事情本来是不能或者不想去做的。极而言之,有些事情甚至是违反原则的,违反做人的道德的,当然完全是不能去做的。但是,迫于自己无法掌握的形势,或者出于利己的私心,或者由于其他的什么原因,非做不行,有时候甚至昧着自己的良心,自己也会感到痛苦的。

根据我个人的语感,我觉得,"牵就"的根本含义就是这样,词典上并没有说清楚。

但是，又是根据我个人的语感，我觉得，"适应"同"牵就"是不相同的。我们每一个人都会经常使用"适应"这个词儿的。不过在大多数的情况下，我们都是习而不察。我手边有一本沈从文先生的《花花朵朵坛坛罐罐》，汪曾祺先生的《代序：沈从文转业之谜》中有一段话说："一切终得变，沈先生是竭力想适应这种'变'的。"这种"变"，指的是解放。沈先生写信给人说："对于过去种种，得决心放弃，从新起始来学习。这个新的起始，并不一定即能配合当前需要，惟必能把握住一个进步原则来肯定，来完成，来促进。"沈从文先生这个"适应"，是以"进步原则"来适应新社会的。这个"适应"是困难的，但是正确的。我们很多人在解放初期都有类似的经验。

再拿来同"牵就"一比较，两个词儿的不同之处立即可见。"适应"的宾语，同"牵就"不一样，它是好的事物，进步的事物；即使开始时有点困难，也必能心悦诚服地予以克服。在我们的一生中，我们会经常不断地遇到必须"适应"的事务，"适应"成功，我们就有了"进步"。

简截说：我们须"适应"，但不能"牵就"。

1998年2月4日

容　忍

　　人处在家庭和社会中，有时候恐怕需要讲点容忍的。

　　唐朝有一个姓张的大官，家庭和睦，美名远扬，一直传到了皇帝的耳中。皇帝赞美他治家有道，问他道在何处，他一气写了一百个"忍"字。这说得非常清楚：家庭中要互相容忍，才能和睦。这个故事非常有名。在旧社会，新年贴春联，只要门楣上写着"百忍家声"就知道这一家一定姓张。中国姓张的全以祖先的容忍为荣了。

　　但是容忍也并不容易。1935年，我乘西伯利亚铁路的车经苏联赴德国，车过中苏边界上的满洲里，停车四小时，由苏联海关检查行李。这是无可厚非的，入国必须检查，这是世界公例。但是，当时的苏联大概认为，我们这一帮人，从一个资本主义国家到另一个资本主义国家，恐怕没有好人，必须严查，以防万一。检查其他行李，我绝无意见。但是，在哈尔滨买的一把最粗糙的铁皮壶，却成了被检查的首要对象。这里敲敲，那里敲敲，薄薄的一层铁皮绝藏不下一颗炸弹的，然而他却敲打不止。我真有点无法容忍，想要发火。我身旁有一位年老的老外，是与我们同车的，看到我的神态，在我耳旁悄悄地说了句：Patience is the great virtue（容忍是很大的美德）。我对他微笑，表示致谢。我立即心平气和，天下太平。

　　看来容忍确是一件好事，甚至是一种美德。但是，我认为，也必须有一个界限。我们到了德国以后，就碰到这个问题。旧时欧洲流行决斗之风，谁污辱了谁，特别是谁的女情人，被污辱者一定要提出决斗。或用手枪，或用剑。普希金就是在决斗中被枪打死的。我们到了的时候，此风已息；但仍发生。我们几个中国留学生相约：如果外国人污辱了我们自身，我们要揣度形势，主要要容忍，以东方的恕道克制自己。但是，如果他们污辱我们的国家，则无论如何也要同他们玩儿命，决不容忍。这就是我们容忍的界限。幸亏这样的事情没有发生，否则我就活不到今天在这里舞笔弄墨了。

现在我们中国人的容忍水平，看了真让人气短。在公共汽车上，挤挤碰碰是常见的现象。如果碰了或者踩了别人，连忙说一声："对不起！"就能够化干戈为玉帛，然而有不少人连"对不起"都不会说了。于是就相吵相骂，甚至于扭打，甚至打得头破血流。我们这个伟大的民族怎么竟变成了这个样子！我在自己心中暗暗祝愿：容忍兮，归来！

1996 年 12 月 17 日

成　功

什么叫成功？顺手拿来一本《现代汉语词典》，上面写道："成功：获得预期的结果。"言简意赅，明白之至。

但是，谈到"预期"，则错综复杂，纷纭混乱。人人每时每刻每日每月都有大小不同的预期，有的成功，有的失败，总之是无法界定，也无法分类，我们不去谈它。

我在这里只谈成功，特别是成功之道。这又是一个极大的题目，我却只是小做。积七八十年之经验，我得到了下面这个公式：

天资 + 勤奋 + 机遇 = 成功

"天资"，我本来想用"天才"；但天才是个稀见现象，其中不少是"偏才"，所以我弃而不用，改用"天资"，大家一看就明白。这个公式实在是过分简单化了，但其中的含义是清楚的。搞得太烦琐，反而不容易说清楚。

谈到天资，首先必须承认，人与人之间天资是不相同的，这是一个事实，谁也否定不掉。到了今天，学术界和文艺界自命天才的人颇不稀见，我除了羡慕这些人"自我感觉过分良好"外，不敢赞一词。对于自己的天资，我看，还是客观一点好，实事求是一点好。

至于勤奋，一向为古人所赞扬。囊萤、映雪、悬梁、刺股等故事流传了千百年，家喻户晓。韩文公的"焚膏油以继晷，恒兀兀以穷年"，更为读书人所向往。如果不勤奋，则天资再高也毫无用处。事理至明，无待饶舌。

谈到机遇，往往为人所忽视。它其实是存在的，而且有时候影响极大。就以我自己为例，如果清华不派我到德国去留学，则我的一生完全不会像现在这个样子。

把成功的三个条件拿来分析一下，天资是由"天"来决定的，我们无能为力。机遇是不期而来的，我们也无能为力。只有勤奋一项完全是我们自己决定的，我们必须在这一项上狠下功夫。在这里，古人的教导也多得很。还是先举韩文公。他说："业精于勤荒于嬉，行成于思毁于随。"这两句话是大家都熟悉的。

王静安在《人间词话》中说："古今之成大事业大学问者必经过三种之境界。'昨夜西风凋碧树，独上高楼，望尽天涯路。'此第一境也。'衣带渐宽终不悔，为伊消得人憔悴。'此第二境也。'众里寻他千百度，蓦然回首，那人却在，灯火阑珊处。'此第三境也。"静安先生第一境写的是预期。第二境写的是勤奋。第三境写的是成功。其中没有写天资和机遇。我不敢说，这是他的疏漏，因为写的角度不同。但是，我认为，补上天资与机遇，似更为全面。我希望，大家都能拿出"衣带渐宽终不悔"的精神来做学问或干事业，这是成功的必由之路。

2000 年 1 月 7 日

知足知不足

曾见冰心老人为别人题座右铭:"知足知不足,有为有不为。"言简意赅,寻味无穷。特写短文两篇,稍加诠释。先讲知足知不足。

中国有一句老话"知足常乐",为大家所遵奉。什么叫"知足"呢?还是先查一下字典吧。《现代汉语词典》说:"知足:满足于已经得到的(指生活、愿望等)。"如果每个人都能满足于已经得到的东西,则社会必能安定,天下必能太平,这个道理是显而易见的。可是社会上总会有一些人不安分守己,癞蛤蟆想吃天鹅肉。这样的人往往要栽大跟头的。对他们来说,"知足常乐"这句话就成了灵丹妙药。

但是,知足或者不知足也要分场合的。在旧社会,穷人吃草根树皮,阔人吃燕窝鱼翅。在这样的场合下,你劝穷人知足,能劝得动吗?正相反,应当鼓励他们不能知足,要起来斗争。这样的不知足是正当的,是有重大意义的,它能伸张社会正义,能推动人类社会前进。

除了场合以外,知足还有一个分的问题。什么叫分?笼统言之,就是适当的限度。人们常说的"安分""非分"等等,指的就是限度。这个限度也是极难掌握的,是因人而异、因地而异的。勉强找一个标准的话,那就是"约定俗成"。我想,冰心老人之所以写这一句话,其意不过是劝人少存非分之想而已。

至于知不足,在汉文中虽然字面上相同,其涵义则有差别。这里所谓"不足",指的是"不足之处","不够完美的地方"。这句话同"自知之明"有联系。

自古以来，中国就有一句老话："人贵有自知之明。"这一句话暗示给我们，有自知之明并不容易，否则这一句话就用不着说了。事实上也确实如此。就拿现在来说，我所见到的人，大都自我感觉良好。专以学界而论，有的人并没有读几本书，却不知天高地厚，以天才自居，靠自己一点小聪明——这能算得上聪明吗？——狂傲恣睢，骂尽天下一切文人，大有用一枚毛锥横扫六合之慨，令明眼人感到既可笑，又可怜。这种人往往没有什么出息的。因为，又有一句中国老话："学如逆水行舟，不进则退。"还有一句中国老话："学海无涯"，说的都是真理。但在这些人眼中，他们已经穷了学海之源，往前再没有路了，进步是没有必要的。他们除了自我欣赏之外，还能有什么出息呢？

古代希腊也认为自知之明是可贵的，所以语重心长地说出了："要了解你自己！"中国同希腊相距万里，可竟说了几乎是一模一样的话，可见这些话是普遍的真理。中外几千年的思想史和科学史，也都证明了一个事实：只有知不足的人才能为人类文化做出贡献。

2001年2月21日

有为有不为

"为",就是"做"。应该做的事,必须去做,这就是"有为"。不应该做的事必不能做,这就是"有不为"。

在这里,关键是"应该"二字。什么叫"应该"呢?这有点像仁义的"义"字。韩愈给"义"字下的定义是"行而宜之之谓义"。"义"就是"宜",而"宜"就是"合适",也就是"应该"。但问题仍然没有解决。要想从哲学上从伦理学上说清楚这个问题,恐怕要写上一篇长篇论文,甚至一部大书。我没有这个能力,也认为根本无此必要。我觉得,只要诉诸一般人都能够有的良知良能,就能分辨清是非善恶了,就能知道什么事应该做,什么事不应该做了。

中国古人说:"勿以善小而不为,勿以恶小而为之。"可见善恶是有大小之别的,应该不应该也是有大小之别的,并不是都在一个水平上。什么叫大,什么叫小呢?这里也用不着烦琐的论证,只需动一动脑筋,睁开眼睛看一看社会,也就够了。

小恶、小善,在日常生活中,随时可见。比如在公共汽车上给老人和病人让座,能让,算是小善;不能让,也只能算是小恶,够不上大逆不道。然而,从那些一看到有老人或病人上车就立即装出闭目养神的样子的人身上,不也能由小见大看出了社会道德的水平吗?

至于大善大恶,目前社会中也可以看到,但在历史上却看得更清楚。比如宋代的文天祥。他为元军所俘。如果他想活下去,屈膝投敌就行了,不但能活,而且还能有大官做,最多是在身后被列入"贰臣传","身后是非谁管得",管那么多干吗呀。然而他却高赋《正气歌》,从容就义,留下英名万古传,至今还在激励着我们全国人民的爱国热情。

通过上面举的一个小恶的例子和一个大善的例子,我们大概对大小善和大小恶能够得到一个笼统的概念了。凡是对国家有利,对人民有利,对人类发展、前途有利的事情就是大善,反之就是大恶。凡是对处理人际关系有利,对保持社会安定团结有利的事情可以称之为小善,反之就是小恶。大小之间有时难以区别,这只不过是一个大体的轮廓而已。

大小善和大小恶有时候是有联系的。俗话说:千里之堤,溃于蚁穴。拿眼前常常提到的贪污行为而论。往往是先贪污少量的财物,心里还有点打鼓。但是,一旦得逞,尝到甜头,又没被人发现,于是胆子越来越大,贪污的数量也越来越多,终至于一发而不可收拾,最后受到法律的制裁,悔之晚矣。也有个别的识时务者,迷途知返,就是所谓浪子回头者,然而难矣哉!

我的希望很简单,我希望每个人都能有为有不为。一旦"为"错了,就毅然回头。

2001 年 2 月 23 日

论压力

《参考消息》今年7月3日以半版的篇幅介绍了外国学者关于压力的说法。我也正考虑这个问题,因缘和合,不免唠叨上几句。

什么叫"压力"?上述文章中说:"压力是精神与身体对内在与外在事件的生理与心理反应。"下面还列了几种特性,今略。我一向认为,定义这玩意儿,除在自然科学上可能确切外,在人文社会科学上则是办不到的。上述定义我看也就行了。

是不是每一个人都有压力呢?我认为,是的。我们常说,人生就是一场拼搏,没有压力,哪来的拼搏?佛家说,生、老、病、死、苦,苦也就是压力。过去的国王、皇帝,近代外国的独裁者,无法无天,为所欲为,看上去似乎一点压力都没有。然而他们却战战兢兢,时时如临大敌,担心边患,担心宫廷政变,担心被毒害被刺杀。他们是世界上最孤独的人,压力比任何人都大。大资本家钱太多了,担心股市升降,房地产价格波动,等等。至于吾辈平民老百姓,"家家有一本难念的经",这些都是压力,谁能躲得开呢?

压力是好事还是坏事?我认为是好事。从大处来看,现在全球环境污染,生态平衡破坏,臭氧层出洞,人口爆炸,新疾病丛生等等,人们感觉到了,这当然就是压力,然而压出来的却是增强忧患意识,增强防范措施,这难道不是天大的好事吗?对一般人来说,法律和其他一切合理的规章制度,都是压力。然而这些压力何等好啊!没有它,社会将会陷入混乱,人类将无法生存。这个道理极其简单明了，一说就懂。我举自己做一个例子。我不是一个没有名利思想的人——我怀疑真有这种人，过去由于一些我曾经说过的原因，表面上看起来，我似乎是淡泊名利，其实那多半是假象。但是，到了今天，我已至望九之年，名利对我已经没有什么用，用不着再争名于朝，争利于市，这方面的压力没有了。但是却来了另一方面的压力，主要来自电台采访和报刊以及友人约写文章。这对我形成颇大的压力。以写文章而论，有的我实在不愿意写；可是碍于面子，不得不应。应就是压力。于是"拨冗"苦思，往往能写出有点新意的文章。对我来说，这就是压力的好处。

压力如何排除呢？粗略来分类，压力来源可能有两类：一被动，一主动。天灾人祸，意外事件，属于被动，这种压力，无法预测，只有泰然处之，切不可杞人忧天。主动的来源于自身，自己能有所作为。我的"三不主义"的第三条是"不嘀咕"，我认为：能做到遇事不嘀咕，就能排除自己制造成的压力。

1998年7月8日

论朋友

人类是社会动物,一个人在社会中不可能没有朋友。任何人的一生都是一场搏斗。在这一场搏斗中,如果没有朋友,则形单影只,鲜有不失败者。如果有了朋友,则众志成城,鲜有不胜利者。

因此,在人类几千年的历史上,任何国家,任何社会,没有不重视交友之道的,而中国尤甚。在宗法伦理色彩极强的中国社会中,朋友被尊为五伦之一,曰"朋友有信"。我又记得什么书中说:"朋友,以义合者也。""信""义"含义大概有相通之处。后世多以"义"字来要求朋友关系,比如《三国演义》"桃园三结义"之类就是。

《说文》对"朋"字的解释是:"凤飞,群鸟从以万数,故以为朋党字。""凤"和"朋"大概只有轻唇音重唇音之别。对"友"的解释是"同志为友"。意思非常清楚。中国古代,肯定也有"朋友"二字连用的,比如《孟子》。《论语》"有朋自远方来,不亦乐乎"却只用一个"朋"字。不知从什么时候起,"朋友"才经常连用起来。

在中国几千年的历史上,重视友谊的故事不可胜数。最著名的是管鲍之交,钟子期和伯牙的知音的故事等等,刘、关、张三结义更是有口皆碑。一直到今天,我们还讲究"哥儿们义气",发展到最高程度,就是"为朋友两肋插刀"。只要不是结党营私,我们是非常重视交朋友的。我们认为,中国古代把朋友归入五伦是有道理的。

我们现在看一看欧洲人对友谊的看法。欧洲典籍数量虽然远远比不上中国，但是，称之为汗牛充栋也是当之无愧的。我没有能力来旁征博引，只能根据我比较熟悉的一部书来引证一些材料，这就是法国著名的《蒙田随笔》。

《蒙田随笔》上卷，第二十八章，是一篇叫作《论友谊》的随笔。其中有几句话：

> 我们喜欢交友胜过其他一切，这可能是我们本性所使然。亚里士多德说，好的立法者对友谊比对公正更关心。

寥寥几句，充分说明西方对友谊之重视。蒙田接着说：

> 自古就有四种友谊：血缘的、社交的、待客的和男女情爱的。

这使我立即想到，中西对友谊含义的理解是不相同的。根据中国的标准，"血缘的"不属于友谊，而属于亲情。"男女情爱的"也不属于友谊，而属于爱情。对此，蒙田有长篇累牍的解释，我无法一一征引。我只举他对爱情的几句话：

> 爱情一旦进入友谊阶段，也就是说，进入意愿相投的阶段，它就会衰落和消逝。爱情是以身体的快感为目的，一旦享有了，就不复存在。相反，友谊越被人向往，就越被人享有，友谊只是在获得以后才会升华、增长和发展，因为它是精神上的，心灵会随之净化。

这一段话，很值得我们仔细推敲、品味。

1999 年 10 月 26 日

傻 瓜

天下有没有傻瓜?有的,但却不是被别人称作"傻瓜"的人,而是认为别人是傻瓜的人,这样的人自己才是天下最大的傻瓜。

我先把我的结论提到前面明确地摆出来,然后再条分缕析地加以论证。这有点违反胡适之先生的"科学方法"。他认为,这样做是西方古希腊亚里士多德首倡的演绎法,是不科学的。科学的做法是他和他老师杜威的归纳法,先不立公理或者结论,而是根据事实,用"小心的求证"的办法,去搜求证据,然后才提出结论。

我在这里实际上并没有违反"归纳法"。我是经过了几十年的观察与体会,阅尽了芸芸众生的种种相,去粗取精,去伪存真以后,才提出了这样的结论。为了凸现它的重要性,所以提到前面来说。

闲言少叙,言归正传。有一些人往往以为自己最聪明,他们争名于朝,争利于市,锱铢必较,斤两必争。如果用正面手段,表面上的手段达不到目的的话,则也会用些负面的手段,暗藏的手段,来蒙骗别人,以达到损人利己的目的。结果怎样呢?结果是:有的人真能暂时得逞,"春风得意马蹄疾,一日看遍长安花"。大大地辉煌了一阵,然后被人识破,由座上客一变而为阶下囚。有的人当时就能丢人现眼。《红楼梦》中有两句话说:"机关算尽太聪明,反误了卿卿性命。"这话真说得又生动,又真实。我绝不是说,世界上人人都是这样子,但是,从中国到外国,从古代到现代,这样的例子还算少吗？

原因何在？原因就在于：这些人都把别人当成了傻瓜。

我们中国有几句尽人皆知的俗话："善有善报，恶有恶报；不是不报，时候未到；时候一到，一切皆报。"这真是见道之言。把别人当傻瓜的人，归根结底，会自食其果。古代的统治者对这个道理似懂非懂。他们高叫："民可使由之，不可使知之。"是想把老百姓当傻瓜，但又很不放心，于是派人到民间去采风，采来了不少政治讽刺歌谣。杨震是聪明人，对向他行贿者讲出了"四知"。他知道得很清楚：除了天知、地知、你知、我知之外，不久就会有一个第五知——人知。他是不把别人当作傻瓜的，还是老百姓最聪明。他们中的聪明人说："若要人不知，除非己莫为。"他们不把别人当傻瓜。

可惜把别人当傻瓜的现象，自古亦然，于今尤烈。救之之道只有一条：不自作聪明，不把别人当傻瓜，从而自己也就不是傻瓜。哪一个时代，哪一个社会，只要能做到这一步，全社会就都是聪明人，没有傻瓜，全社会也就会安定团结。

1997 年 3 月 11 日

谈 孝

孝，这个概念和行为，在世界上许多国家中都是有的，而在中国独为突出。中国社会，几千年以来就是一个宗法伦理色彩非常浓的社会，为世界上任何国家所不及。

中国人民一向视孝为最高美德。嘴里常说的，书上常讲的三纲五常，又是什么三纲六纪，哪里也不缺少父子这一纲。具体地应该说"父慈子孝"是一个对等的关系。后来不知道是怎么一来，只强调"子孝"，而淡化了"父慈"，甚至变成了"天下无不是的父母"。古书上说："身体发肤，受之父母。"一个人的身体是父母给的，父母如果愿意收回去，也是可以允许的了。

历代有不少皇帝昭告人民："以孝治天下。"自己还装模作样，尽量露出一副孝子的形象。尽管中国历史上也并不缺少为了争夺王位导致儿子弑父的记载，野史中这类记载就更多，但那是天子的事，老百姓则是绝对不能允许的。如果发生儿女杀父母的事，皇帝必赫然震怒，处儿女以极刑中的极刑：万剐凌迟。在中国流传时间极长而又极广的所谓"教孝"中，就有一些提倡愚孝的故事，比如王祥卧冰、割股疗疾等等都是迷信色彩极浓的故事，产生了不良的影响。

但是中华民族毕竟是一个极富于理性的民族，就在已经被视为经典的《孝经·谏诤章》中，我们可以读到下列的话：

昔者，天子有诤臣七人，虽无道，不失其天下；诸侯有诤臣五人,虽无道,不失其国;大夫有诤臣三人,虽无道,不失其家;士有诤友,则身不离于令名;父有诤子,则身不陷于不义。故当不义,则子不可以不诤于父,臣不可以不诤于君;故当不义,则诤之,从父之令,又焉得为孝乎?

这话说得多么好呀,多么合情合理呀!这与"天下无不是的父母"这一句话形成了鲜明的对立。后者只能归入愚孝一类,是不足取的。

到了今天,我们应该怎样对待孝呢?我们还要不要提倡孝道呢?据我个人的观察,在时代变革的大潮中,孝的概念确实已经淡化了。不赡养老父老母,甚至虐待他们的事情,时有所闻。我认为,这是不应该的,是影响社会安定团结的消极因素。我们当然不能再提倡愚孝;但是,小时候父母抚养子女,没有这种抚养,儿女是活不下来的。父母年老了,子女来赡养,就不说是报恩吧,也是合乎人情的。如果多数子女不这样做,我们的国家和社会能负担起这个任务来吗?这对我们迫切要求的安定团结是极为不利的。这一点简单的道理,希望当今为子女者三思。

1999 年 5 月 14 日

毁　誉

好誉而恶毁，人之常情，无可非议。

古代豁达之人倡导把毁誉置之度外。我则另持异说，我主张把毁誉置之度内。置之度外，可能表示一个人心胸开阔；但是，我有点担心，这有可能表示一个人的糊涂或颟顸。

我主张对毁誉要加以细致的分析。首先要分清：谁毁你？谁誉你？在什么时候？在什么地方？由于什么原因？这些情况弄不清楚，只谈毁誉，至少是有点模糊。

我记得在什么笔记上读到过一个故事。一个人最心爱的人，只有一只眼。于是他就觉得天下人（一只眼者除外）都多长了一只眼。这样毁誉能靠得住吗？

还有我们常常讲什么"党同伐异"，又讲什么"臭味相投"等等。这样的毁誉能相信吗？

孔门贤人子路"闻过则喜"，古今传为美谈。我根本做不到，而且也不想做到，因为我要分析：是谁说的？在什么时候，在什么地点，因为什么而说的？分析完了以后，再定"则喜"，或是"则怒"。喜，我不会过头。怒，我也不会火冒十丈，怒发冲冠。孔子说："野哉，由也！"大概子路是一个粗线条的人物，心里没有像我上面说的那些弯弯绕。

我自己有一个颇为不寻常的经验。我根本不知道世界上有某一位学者，过去对于他的存在，我一点都不知道；然而，他却同我结了怨。因为，我现在所占有的位置，他认为本来是应该属于他的，是我这个"鸠"把他这个"鹊"的"巢"给占据了。因此，勃然对我心怀不满。我被蒙在鼓里，很久很久，最后才有人透了点风给我。我知道，天下竟有这种事，只能一笑置之。不这样又能怎样呢？我想向他道歉，挖空心思，也找不出丝毫理由。

大千世界，芸芸众生，由于各人禀赋不同，遗传基因不同，生活环境不同，所以各人的人生观、世界观、价值观、好恶观等等，都不会一样，都会有点差别。比如吃饭，有人爱吃辣，有人爱吃咸，有人爱吃酸，如此等等。又比如穿衣，有人爱红，有人爱绿，有人爱黑，如此等等。在这种情况下，最好是各人自是其是，而不必非人之非。俗语说："各扫自家门前雪，不管他人瓦上霜。"这话本来有点贬义，我们可以正用。每个人都会有友，也会有"非友"，我不用"敌"这个词儿，避免误会。友，难免有誉；非友，难免有毁。碰到这种情况，最好抱上面所说的分析的态度，切不要笼而统之，一锅糊涂粥。

好多年来，我曾有过一个"良好"的愿望：我对每个人都好，也希望每个人对我都好。只望有誉，不能有毁。最近我恍然大悟，那是根本不可能的。如果真有一个人，人人都说他好，这个人很可能是一个极端圆滑的人，圆滑到琉璃球又能长上脚的程度。

1997 年 6 月 23 日

三思而行

"三思而行",是我们现在常说的一句话。主要劝人做事不要鲁莽,要仔细考虑,然后行动,则成功的可能性会大一些,碰壁的可能性会小一些。

要数典而不忘祖,也并不难。这个典故就出在《论语·公冶长第五》:"季文子三思而后行。子闻之曰:'再,斯可矣。'"这说明,孔老夫子是持反对意见的。吾家老祖宗文子(季孙行父)的三思而后行的举动,两千六七百年以来,历代都得到了几乎全天下人的赞扬,包括许多大学者在内。查一查《十三经注疏》,就能一目了然。《论语正义》说:"三思者,言思之多,能审慎也。"许多书上还表扬了季文子,说他是"忠而有贤行者"。甚至有人认为三思还不够。《三国志·吴志·诸葛恪传注》中说:有人劝恪"每事必十思"。可是我们的孔圣人却冒天下之大不韪,批评了季文子三思过多,只思二次(再)就够了。

这怎么解释呢?究竟谁是谁非呢?

我们必须先弄明白,什么叫"三思"。总起来说,对此有两个解释,一个是"言思之多",这在上面已经引过。一个是"君子之谋也,始衷(中)终皆举之而后入焉"。这话虽为文子自己所说,然而孔子以及上万上亿的众人却不这样理解。他们理解,一直到今天,仍然是"多思"。

多思有什么坏处呢?又有什么好处呢?根据我个人几十年来的

体会，除了下围棋、象棋等等以外，多思有时候能使人昏昏，容易误事。平常骂人说是"不肖子孙"，意思是与先人的行动不一样的人。我是季文子的最"肖"子孙。我平常做事不但三思，而且超过三思，是否达到了人们要求诸葛恪做的"十思"，没作统计，不敢乱说。反正是思过来，思过去，越思越糊涂，终而至头昏昏然，而仍不见行动，不敢行动。我这样一个过于细心的人，有时会误大事的。我觉得，碰到一件事，决不能不思而行，鲁莽行动。记得当年在德国时，法西斯统治正如火如荼，一些盲目崇拜希特勒的人，常常使用一个词儿 Darauf-galngertum，意思是"说干就干，不必思考"。这是法西斯的做法，我们必须坚决扬弃。遇事必须深思熟虑，先考虑可行性，考虑的方面越广越好。然后再考虑不可行性，也是考虑的方面越广越好。正反两面仔细考虑完以后，就必须加以比较，做出决定，立即行动。如果你考虑正面，又考虑反面之后，再回头来考虑正面，又再考虑反面，那么，如此循环往复，终无宁日，最终成为考虑的巨人，行动的侏儒。

所以，我赞成孔子的"再，斯可矣"。

1997年5月11日

老年谈老

老年谈老,就在眼前;然而谈何容易!

原因何在呢?原因就在,自己有时候承认老,有时候又不承认,真不知道从何处谈起。

记得很多年以前,自己还不到六十岁的时候,有人称我为"季老",心中颇有反感,应之逆耳,不应又不礼貌,左右两难,极为尴尬。然而曾几何时,在不知不觉中,渐渐地听得入耳了,有时甚至还有点甜蜜感。自己吃了一惊:原来自己真是老了,而且也承认老了。至于这个大转变是从什么时候开始的,自己有点茫然懵然,我正在推敲而且研究。

不管怎样,一个人承认老是并不容易的。我的一位九十岁出头的老师有一天对我说,他还不觉得老,其他可知了。我认为,在这里关键是一个"渐"字。若干年前,我读过丰子恺先生一篇含有浓厚哲理的散文,讲的就是这个"渐"字。这个字有大神通力,它在人生中的作用决不能低估。人们有了忧愁痛苦,如果不渐渐地淡化,则一定会活不下去的。人们逢到极大的喜事,如果不渐渐地恢复平静,则必然会忘乎所以,高兴得发狂。人们进入老境,也是逐渐感觉到的。能够感觉到老,其妙无穷。人们渐渐地觉得老了,从积极方面来讲,它能够提醒你:一个人的岁月绝不是取之不尽用之不竭的,应该抓紧时间,把想做的事情做完,做好,免得无常一到,后悔无及。从消极方面来讲,一想到自己的年龄,那些血气方刚时干的勾当就不应该再去硬干。个别喜欢争名于朝、争利于市的人，或许也能收敛一点。老之为用大矣哉！

我自己是怎样对待老年呢？说来也颇为简单。我虽年届耄耋，内部零件也并不都非常健全；但是我处之泰然，我认为，人上了年纪，有点这样那样的病，是合乎自然规律的，用不着大惊小怪。如果年老了，硬是一点病都没有，人人活上二三百岁甚至更长的时间，那么今天狂呼"老龄社会"者，恐怕连嗓子也会喊哑，而且吓得浑身发抖，连地球也会被压塌的。我不想做长生的梦。我对老年，甚至对人生的态度是道家的。我信奉陶渊明的两句诗：

纵浪大化中
不喜亦不惧

这就是我对待老年的态度。

看到我已经有了一把子年纪，好多人都问我：有没有什么长寿秘诀？我的答复是：我的秘诀就是没有秘诀，或者不要秘诀。我常常看到有一些相信秘诀的人，禁忌多如牛毛。这也不敢吃，那也不敢尝，比如，吃鸡蛋只吃蛋清，不吃蛋黄，因为据说蛋黄胆固醇高；动物内脏绝不入口，同样因为胆固醇高。有的人吃一个苹果要消三次毒，然后削皮；削皮用的刀子还要消毒，不在话下；削了皮以后，还要消一次毒，此时苹果已经毫无苹果味道，只剩下消毒药水味了。从前有一位化学系的教授，吃饭要仔细计算卡路里的数量，再计算维生素的数量，吃一顿饭用的数学公式之多等于一次实验。结果怎样呢？结果每月饭费超过别人十倍，而人却瘦成一只干巴鸡。一个人到了这个地步，还有什么人生之乐呢？如果再戴上放大百倍的显微镜眼镜，则所见者无非细菌，试问他还能活下去吗？

至于我自己呢，我决不这样做，我一无时间，二无兴趣。凡是我觉得好吃的东西我就吃，不好吃的我就不吃，或者少吃，卡路里、维生素统统见鬼去吧。心里没有负担，胃口自然就好，吃进去的东西都能很好地消化。再辅之以腿勤、手勤、脑勤，自然百病不生了。脑勤我认为尤其重要。如果非要让我讲出一个秘诀不行的话，那么我的秘诀就是：千万不要让脑筋懒惰，脑筋要永远不停地思考问题。

我已年届耄耋，但是，专就北京大学而论，倚老卖老，我还没有资格。在教授中，按年龄排队，我恐怕还要排到二十多位以后。我幻想眼前有一个按年龄顺序排列的向八宝山进军的北大教授队伍。我后面的人当然很多。但是向前看，我还算不上排头，心里颇得安慰，并不着急。可是偏有一些排在我后面的比我年轻的人，风风火火，抢在我前面，越过排头，登上山去。我心里实在非常惋惜，又有点怪他们，今天我国的平均寿命已经超过七十岁，比解放前增加了一倍，你们正在精力旺盛时期，为国效力，正是好时机，为什么非要抢先登山不行呢？这我无法阻拦，恐怕也非本人所愿。不过我已下定决心，决不抢先加塞。

不抢先加塞活下去目的何在呢？要干些什么事呢？我一向有一个自己认为是正确的看法：人吃饭是为了活着，但活着却不是为了吃饭。到了晚年，更是如此。我还有一些工作要做，这些工作对人民对祖国都还是有利的，不管这个"利"是大是小。我要把这些工作做完，同时还要再给国家培养一些人才。我仍然要老老实实干活，清清白白做人，决不干对不起祖国和人民的事；要尽量多为别人着想，少考虑自己的得失。人过了八十，金钱富贵等同浮云，要多为下一代操心，少考虑个人名利，写文章决不剽窃抄袭，欺世盗名。等到非走不行的时候，就顺其自然，坦然离去，无愧于个人良心，则吾愿足矣。

要说的话已经说完，但是我还想借这个机会发点牢骚。我在上面提到"老龄社会"这个词儿。这个概念我是懂得的,有一些措施我也是赞成的。什么干部年轻化,教师年轻化,我都举双手赞成。但是我对报纸上天天大声叫嚷"老龄社会",却有极大的反感。好像人一过六十就成了社会的包袱,成了阻碍社会进步的绊脚石,我看有点危言耸听,不知道用意何在。我自己已是老人,我也观察过许多别的老人。他们中游手好闲者有之,躺在医院里不能动的有之,天天提鸟笼持钓竿者有之,如此等等,不一而足。但这只是少数,并不是老人的全部。还有不少老人虽然已经寿登耄耋,年逾期颐,向着白寿甚至茶寿进军,但仍然勤勤恳恳,焚膏继晷,兀兀穷年,难道这样一些人也算是社会的包袱吗?我倒不一定赞成"姜是老的辣"这样一句话。年轻人朝气蓬勃,是我们未来希望之所在,让他们登上要路津,是完全必要的。但是对老年人也不必天天絮絮叨叨,耳提面命:"你们已经老了!你们已经不行了!对老龄社会的形成你们不能辞其咎呀!"这样做有什么用处呢?随着生活的日益改善,人们的平均寿命还要提高,将来老年人在社会中所占的比例还要提高。即使你认为这是一件坏事,你也没有法子改变。听说从前钱玄同先生主张,人过四十一律枪毙。这只是愤激之辞,有人作诗讽刺他自己也活过了四十而照样活下去。我们有人老是为社会老龄化担忧,难道能把六十岁以上的人统统赐自尽吗?老龄化同人口多不是一码事。担心人口爆炸,用计划生育的办法就能制止。老龄化是自然趋势,而且无法制止。既然无法制止,就不必瞎嚷,这是徒劳无益的。我总怀疑,"老龄化"这玩意儿也是从外国进口的舶来品。西方人有同我们不同的伦理概念。我们大可不必东施效颦。质诸高明,以为如何?

  牢骚发完,文章告终,过激之处,万望包容。

1991 年 7 月 15 日

八十述怀

我从来没有想到,我能活到八十岁;如今竟然活到了八十岁,然而又一点也没有八十岁的感觉。岂非咄咄怪事!

我向无大志,包括自己活的年龄在内。我的父母都没能活过五十;因此,我自己的原定计划是活到五十。这样已经超过了父母,很不错了。不知怎么一来,宛如一场春梦,我活到了五十岁。那时正值所谓三年困难时期。我流年不利,颇挨了一阵子饿。但是,我是"曾经沧海难为水",在二次世界大战时,我正在德国,我经受了而今难以想象的饥饿的考验,以致失去了饱的感觉。我们那一点灾害,同德国比起来,真如小巫见大巫;我从而顺利地渡过了那一场灾难,而且我当时的精神面貌是我一生最好的时期,一点苦也没有感觉到,于不知不觉中冲破了我原定的年龄计划,度过了五十岁大关。

五十一过,又仿佛一场春梦似的,一下子就到了古稀之年,不容我反思,不容我踟蹰。其间跨越了一个"文革"。我当然是在劫难逃,被送进牛棚。我现在不知道应当感谢哪一路神灵:佛祖、上帝、安拉;由于一个万分偶然的机缘,我没有走上绝路,活下来了。活下来了,我不但没有感到特别高兴,反而时有悔愧之感在咬我的心。活下来了,也许还是有点好处的。我一生写作翻译的高潮,恰恰出现在这个期间。原因并不神秘:我获得了余裕和时间。在"文革"期间,我被打得一佛出世,二佛升天。后来不打不骂了,我却变成了"不可接触者"。在很长时间内,我被分配挖大粪,看门房,守电话,发信件。没有以前的会议,没有以前的发言。没有人敢来找我,很少人有勇气同我谈上几句话。一两年内,没收到一封信。我服从任何人的调遣与指挥。只敢规规矩矩,不敢乱说乱动。然而我的脑筋还在,我的思想还在,我的感情还在,我的理智还在。我不甘心成为行尸走肉,我必须干点事情。两百多万字的印度大史诗《罗摩衍那》,就是在这时候译完的。"雪夜闭门写禁文",自谓此乐不减羲皇上人。

又仿佛是一场缥缈的春梦,一下子就活到了今天,行年八十矣,是古人称之为耄耋之年了。倒退二三十年,我这个在寿命上胸无大志的人,偶尔也想到耄耋之年的情况:手拄拐杖,白须飘胸,步履维艰,老态龙钟。自谓这种事情与自己无关,所以想得不深也不多。哪里知道,自己今天就到了这个年龄了。今天是新年元旦。从夜里零时起,自己已是不折不扣的八十老翁了。然而这老景却真如古人诗中所说的"青霭入看无",我看不到什么老景。看一看自己的身体,平平常常,同过去一样。看一看周围的环境,平平常常,同过去一样。金色的朝阳从窗子里流了进来,平平常常,同过去一样。楼前的白杨,确实粗了一点,但看上去也是平平常常,同过去一样。时令正是冬天,叶子落尽了,但是我相信,它们正蜷缩在土里,做着春天的梦。水塘里的荷花只剩下残叶,"留得残荷听雨声",现在雨没有了,上面只有白皑皑的残雪。我相信,荷花们也蜷缩在淤泥中,做着春天的梦。总之,我还是我,依然故我,周围的一切也依然是过去的一切……

我是不是也在做着春天的梦呢?我想,是的。我现在也处在严寒中,我也梦着春天的到来。我相信英国诗人雪莱的两句话:"既然冬天已经到了,春天还会远吗?"我梦着楼前的白杨重新长出了浓密的绿叶;我梦着池塘里的荷花重新冒出了淡绿的大叶子;我梦着春天又回到了大地上。

可是我万万没有想到,"八十"这个数字竟有这样大的威力,一种神秘的威力。"自己已经八十岁了!"我吃惊地暗自思忖。它逼迫着我向前看一看,又回头看一看。向前看,灰蒙蒙的一团,路不清楚,但也不是很长。确实没有什么好看的地方。不看也罢。

而回头看呢,则在灰蒙蒙的一团中,清晰地看到了一条路,路极长,是我一步一步地走过来的,这条路的顶端是在清平县的官庄。我看到了一片灰黄的土房,中间闪着苇塘里的水光,还有我大奶奶和母亲的面影。这条路延伸出去,我看到了泉城的大明湖。这条路又延伸出去,我看到了水木清华,接着又看到德国小城哥廷根斑斓的秋色,上面飘动着我那母亲似的女房东和祖父似的老教授的面影。路陡然又从万里之外折回到神州大地,我看到了红楼,看到了燕园的湖光塔影。再看下去,路就缩住了,一直缩到我的脚下。

在这一条十分漫长的路上,我走过阳关大道,也走过独木小桥。路旁有深山大泽,也有平坡宜人;有杏花春雨,也有塞北秋风;有山重水复,也有柳暗花明;有迷途知返,也有绝处逢生。路太长了,时间太长了,影子太多了,回忆太重了。我真正感觉到,我负担不了,也忍受不了,我想摆脱掉这一切,还我一个自由自在身。

回头看既然这样沉重,能不能向前看呢?我上面已经说到,向前看,路不是很长,没有什么好看的地方。我现在正像鲁迅的散文诗《过客》中的那一个过客。他不知道是从什么地方走来的,终于走到了老翁和小女孩的土屋前面,讨了点水喝。老翁看他已经疲惫不堪,劝他休息一下。他说:"从我还能记得的时候起,我就在这么走,要走到一个地方去,这地方就在前面。我单记得走了许多路,现在来到这里了。我接着就要走向那边去……况且还有声音在前面催促我，叫唤我，使我息不下。"那边，西边是什么地方呢？老人说："前面，是坟。"小女孩说："不，不，不的。那里有许多野百合，野蔷薇，我常常去玩，去看他们的。"

我理解这个过客的心情，我自己也是一个过客。但是却从来没有什么声音催着我走，而是同世界上任何人一样，我是非走不行的，不用催促，也是非走不行的。走到什么地方去呢？走到西边的坟那里，这是一切人的归宿。我记得屠格涅夫的一首散文诗里，也讲了这个意思。我并不怕坟，只是在走了这么长的路以后，我真想停下来休息片刻。然而我不能，不管你愿意不愿意，反正是非走不行。聊以自慰的是，我同那个老翁还不一样，有的地方颇像那个小女孩，我既看到了坟，也看到野百合和野蔷薇。

我面前还有多少路呢？我说不出，也没有仔细想过。冯友兰先生说："何止于米？相期以茶。""米"是八十八岁，"茶"是一百零八岁。我没有这样的雄心壮志。我是"相期以米"。这算不算是立大志呢？我是没有大志的人，我觉得这已经算是大志了。

我从前对穷通寿夭也是颇有一些想法的。"文革"以后，我成了陶渊明的志同道合者。他的一首诗，我很欣赏：

纵浪大化中
不喜亦不惧
应尽便须尽
无复独多虑

我现在就是抱着这种精神，昂然走上前去。只要有可能，我一定做一些对别人有益的事，绝不想成为行尸走肉。我知道，未来的路也不会比过去的更笔直,更平坦。但是我并不恐惧。我眼前还闪动着野百合和野蔷薇的影子。

1991 年 1 月 1 日

九三述怀

前几天,在医院里过了一个生日,心里颇为高兴;但猛然一惊:自己已经又增加了一岁,现在是九十三岁了。

在五十多年前,当我处在四十岁阶段的时候,九十三这个数字好像是一个天文数字,可望而不可即。我当时的想法是:我大概只能活到四五十岁。因为我的父母都没有超过这个年龄,由于 X 基因或 Y 基因的缘故,我决不能超过这个界限的。

然而人生真如电光石火,一转瞬间已经到了九十三岁。只有在医院里输液的时候感到时间过得特别慢以外,其余的时间则让我感到快得无法追踪。

近两年来,运交华盖,疾病缠身,多半是住在医院中。医院里的生活,简单而又烦琐。我是因一种病到医院里来的,入院以后,又患上了其他的病。在我入院前后所患的几种病中最让人讨厌的是天疱疮。手上起泡出水,连指甲盖下面都充满了水,是一种颇为危险的病。从手上向臂上发展,发展到一定的程度,就有性命危险。来到三〇一医院,经李恒进大夫诊治,药到病除,真正是妙手回春。后来又患上了几种别的病。有一种是前者的发展,改变了地方,改变了形式,长在了右脚上,黑黢黢脏兮兮的一团,大概有一斤多重。我自己看了都恶心。有时候简直想把右脚砍掉,看你这些丑类到何处去藏身!幸亏老院长牟善初的秘书周大夫不知从哪里弄到了一种平常的药膏,抹上,立竿见影,脏东西除掉了。为了对付这一堆脏东西，三〇一医院曾组织过三次专家会诊，可见院领导对此事之重视。

你想到了死没有？想到过的，而且不止一次。不这样也是不可能的。人类是生物的一种，凡是生物，莫不好生而恶死，包括植物在内，一概如此。人们常说：好死不如赖活着。江淹《恨赋》中说："自古皆有死，莫不饮恨而吞声。"我基本上也不能脱这个俗。但是，我有我的特殊经历，因此，我有我的生死观。我在"文革"中，实际上已经死过一次。在《牛棚杂忆》中对此事有详细的叙述，我在这里不再重复。现在回忆起来，让我吃惊的是，临死前心情竟是那样平静，那样和谐。什么"饮恨"，什么"吞声"，根本不沾边儿。有了这样的独特的经历，即使再想到死，一点恐惧之感也没有了。

总起来说，我的人生观是顺其自然，有点接近道家。我生平信奉陶渊明的四句诗："纵浪大化中，不喜亦不惧。应尽便须尽，无复独多虑。"在这里一个关键的字是"应"。谁来决定"应""不应"呢？一个人自己，除了自杀以外，是无权决定的。因此，我觉得，对个人的生死大事不必过分考虑。

我最近又发明了一个公式：无论什么人，不管是男是女，不管是外国人还是中国人，也不管是处在什么年龄阶段，同阎王爷都是等距离的。中国有两句俗话："阎王叫你三更死，不能留人到五更。"这都说明，人们对自己的生死大事是没有多少主动权的。但是，只要活着，就要活得像个人样子。尽量多干一些好事，千万不要去干坏事。

人们对自己的生命也并不是一点主观能动性都没有的。人们不都在争取长寿吗？在林林总总的民族之林中，中国人是最注重长寿，甚至长生的。在过去几千年的历史上，我们创造了很多长寿甚至长生的故事。什么"王子去求仙,丹成入九天。山中方七日,世上几千年。"这实在没有什么意义。一些历史上的皇帝,甚至英明之主,为了争取长生,"为药所误"。唐太宗就是一个好例子。

中国古代文人对追求长生有自己的表达方式。苏东坡词:"谁道人生无再少?门前流水尚能西。休将白发唱黄鸡。"在这里出现"再少"这个词儿。肉体上的再少,是不可能的,时间是不能倒转的。我的理解是,如果老年人能做出像少年的工作,这就算是"再少"了。

我现在算不算是"再少",我自己不敢说。反正我从来不敢懈怠,从来不倚老卖老。我现在既向后看,回忆过去的九十年;也向前看,看到的不是八宝山,而是活过一百岁。眼前就有我的好榜样。上海的巴金,长我七岁;北京的臧克家,长我六岁,都仍然健在。他们的健在给了我信心,给了我勇气,也给了我灵感。我想同他们竞赛,我们都会活到一百多岁的。

但是,我并不是为活着而活着。活着不是我的目的,而是我的手段。前辈学人陈翰笙先生,当他一百岁时人们为他在人民大会堂祝寿的时候,他眼睛已经失明多年,身体也不见得怎么好。可是,请他讲话的时候,他第一句话就是:"我要工作。"全堂为之振奋不已。

我觉得,中国人民在过去几千年的历史上成就了许多美德,其中一条是"鞠躬尽瘁,死而后已"(出自《三国志·蜀志·诸葛亮传》)。这能代表我们中华民族伟大的一个方面,在几千年的历史上起着作用,至今不衰。

在历史上,我们的先人对人生还有一些细致入微而又切中要害的感悟。我举一个例子。多少年来,社会上流传着两句话:不如意事常八九,能与人言无二三。根据我们每一个人的亲身体会,这两句话是完全没有错的。在我们的生活中，在我们的社会交往中，尽管有不少令人愉快的如意的事情，但也不乏不愉快不如意的事情。年年如此，月月如此，天天如此。这个平凡的真理也不是最近才发现的。宋代的伟大词人辛稼轩就曾写道："肘后俄生柳，叹人生、不如意事，十常八九。"这颇能道出古今人人心中都会有的想法。我们老年人对此更应该加强警惕，因为不如意事有的是人招惹出来的。老年人，由于生理的制约，手和脑都会不太灵光，招惹不如意事的机会会更多一些。我原来的原则是随遇而安，近来我又提高了一步：知足常乐，能忍自安。境界显然提高了一步。

写到这里，我想写一个看来与我的主题无关而实极有关的问题：中西高级知识分子比较研究。所谓高级知识分子，无非是教授、研究员、著名的艺术家——画家、音乐家、歌唱家、演员等等。这个题目，在过去似乎还没有人研究过。我个人经过比较长期的思考，觉得其间当然有共性，都是知识分子嘛；但是区别也极大。简短截说，西方高级知识分子大多数是自了汉，就是只管自己那一亩三分地里的事情，有点像过去中国老农那一种"老婆、孩子、热炕头，外加二亩地、一头牛"的样子。只要不发生战争，他们的工资没有问题，可以安心治学，因此成果显著地比我们多。我们的高知继承了中国自古以来知识分子（士）的传统，家事、国事、天下事，事事关心。中国古代的皇帝们最恨知识分子这种毛病。他们希望士们都能夹起尾巴做人。知识分子偏不听话，于是在中国历史上，所谓"文字狱"这种玩意儿就特别多。很多皇帝都搞文字狱。到了清朝，又加上了个民族问题。于是文字狱更特别多。

最后，我还必须谈一谈服老与不服老的辩证关系。所谓服老，就是一个老人必须承认客观现实。自己老了，就要老实承认。过去能做到的事情，现在做不到了，就不要勉强去做。但是，如果完完全全让老给吓住，什么事情都不做，这无异于坐而待毙，是极不可取的行为。人们的主观能动性的能量是颇为可观的。真正把主观能动性发挥出来，就能产生一种不服老的力量。正确处理服老与不服老的关系并不容易，两者之间的关系有点恍兮惚兮，其中有物。但是，这个物是什么，我却说不清楚。领悟之妙，在于一心。普天下善男信女们会想出办法的。

我已经写了不少，为什么写这样多呢？因为我感觉到，我们的生活环境和生活条件，日益改善，将来老年人会越来越多。我现在把自己的一点经历写了出来，供老人们参考。

千言万语，不过是一句话：我们老年人不要一下子躺在老字上，无所事事，我们的活动天地还是够大的。

有道是：

> 走过独木桥，
> 跳过火焰山。
> 豪情依然在，
> 含笑颂九三！

2003年8月18日于三〇一医院

九十五岁初度

又碰到了一个生日。一副常见的对联的上联是："天增岁月人增寿。"我又增了一年寿。庄子说：万物方生方死。从这个观点上来看，我又死了一年，向死亡接近了一年。

不管怎么说，从表面上来看，我反正是增长了一岁，今年算是九十五岁了。

在增寿的过程中，自己在领悟、理解等方面有没有进步呢？

仔细算，还是有的。去年还有一点叹时光之流逝的哀感，今年则完全没有了。这种哀感在人们中是最常见的。然而也是最愚蠢的。"人间正道是沧桑"，时光流逝，是万古不易之理。人类，以及一切生物，是毫无办法的。"夫天地者，万物之逆旅；光阴者，百代之过客。"对于这种现象，最好的办法是听之任之，用不着什么哀叹。

我现在集中精力考虑的一个问题是：如何避免"当时只道是寻常"的这种尴尬情况。"当时"是指过去的某一个时间。"现在"，过一些时候也会成为"当时"的。这样一来，我们就会永远有这样的哀叹。我认为，我们必须从事实上，也可以说是从理论上考察和理解这个问题。我想谈两个问题，第一个是如何生活，第二个是如何回忆生活。

先谈第一个问题。

一般人的生活，几乎普遍有一个现象，就是倥偬。用习惯的说法就是匆匆忙忙。"五四"运动以后,我在济南读到了俞平伯先生的一篇文章。文中引用了他夫人的话:"从今以后,我们要仔仔细细过日子了。"言外之意就是嫌眼前日子过得不够仔细,也许就是日子过得太匆匆的意思。怎样才叫仔仔细细呢?俞先生夫妇都没有解释,至今还是个谜。我现在不揣冒昧,加以解释。所谓仔仔细细就是:多一些典雅,少一些粗暴;多一些温柔,少一些莽撞;总之,多一些人性,少一些兽性;如此而已。

至于如何回忆生活,首先必须指出:这是古今中外一个常见的现象。一个人,不管活得多长多短,一生中总难免有什么难以忘怀的事情。这倒不一定都是喜庆的事情,比如洞房花烛夜、金榜题名时之类。这固然使人终生难忘。反过来,像夜走麦城这样的事,如果关羽能够活下来,他也不会忘记的。

总之,我认为,回想一些俱往矣类的事情,总会有点好处。回想喜庆的事情,能使人增加生活的情趣,提高向前进的勇气。回忆倒霉的事情,能使人引以为鉴,不致再蹈覆辙。

现在,我在这里,必须谈一个无论如何也绕不过去的问题:死亡问题。我已经活了九十五年。无论如何也必须承认这是高龄。但是,在另一方面,它离死亡也不会太远了。

一谈到死亡,没有人不厌恶的。我虽然还不知道,死亡究竟是什么样子,我也并不喜欢它。

写到这里,我想加上一段非无意义的问话。对于寿命的态度,东西方是颇不相同的。中国人重寿,自古已然。汉瓦当文"延年益寿",可见汉代的情况。人名李龟年之类,也表示了长寿的愿望。从长寿再进一步,就是长生不老。李义山诗:"嫦娥应悔窃灵药,碧海青天夜夜心。"灵药当即不死之药。这也是一些人,包括几个所谓英主在内,所追求的境界。汉武帝就是一个狂热的长生不老的追求者。精明如唐太宗者，竟也为了追求长生不老而服食玉石散之类的矿物，结果是中毒而死。

上述情况，在西方是找不到的。没有哪一个西方的皇帝或国王会追求长生不老。他们认为，这是无稽之谈，不屑一顾。

我虽然是中国人，长期在中国传统文化熏陶下成长起来的，但是，在寿与长生不老的问题上，我却倾向西方的看法。中国民间传说中有不少长生不老的故事，这些东西侵入正规文学中，带来了不少的逸趣，但始终成不了正果。换句话说，就是，中国人并不看重这些东西。

中国人是讲求实际的民族。人一生中，实际的东西是不少的。其中最突出的一个东西就是死亡。人们都厌恶它，但是却无能为力。

上文中我已经涉及死亡问题，现在再谈一谈。一个九十五岁的老人，若不想到死亡，那才是天下之怪事。我认为，重要的事情，不是想到死亡，而是怎样理解死亡。世界上，包括人类在内，林林总总，生物无虑上千上万。生物的关键就在于生，死亡是生的对立面，是生的大敌。既然是大敌，为什么不铲除之而后快呢？铲除不了的。有生必有死，是人类进化的规律。是一切生物的规律，是谁也违背不了的。

对像死亡这样的谁也违背不了的灾难，最有用的办法是先承认它，不去同它对着干，然后整理自己的思想感情。我多年以来就有一个座右铭："纵浪大化中，不喜亦不惧。应尽便须尽，无复独多虑。"是陶渊明的一首诗。"该死就去死，不必多嘀咕。"多么干脆利落！我目前的思想感情也还没有超过这个阶段。江文通《恨赋》最后一句话是："自古皆有死，莫不饮恨而吞声。"我相信，在我上面说的那些话的指引下，我一不饮恨，二不吞声。我只是顺其自然，随遇而安。

我也不信什么轮回转世。我不相信,人们肉体中还有一个灵魂。在人们的躯体还没有解体的时候灵魂起什么作用,自古以来,就没有人说得清楚。我想相信,也不可能。

　　对目前的九十五岁高龄有什么想法?我既不高兴,也不厌恶。这本来是无意中得来的东西,应该让它发挥作用。比如说,我一辈子舞笔弄墨,现在为什么不能利用我这一支笔杆子来鼓吹升平,增强和谐呢?现在我们的国家是政通人和、海晏河清,可以歌颂的东西真是太多太多了。歌颂这些美好的事物,九十五年是不够的。因此,我希望活下去。岂止于此,相期以茶。

2006 年 8 月 8 日

老年四"得"

著名的历史学家周一良教授,在他去世前的一段时间内,在一些公开场合,讲了他的或者他听到的老年健身法门。每一次讲,他都是眉开眼笑、眉飞色舞,十分投入。他讲了四句话:吃得进,拉得出,睡得着,想得开。这话我曾听过几次。我在心里第一个反应是:这有什么好讲的呢?不就是这样子吗?

一良先生不幸逝世,迫使我时常想到一些与他有关的事情,以上四句话,四个"得",当然也在其中。我越想越觉得,这四句话确实很平凡;但是,人世间真正的真理不都是平凡的吗?真理蕴藏于平凡中,世事就是如此。

前三句话,就是我们所说的吃喝拉撒睡那一套,是每一个人每天都必须处理的,简直没有什么还值得考虑和研究的价值,但这是年青人和某一些中年人的看法。当年我在清华大学读书的时候,从来没想到这四个"得"的问题,因为它们不成问题。当时听说一个个子高大的同学患失眠症,我大惊失色。我睡觉总是睡不够的,一个人怎么会失眠呢?失眠对我来说简直像是一个神话。至于吃和拉,更是不在话下。每一顿饭,如果少吃了一点,则不久就感到饿意。二战期间我在德国时,饿得连地球都想吞下去(借用俄国文豪果戈理《巡按使》中的话)。有一次下乡帮助农民摘苹果,得到四五斤土豆,我回家后一顿吃光,幸而没有撑死。怎么能够吃不下呢?直到80岁,拉对我也从来没有成为问题。

可是,"如今一切都改变"。前三个"得",对我都成问题了。三天两头,总要便秘一次。吃了三黄片或果导片,则立即变为腹泻。弄得我束手无策,不知所措。至于吃,我可以说,现在想吃什么就有什么,然而有时却什么也不想吃。偶尔有点饿意,便大喜若狂,昭告身边的朋友们:"我害饿了!"睡眠则多年来靠舒乐安定过日子。不值一提了。

我认为,周一良先生的四"得"的要害是第四个,也就是"想得开"。人,虽自称为"万物之灵",对于其他生物可以任意杀害,也并不总是高兴的。常言道:"不如意事常八九,可与人言无二三。"这两句话对谁都适合。连叱咤风云的君王和大独裁者,以及手持原子弹吓唬别的民族的新法西斯头子,也不会例外。对待这种情况,万应神药只有一味,就是"想得开"。可惜绝大多数人做不到。尤其是我提到的三种人。他们想不开,也根本不想想得开,最后只能成为不齿于人类的狗屎堆。

想不开的事情很多,但统而言之不出名利二字,所谓"名缰利索"者便是。世界上能有几人真正逃得出这个缰和这条索?对于我们知识分子,名缰尤其难逃。逃不出的前车之鉴比比皆是。周一良先生的第四"得",我们实在应深思。它不但适用于老年人,对中青年人也同样适用。

2002 年 6 月 16 日

老年十忌

我已经在本栏写过谈老年的文章,意犹未尽,再写"十忌"。

忌,就是禁忌,指不应该做的事情。人的一生,都有一些不应该做的事情,这是共性。老年是人生的一个阶段,有一些独特的不应该做的事情,这是特性。老年禁忌不一定有十个。我因受传统的"十全大补""某某十景"之类的"十"字迷的影响,姑先定为十个。将来或多或少,现在还说不准。骑驴看唱本,走着瞧吧。

一忌:说话太多

说话,除了哑巴以外,是每人每天必有的行动。有的人喜欢说话,有的人不喜欢,这决定于一个人的秉性,不能强求一律。我在这里讲忌说话太多,并没有"祸从口出"或"金人三缄其口"的含义。说话惹祸,不在话多话少,有时候,一句话就能惹大祸。口舌惹祸,也不限于老年人,中年和青年都可能由此致祸。

我先举几个例子。

某大学有一位老教授,道德文章,有口皆碑。虽年逾耄耋,而思维敏锐,说话极有条理。不足之处是:一旦开口,就如悬河泻水,滔滔不绝;又如开了闸,再也关不住,水不断涌出。在那个大学里流传着一个传说:在学校召开的会上,某老一开口发言,有的人就退席回家吃饭,饭后再回到会场,某老谈兴正浓。据说有一次博士生答辩会,规定开会时间为两个半小时,某老参加,一口气讲了两个小时,这个会会是什么结果,答辩委员会的主席会有什么想法和措施,他会怎样抓耳挠腮,坐立不安,概可想见了。

另一个例子是一位著名的敦煌画家。他年轻的时候,头脑清楚,并不喜欢说话。一进入老境,脾气大变,也许还有点老年痴呆症的原因,说话既多又不清楚。有一年,在北京国家图书馆新建的大礼堂中召开中国敦煌吐鲁番学会的年会,开幕式必须请此老讲话。我们都知道他有这个毛病,预先请他夫人准备了一个发言稿,简捷而扼要,塞入他的外衣口袋里,再三叮嘱他,念完就退席。然而,他一登上主席台就把此事忘得一干二净,摆开架子,开口讲话,听口气是想从开天辟地讲起,如果讲到那一天的会议,中间至少有三千年的距离,主席有点沉不住气了。我们连忙采取紧急措施,把他夫人请上台,从他口袋里掏出发言稿,让他照念,然后下台如仪,会议才得以顺利进行。

类似的例子还可以举出一些来,我不再举了。根据我个人的观察,不是每一个老人都有这个小毛病,有的人就没有。我说它是"小毛病",其实并不小。试问,我上面举出的开会的例子,难道那还不会制造极为尴尬的局面吗?当然,话又说了回来,爱说长话的人并不限于老年,中青年都有,不过以老年为多而已。因此,我编了四句话,奉献给老人:年老之人,血气已衰;煞车失灵,戒之在说。

二忌:倚老卖老

20世纪50年代和60年代前期,中国政治生活还比较(我只说是"比较")正常的时候,周恩来招待外宾后,有时候会让参加招待的中国同志在外宾走后留下来,谈一谈招待中有什么问题或纰漏，有点总结经验的意味。这时候刚才外宾在时严肃的场面一变而为轻松活泼，大家都争着发言，谈笑风生，有时候一直谈到深夜。

有一次，总理发言时使用了中国常见的"倚老卖老"这个词儿。翻译一时有点迟疑，不知道怎样恰如其分地译成英文。总理注意到了，于是在客人走后就留下中国同志，议论如何翻译好这个词儿。大家七嘴八舌，最终也没能得出满意的结论。我现在查了两部《汉英词典》，都把这个词儿译为 To take advantage of one's seniority or old age，意思是利用自己的年老，得到某一些好处，比如脱落形迹之类。我认为基本能令人满意的；但是"达到脱落形迹的目的"，似乎还太狭隘了一点，应该是"达到对自己有利的目的"。

人世间确实不乏"倚老卖老"的人，学者队伍中更为常见。眼前请大家自己去找。我讲点过去的事情，故事就出在清吴敬梓的《儒林外史》中。吴敬梓有刻画人物的天分，着墨不多，而能活灵活现。第十八回，他写了两个时文家。胡三公子请客：

> 四位走进书房，见上面席间先坐着两个人，方巾白须，大模大样，见四位进来，慢慢立起身。严贡生认得，便上前道："卫先生、随先生都在这里，我们公揖。"当下作过了揖，请诸位坐。那卫先生、随先生也不谦让，仍旧上席坐了。

倚老卖老，架子可谓十足。然而本领却并不怎么样，他们的诗，"且夫""尝谓"都写在内，其余也就是文章批语上采下来的几个字眼。一直到今天，倚老卖老，摆老架子的人大都如此。

平心而论，人老了，不能说是什么好事，老态龙钟，惹人厌恶；但也不能说是什么坏事。人一老，经验丰富，识多见广。他们的经验，有时会对个人，甚至对国家，是有些用处的。但是，这种用处是必须经过事实证明的，自己一厢情愿地认为有用处，是不会取信于人的。另外，根据我个人的体验与观察，一个人，老年人当然也包括在里面，最不喜欢别人瞧不起他。一感觉到自己受了怠慢，心里便不是滋味，甚至怒从心头起，拂袖而去。有时闹得双方都不愉快，甚至结下怨仇。这是完全要不得的。一个人受不受人尊敬，完全决定于你有没有值得别人尊敬的地方。在这里，摆架子，倚老卖老，都是枉然的。

三忌：思想僵化

人一老，在生理上必然会老化；在心理上或思想上，就会僵化。此事理之所必然，不足为怪。要举典型，有鲁迅的九斤老太在。

从生理上来看，人的躯体是由血、肉、骨等物质的东西构成的，是物质的东西就必然要变化、老化，以至消逝。生理的变化和老化必然影响心理或思想，这是无法抗御的。但是，变化、老化或僵化却因人而异，并不能一视同仁。有的人早，有的人晚；有的人快，有的人慢。所谓老年痴呆症，只是老化的一个表现形式。

空谈无补于事，试举一标本，加以剖析。远在天边，近在眼前，标本就是我自己。

我已届九旬高龄，古今中外的文人能活到这个年龄者只占极少数。我不相信这是由于什么天老爷、上帝或佛祖的庇祐，而是享了新社会的福。现在，我目虽不太明，但尚能见物；耳虽不太聪，但尚能闻声。看来距老年痴呆和八宝山还有一段距离，我也还没有这样的计划。

但是，思想僵化的迹象我也是有的。我的僵化同别人或许有点不同：它一半自然，一半人为；前者与他人共之，后者则为我所独有。

我不是九斤老太一党，我不但不认为"一代不如一代"，而且确信"雏凤清于老凤声"。可是最近几年来，一批"新人类"或"新新人类"脱颖而出，他们好像是一批外星人，他们的思想和举止令我迷惑不解，惶恐不安。这算不算是自然的思想僵化呢？

至于人为的思想僵化，则多一半是一种逆反心理在作祟。就拿穿中山装来做例子。我留德十年，当然是穿西装的。解放以后，我仍然有时改着西装。可是改革开放以来，不知从哪吹来了一股风，一夜之间，西装遍神州大地矣。我并不反对穿西装；但我不承认西装就是现代化的标志，而且打着领带锄地，我也觉得滑稽可笑。于是我自己就"僵化"起来，从此再不着西装，国内国外，大小典礼，我一律蓝色卡其布中山装一袭，以不变应万变矣。

还有一个"化"，我不知道怎样称呼它。世界科技进步，一日千里，没有科技，国难以兴，事理至明，无待赘言。科技给人类带来的幸福，也是有目共睹的。但是，它带来的危害，也无法掩饰。世界各国现在都惊呼环保，环境污染难道不是科技发展带来的吗？犹有进者。我突然感觉到，科技好像是龙虎山张天师镇妖瓶中放出来的妖魔，一旦放出来，你就无法控制。只就克隆技术一端言之，将来能克隆人，指日可待。一旦实现，则人类社会迄今行之有效的法律准则和伦理规范，必遭破坏。将来的人类社会变成什么样的社会呢？我有点不寒而栗。这似乎不尽属于"僵化"范畴，但又似乎与之接近。

四忌：不服老

服老，《现代汉语词典》的解释："承认年老"，可谓简明扼要。人上了年纪，是一个客观事实，服老就是承认它，这是唯物主义的态度。反之,不承认,也就是不服老倒迹近唯心了。

中国古代的历史记载和古典小说中,不服老的例子不可胜数,尽人皆知,无须列举。但是,有一点我必须在这里指出来:古今论者大都为不服老唱赞歌,这有点失于偏颇,绝对地无条件地赞美不服老,有害无益。

空谈无补,举几个实例,包括我自己。

1949年春夏之交,解放军进城还不太久,忘记了是出于什么原因,毛泽东的老师徐特立约我在他下榻的翠明庄见面。我准时赶到,徐老当时年已过八旬,从楼上走下,卫兵想去扶他,他却不停地用胳膊肘捣卫兵的双手,一股不服老的劲头至今给我留下了难忘的印象。

再一个例子是北大20世纪20年代的教授陈翰笙先生。陈先生生于1896年,跨越了三个世纪,至今仍然健在。他晚年病目失明,但这丝毫也没有影响了他的活动,有会必到。有人去拜访他,他必把客人送到电梯门口。有时还会对客人伸一伸胳膊,踢一踢腿,表示自己有的是劲。前几年,每天还安排时间教青年英文,分文不取。这样的不服老我是钦佩的。

也有人过于服老。年不到五十,就不敢吃蛋黄和动物内脏,怕胆固醇增高。这样的超前服老,我是不敢钦佩的。

至于我自己,我先讲一段经历。是在1995年,当时我已经达到了84岁高龄。然而我却丝毫没有感觉到,不知老之已至,正处在平生写作的第二个高峰中。每天跑一趟北大图书馆,几达两年之久,风雪无阻。我已经有点忘乎所以了。一天早晨,我照例四点半起床,到东边那一单元书房中去写作。一转瞬间,肚子里向我发出信号:该填一填它了。一看表,已经六点多了。于是我放下笔,准备回西房吃早点。可是不知是谁把门从外面锁上了,里面开不开。

我大为吃惊,回头看到封了顶的阳台上有一扇玻璃窗可以打开。我于是不假思索,立即开窗跳出,从窗口到地面约有一米八高。我一坠地就跌了一个大马趴,脚后跟有点痛。旁边就是洋灰台阶的角,如果脑袋碰上,后果真不堪设想,我后怕起来了。我当天上午下午都开了会,第二天又长驱数百里到天津南开大学去做报告。脚已经肿了起来。第三天,到校医院去检查,左脚跟有点破裂。

我这样的不服老,是昏聩糊涂的不服老,是绝对要不得的。

我在上面讲了不服老的可怕,也讲到了超前服老的可笑。然则何去何从呢?我认为,在战略上要不服老,在战术上要服老,二者结合,庶几近之。

五忌:无所事事

这是一个比较复杂的问题,必须细致地加以分析,区别对待,不能一概而论。

达官显宦,在退出政治舞台之后,幽居府邸,"庭院深深深几许",我辈槛外人无法窥知,他们是无所事事呢,还是有所事事,无从谈起,姑存而不论。

富商大贾,一旦钱赚够了,年纪老了,把事业交给儿子、女儿或女婿,他们是怎样度过晚年的,我们也不得而知,我们能知道的只是钞票不能拿来炒着吃。这也姑且存而不论。

说来说去,我所能够知道的只是工、农和知识分子这些平头老百姓。中国古人说:"一事不知,儒者之耻。"今天,我这个"儒者"却无论如何也没有胆量说这样的大话。我只能安分守己,夹起尾巴来做人,老老实实地只谈论老百姓的无所事事。

我曾到过承德,就住在避暑山庄对面的一旅馆里。每天清晨出门散步，总会看到一群老人，手提鸟笼，把笼子挂在树枝上，自己则分坐在山庄门前的石头上，"闲坐说玄宗"。一打听，才知道他们多是旗人，先人是守卫山庄的八旗兵，而今老了，无所事事，只有提鸟笼子。试思：他们除了提鸟笼子外还能干什么呢？他们这种无所事事，不必深究。

北大也有一批退休的老工人，每日以提鸟笼为业。过去他们常聚集在我住房附近的一座石桥上，鸟笼也是挂在树枝上，笼内鸟儿放声高歌，清脆嘹亮。我走过时，也禁不住驻足谛听，闻而乐之。这一群工人也可以说是无所事事，然而他们又怎样能有所事事呢？

现在我只能谈我自己也是其中一分子，因而我最了解情况的知识分子。国家给年老的知识分子规定了退休年龄，这是合情合理的，应该感激的。但是，知识分子行当不同，身体条件也不相同。是否能做到老有所为，完全取决于自己，不取决于政府。自然科学和技术，我不懂，不敢瞎说。至于人文社会科学，则我是颇为熟悉的。一般说来，社会科学的研究不靠天才火花一时的迸发，而靠长期积累。一个人到了六十多岁退休的关头，往往正是知识积累和资料积累达到炉火纯青的时候。一旦退下，对国家和个人都是一个损失。有进取心有干劲者，可能还会继续干下去的。可是大多数人则无所事事。我在南北几个大学中都听到了有关"散步教授"的说法，就是，一个退休教授天天在校园里溜达，成了全校著名的人物。我没同"散步教授"谈过话，不知道他们是怎样想的。估计他们也不会很舒服。锻炼身体，未可厚非。但是，整天这样"锻炼"，不也太乏味太单调了吗？学海无涯，何妨再跳进去游泳一番，再扎上两个猛子，不也会身心两健吗？蒙田说得好："如果大脑有事可做，有所制约，它就会在想象的旷野里驰骋，有时就会迷失方向。"

六忌：提当年勇

我做了一个梦。我驾着祥云或别的什么云，飞上了天宫，在凌霄宝殿多功能厅里，参加了一个务虚会。第一个发言的是项羽。他历数早年指挥雄师数十万，横行天下，各路诸侯皆俯首称臣，他是诸侯盟主，颐指气使，没有敢违抗者。鸿门设宴，吓得刘邦像一只小耗子一般。说到尽兴处，手舞足蹈，唾沫星子乱溅。这时忽然站起来了一位天神，问项羽："四面楚歌、乌江自刎是怎么一回事呀？"项羽立即垂下了脑袋，仿佛是一个泄了气的皮球。

第二个发言的是吕布，他手握方天画戟，英气逼人。他放言高论，大肆吹嘘自己怎样戏貂蝉，杀董卓，为天下人民除害；虎牢关力敌关、张、刘三将，天下无敌。正吹得眉飞色舞，一名神仙忽然高声打断了他的发言："白门楼上向曹操下跪，恳求饶命，大耳贼刘备一句话就断送了你的性命，是怎么一回事呢？"吕布面色立变，流满了汗，立即下台，像一只斗败了的公鸡。

第三个发言的是关羽。他久处天宫，大地上到处都有关帝庙，房子多得住不过来。他威仪俨然，放不下神架子。但发言时，一谈到过五关斩六将，用青龙偃月刀挑起曹操捧上的战袍时，便不禁圆睁丹凤眼，猛抖卧蚕眉，兴致淋漓，令人肃然。但是又忽然站起了一位天官，问道："夜走麦城是怎么一回事呢？"关公立即放下神架子，神色仓皇，脸上是否发红，不得而知，因为他的脸本来就是红的。他跳下讲台，在天宫里演了一出夜走麦城。

我听来听去，实在厌了，便连忙驾祥云回到大地上，正巧落在绍兴，又正巧阿Q被小D抓住辫子往墙上猛撞，阿Q大呼："我从前比你阔得多了！"可是小D并不买账。

谁一看都能知道，我的梦是假的。但是，在芸芸众生中，特别是在老年中，确有一些人靠自夸当年勇来过日子。我认为，这也算是一种自然现象。争胜好强也许是人类一种本能。但一旦年老，争胜有心，好强无力，便难免产生一种自卑情结。可又不甘心自卑，于是只有自夸当年勇一途，可以聊以自慰。对于这种情况，别人是爱莫能助的。"解铃还需系铃人"，只有自己随时警惕。

现在有一些得了世界冠军的运动员有一句口头禅：从零开始。意思是，不管冠军或金牌多么灿烂辉煌，一旦到手，即成过去，从现在起又要从零开始了。

我觉得，从零开始是唯一正确的想法。

七忌：自我封闭

这里专讲知识分子，别的界我不清楚。但是，行文时也难免涉及社会其他阶层。

中国古人说："人生识字忧患始。"其实不识字也有忧患。道家说，万物方生方死。人从生下的一刹那开始，死亡的历程也就开始了。这个历程可长可短，长可能到一百年或者更长，短则几个小时，几天，少年夭折者有之，英年早逝者有之，中年弃世者有之，好不容易，跌跌撞撞，坎坎坷坷，熬到了老年，早已心力交瘁了。

能活到老年，是一种幸福，但也是一种灾难。并不是每一个人都能活到老年，所以说是幸福。但是老年又有老年的难处，所以说是灾难。

老年人最常见的现象或者灾难是自我封闭。封闭，有行动上的封闭，有思想感情上的封闭，形式和程度又因人而异。老年人有事理广达者，有事理欠通达者。前者比较能认清宇宙万物以及人类社会发展的规律，了解到事物的改变是绝对的，不变是相对的，千万不要要求事物永恒不变。后者则相反，他们要求事物永恒不变；即使变，也是越变越坏，上面讲到的九斤老太就属于此类人。这一类人，即使仍然活跃在人群中，但在思想感情方面他们却把自己严密地封闭起来了。这是最常见的一种自我封闭的形式。

空言无益，试举几个例子。

我在高中读书时，有一位教经学的老师，是前清的秀才或举人。"五经"和"四书"背得滚瓜烂熟，据说还能倒背如流。他教我们《书经》和《诗经》，从来不带课本，业务是非常熟练的。

可学生并不喜欢他。因为他张口闭口："我们大清国怎样怎样。"学生就给他起了一个诨名"大清国"，他真实的姓名反隐而不彰了。我们认为他是老顽固，他认为我们是新叛逆。我们中间不是代沟，而是万丈深渊，是他把自己完全封闭起来了。

再举一个例子。我有一位老友，写过新诗，填过旧词，毕生研究中国文学史，都达到了相当高的水平。他为人随和，性格开朗，并没有什么乖僻之处。可是，到了最近几年，突然产生了自我封闭的现象，不参加外面的会，不大愿意见人，自己一个人在家里高声唱歌。我曾几次以老友的身份，劝他出来活动活动，他都婉言拒绝。他心里是怎样想的，至今对我还是一个谜。

我认为，老年人不管有什么形式的自我封闭现象，都是对个人健康不利的。我奉劝普天下老年人力矫此弊。同青年人在一起，即使是"新新人类"吧，他们身上的活力总会感染老年人的。

八忌：叹老嗟贫

叹老嗟贫，在中国的读书人中，是常见的现象，特别是在所谓怀才不遇的人们中，更是特别突出。我们读古代诗文，这样的内容随时可见。在现代的知识分子中,这样的现象比较少见了,难道这也是中国知识分子进化或进步的一种表现吗?

我认为,这是一个十分值得研究的课题。它是中国知识分子学和中西知识分子比较学的重要内容。

我为什么又拉扯上了西方知识分子呢?因为他们与中国的不同,是现成的参照系。

西方的社会伦理道德标准同中国不同,实用主义色彩极浓。一个人对社会有能力做贡献,社会就尊重你。一旦人老珠黄,对社会没有用了,社会就丢弃你,包括自己的子孙也照样丢弃了你,社会舆论不以为忤。当年我在德国哥廷根时,章士钊的夫人也同儿子住在那里,租了一家德国人的三楼居住。我去看望章伯母时,走过二楼,经常看到一间小屋关着门,门外地上摆着一碗饭,一丝热气也没有。我最初认为是喂猫或喂狗用的。后来一打听,才知道是给小屋内卧病不起的母亲准备的饭菜。同时,房东还养了一条大狼狗,一天要吃一斤牛肉。这种天上人间的情况无人非议,连躺在小屋内病床上的老太太大概也会认为所有这一切都是顺理成章的吧。

在这种狭隘的实用主义大潮中,西方的诗人和学者极少极少写叹老嗟贫的诗文。同中国比起来,简直不成比例。

在中国,情况则大大地不同。中国知识分子一向有"学而优则仕"的传统。过去一千多年以来,仕的途径只有一条,就是科举。"千军万马独木桥",所有的读书人都拥挤在这一条路上,从秀才一举人向上爬,爬到进士参加殿试,僧多粥少,极少数极幸运者可以爬完全程,"仕宦而至将相,富贵而归故乡",达到这个目的万中难得一人。大家只要读一读《儒林外史》,便一目了然。在这样的情况下,倘若科举不利,老而又贫,除了叹老嗟贫以外,实在无路可走了。古人说"诗必穷而后工",其中"穷"字也有科举不利这个涵义。

古代大官很少有好诗文传世，其原因实在耐人寻味。

今天，时代变了。但是"学而优则仕"的幽灵未泯，学士、硕士、博士、院士代替了秀才、举人、进士、状元。骨子里并没有大变。在当今知识分子中，一旦有了点成就，便立即披上一顶乌纱帽，这现象难道还少见吗？

今天的中国社会已能跟上世界潮流，但是，封建思想的残余还不容忽视。我们都要加以警惕。

九忌：老想到死

好生恶死，为所有生物之本能。我们只能加以尊重，不能妄加评论。

作为万物之灵的人，更是不能例外。俗话说："黄泉路上无老少。"可是人一到了老年，特别是耄耋之年，离那一个长满了"野百合花的地方"越来越近了，此时常想到死，更是非常自然的。

今人如此，古人何独不然！中国古代的文学家、思想家、骚人、墨客大都关心生死问题。根据我个人的思考，各个时代是颇不相同的。两晋南北朝时期似乎更为关注。粗略地划分一下，可以分为三派。第一派对死十分恐惧，而且敢于十分坦荡地说了出来。这一派可以江淹为代表。他的《恨赋》一开头就说："试望平原，蔓草萦骨，拱木敛魂。人生到此，天道宁论。"最后几句话是："自古皆有死，莫不饮恨而吞声。"话说得再清楚不过了。

第二派可以"竹林七贤"为代表。《世说新语·任诞第二十三》第一条就讲到阮籍、嵇康、山涛、刘伶、阮咸、向秀和王戎"常集于竹林之中，肆意酣畅"，这是一群酒徒。其中最著名的刘伶命人荷锹跟着他，说："死便埋我！"对死看得十分豁达。实际上，情况正相反,他们怕死怕得发抖,聊作姿态以自欺欺人耳。其中当然还有逃避残酷的政治迫害的用意。

第三派可以陶渊明为代表。他的意见具见他的诗《神释》中。诗中有这样的话:"老少同一死,贤愚无复数。日醉或能忘,将非促龄具!立善常所欣,谁当为此举?甚念伤吾生,正宜委运去。纵浪大化中,不喜亦不惧。应尽便须尽,无复独多虑。"他反对酗酒麻醉自己,也反对常想到死。我认为,这是最正确的态度。最后四句诗成了我的座右铭。

我在上面已经说到,老年人想到死,是非常自然的。关键是:想到以后,自己抱什么态度。惶惶不可终日,甚至饮恨吞声,是最要不得,这样必将成陶渊明所说的"促龄具"。最正确的态度是顺其自然,泰然处之。

鲁迅不到五十岁,就写了有关死的文章。王国维则说:"五十之年,只欠一死。"结果投了昆明湖。我之所以能泰然处之,有我的特殊原因。"文革"中,我已走到过死亡的边缘上,一个千钧一发的偶然性救了我。从那以后,多活一天,我都认为是多赚的。因此就比较能对死从容对待了。

我在这里诚挚奉劝普天之下的年老又通达事理的人,偶尔想一下死,是可以的;但不必老想。我希望大家都像我一样,以陶渊明《神释》诗最后四句为座右铭。

十忌:愤世嫉俗

愤世嫉俗这个现象,没有时代的限制,也没有年龄的限制。古今皆有,老少俱备,但以年纪大的人为多。它对人的心理和生理都会有很大的危害,也不利于社会的安定团结。

世事发生必有其因。愤世嫉俗的产生也自有其原因。归纳起来,约有以下诸端:

首先,自古以来,任何时代,任何朝代,能完全满足人民大众的愿望者,绝对没有。不管汉代的文景之治怎样美妙,唐代的贞观之治和开元之治怎样理想,宫廷都难免腐败,官吏都难免贪污,百姓就因而难免不满,其尤甚者就是愤世嫉俗。

其次,"学而优则仕"达不到目的,特别是科举时代名落孙山者,人不在少数,必然愤世嫉俗。这在中国古代小说中可以找出不少的典型。

再次,古今中外都不缺少自命天才的人。有的真有点天才或者才干,有的则只是个人妄想,但是别人偏不买账,于是就愤世嫉俗。其尤甚者,如西方的尼采要"重新估定一切价值",又如中国的徐文长。结果无法满足,只好自己发了疯。

最后,也是最常见的,对社会变化的迅猛跟不上,对新生事物看不顺眼,是九斤老太一党;九斤老太不识字,只会说"一代不如一代",识字的知识分子,特别是老年人,便表现为愤世嫉俗,牢骚满腹。

以上只是一个大体的轮廓,不足为据。

在中国文学史上,愤世嫉俗的传统,由来已久。《楚辞》的"黄钟毁弃,瓦缶雷鸣"等语就是最早的证据之一。以后历代的文人多有愤世嫉俗之作,形成了知识分子性格上一大特点。

我也算是一个知识分子,姑以我自己为麻雀,加以剖析。愤世嫉俗的情绪和言论,我也是有的。但是,我又有我自己的表现方式。我往往不是看到社会上的一些不正常现象而牢骚满腹,怪话连篇,而是迷惑不解,惶恐不安。我曾写文章赞美过代沟,说代沟是人类进步的象征。这是我真实的想法。可是到了目前,我自己也傻了眼,横亘在我眼前的像我这样老一代人和一些"新人类""新新人类"之间的代沟,突然显得其阔无限,其深无底,简直无法逾越了,仿佛把人类历史断成了两截。我感到恐慌,我不知道这样发展下去将伊于胡底。我个人认为,这也是愤世嫉俗的一种表现形式,是要不得的;可我一时又改变不过来,为之奈何!

  我不知道,与我想法相同或者相似的有没有人在,有的话,究竟有多少人。我想来想去,觉得还是毛泽东的两句诗好:"牢骚太盛防肠断,风物常宜放眼量。"

2000 年 2 月 22 日写毕

国学漫谈

《国学,在燕园又悄然兴起》[①]一文,在国内外一部分人中引起了轰动。据我个人看到的国内一些报纸和香港的报纸,据我收到的一些读者来信看,读者们是热诚赞成文章的精神的。

想要具体的例证,那可以说是俯拾即是。前不久,我曾就东方文化和国学做过一次报告。一位青年同志写了一篇"侧记",叙述这一次报告的情况(王之昉《高屋建瓴启迪后人》,《人民日报》1993年12月1日第三版)。读者如有兴趣,可以参阅。我因为是当事人,有独特的感触,所以不避啰嗦之嫌,在这里对那天的情况再讲上几句。

那是一个阴雨连绵的晚间,天气已颇有寒意。报告定在晚上7时。我毫无自信,事先劝同学们找一个不太大的教室,能容下100人就行了。我是有私心的,害怕人少,讲者孑然坐在讲台上,面子不好看。然而他们坚持找电教大楼的报告大厅,能容下400人。完全出我意料,不但座无虚席,而且还有不少人站在那里,或坐在台阶上,都在静静地谛听,整个大厅里鸦雀无声。我这个年届耄耋的世故老人,内心里十分激动,眼泪在眼睛里打转。据说,有人5点半就去占了座位。面对这样一群英姿勃发的青年,我心里一阵阵热浪翻滚,笔墨语言都是形容不出来的。

[①] 作者为毕全忠,载于《人民日报》1993年8月16日第三版。——编者注

海外不是有一些人纷纷扬扬,说北大学生不念书,很难对付吗?上面这现象又怎样解释呢?

人世间有果必有因。上面说的这种情况也必有其原因。我经过思考,想用两句话来回答:顺乎人心,应乎潮流。

我们中华民族拥有5000年的光辉灿烂的文化,对人类做出了卓越的贡献。很难想象,世界上如果缺少了中华文化会是一个什么样子。前几年,弘扬中华优秀文化的号召一经提出,立即受到了国内外炎黄子孙的热烈拥护。原因何在呢?这个号召说到了人们的心坎上。弘扬什么呢?怎样来弘扬呢?这就需要认真地研究。我们的文化五色杂陈,头绪万端。我们要像韩愈说的那样:"沉浸酿郁,含英咀华",经过这样细细品味、认真分析的工作,把其中的精华寻找出来,然后结合具体情况,从而发扬光大之,期有利于中国人民和世界人民的前进与发展。"国学"就是专门做这件工作的一门学问。旧版《辞源》上说:国学,一国所固有之学术也。话虽简短朴实,然而却说到了点子上。七八十年以来,这个名词已为大家所接受。除了"脑袋里有一只鸟"的人(借用德国现成的话),大概不会再就这个名词吹毛求疵。如果有人有兴趣有工夫去探讨这个词儿的来源,那是他自己的事,我无权反对。

国学绝不是"发思古之幽情"。表面上它是研究过去的文化的,因此过去有一些学者使用"国故"这样一个词儿。但是,实际上,它既与过去有密切联系,又与现在甚至将来有密切联系。现在我们不是都谈建设有中国特色的社会主义吗?什么叫"特色"?特色表现在什么地方?我曾反复思考过这个问题。我觉得,科技对我们国家建设来说,对发展生产力来说,是非常重要的,万万不能缺少的。但是,科技却很难表现出什么特色。你就是在原子能、电脑、宇宙飞船等等尖端科技方面,有突出的成就,超过了世界先进国家,同其他国家比较起来，也只能是程度的差别，是水平的差别，谈不到什么特色。我姑且称这些东西为"硬件"。硬件的本质都是一样的，没有什么特色可言。

特色最容易表现在精神文化方面，我姑且称之为"软件"，哲学、宗教、文学、艺术、伦理、道德、经营、管理等等都属于这个范畴。这些东西也是能够交流的，所谓"固有"并不排除交流，这个道理属于常识范围。以上这些学问基本上都保留在我们所说的"国学"中。其中有不少的东西可以说是中华文化、中华智慧的结晶，直至今日，不但对中国人发挥影响，它的光辉也照到了国外去。最近听一位国家教委的领导说，他在新德里时亲耳听到印度总统引用中国《管子》关于"十年树木，百年树人"的话，在巴基斯坦他也听到巴基斯坦总理引用中国古书中的话。足征中华智慧已深入世界人民之心。这是我们中国人应该感到骄傲的。所有这一些中国智慧都明白无误地表露了中国的特色。它产生于中国的过去，却影响了中国和世界的今天，连将来也会受到影响。事实已经证明，连外国人都会承认这一点的。

国学的作用还不就到此为止，它还能激发我们整个中华民族的爱国热情。"爱国主义"是一个好词儿，没有听到有人反对过。但是，我总觉得，爱国主义有真伪之分。在历史上，被压迫被侵略的民族，为了自己的生存与尊严，不惜洒热血、抛头颅，奋抗顽敌，伸张正义。这是真爱国主义。反之，压迫别人侵略别人的民族，有时候也高呼爱国主义，然而却不惜灭绝别的民族。这样的"爱国主义"是欺骗自己人民的口号，是蒙蔽别国人民的幌子。它实际上是极端民族沙文主义的遮羞布。例子不用举太远的，近代的德、意、日法西斯主义就是这一类货色。这是伪爱国主义。

中国的爱国主义怎样呢？它在主体上是属于真爱国主义范畴

的。有历史为证,不管我们在漫长的封建时期内,"天朝大国"的口号喊得多么响,事实上我国始终有外来的侵略者,主要来自北方,先后有匈奴、突厥、辽、金、蒙、满等等。今天,这些民族基本上都成了中华民族的组成部分;但在当时只能说是敌对者,我们不能否定历史的本来面目。在历史上,连一些雄才大略的开国君主也难以逃避耻辱。刘邦曾被困于平城,李渊曾称臣于突厥,这是最明显的例子。我们也不能说,中国过去没有主动地侵略别人过,这情况也是有过的,但不是主流,主流是中国始终受到外来的威胁。正是由于这个原因,我们中国人民敬仰、歌颂许多爱国者,岳飞、文天祥、史可法等等都是。一直到今天,爱国主义,真正的爱国主义,始终左右我们民族的心灵。我常说,北京大学的优良传统之一,就是爱国主义,我这说法得到了许多人的赞同。探讨和分析中国爱国主义的来龙去脉,弘扬爱国主义思想,激发爱国主义热情,是我们今天"国学"的重要任务。国学的任务可能还可以举出一些来,以上三大项,我认为,已充分说明其重要性了。我上面说到"顺乎人心,应乎潮流"。我现在所谈的就是"人心",就是"潮流"。我没有可能对所有的人都调查一番。我所说的"人心",可能有点局限。但是,一滴水中可以见宇宙,从燕园来推测全国,不见得没有基础。我最近颇接触了一些青年学生。我发现,他们是很肯动脑筋的一代新人。有几个人告诉我,他们感到迷惘。这并不是坏事,这说明他们正在那里寻觅祛除迷惘的东西,正在那里动脑筋。他们成立了许多社团,有的名称极怪,什么"吠陀",什么禅学,这一类名词都用上了。也许正在燕园悄然兴起的"国学",正投了他们之所好,顺了他们的心。否则怎样来解释我在本文开头时说的那种情况呢?中国古话说"得道多助,失道寡助",顺应人心和潮流的就是"道"。

但是,正如对人世间的万事万物一样,对国学也有不同的看法。

提倡国学要有点勇气,这话是我说出来的。我可万万没有想到,今天半路上竟杀出来了一个程咬金,在小报上写文章嘲讽国学研究,大扣帽子。不知国学究竟于他何害,我百思不得其解。无独有偶,北师大古籍研究所编纂《全元文》,按说这工作有百利而无一弊,然而竟也有人想全面否定。我觉得,有这些不同意见也无妨。国学,弘扬中华优秀文化,既然是顺乎人心、应乎潮流的事业,必然会发展下去的。

1993 年 12 月 24 日

略说中国传统文化及其特点

说在中国传统文化的宝库中,中国传统道德是最重要的一部分内容,这话完全正确。因为从世界各国来看,像中国这样几千年如一日重视伦理道德的还没有第二个国家。什么叫中国传统道德?或者说中国传统道德有哪些内容呢?这个问题很复杂,每个人的回答都可能不一样。我讲讲自己的看法,我想这里面起码应包括这么几部分内容。

第一,正如我的老师——清华大学陈寅恪教授曾经说过的,《白虎通》当中的"三纲六纪"是中国文化的精华。什么叫"三纲"呢?就是君臣、父子、夫妇。他讲的当然是君为臣纲,父为子纲,夫为妻纲。这里边有糟粕,如夫妻应该是平等的,怎么男人成了女人的纲了呢?这个我们先不讲它。"六纪",一是诸父,就是父亲的兄弟姊妹;二是兄弟;三是族人;四是诸舅,就是母亲家的人;五是师长;六是朋友。他说,这"三纲六纪"是中国文化的中心,我看他的话很有道理。因为人类自有社会以来,必然要有一种规则来维系,不然的话社会就会乱七八糟。现在马路上为什么要有交通警?为什么要有红绿灯?这就是一种规则,一种规章制度,要求大学都来遵守,这样社会生活才能进行。要是没有这些规则,社会生活就不能进行。《白虎通》的"三纲六纪",把当时社会所有的人际关系都规定了。

第二,我们的文化还有一个提法,是我们的特点,就是格、致、正、诚、修、齐、治、平。意思就是格物、致知、正心、诚意、修身、齐家、治国、平天下八个步骤。先从自己开始格物，就是了解事物，了解以后致知，把规律找出来，正心、诚意就不用讲了，修身就是修自己，然后齐家，把家治好，然后再治国，治国以后是平天下，就是从个人内心一直到天下。那么，什么叫国，什么叫天下呢？在周代来讲，像齐国、燕国、郑国等国是国，天下则指整个周代的中国。现在像中国、日本叫国，天下就是世界。个人要从内心出发，正心、诚意，一直推到治国、平天下。这套系统的步骤，属于伦理道德范畴，也属于政治范畴，是其他任何国家所没有的。

第三，"礼义廉耻，国之四维"。就是说，礼义廉耻是国家的四个支柱。除了这个提法外，古人还提出了"孝悌忠信，礼义廉耻"等说法，意思都差不多。

上述三个方面是古代伦理道德最先最主要的内容。懂得了这三个方面的内容，大体就了解了中国伦理道德最基本的内容。我们的道德伦理又全面又有体系，其他的内容当然就多了，需要写一部中国伦理学史来阐述。

中国传统道德是中国传统文化当中最精华的内容，它在世界人类文明遗产中的特殊性非常之明显。为什么这么说呢？因为世界上任何国家，从古希腊一直到古印度，尽管每个国家都有自己的道德规范，每个民族都有自己的道德规范，可是内容这么全面、年代这么久远、涉及面这么广泛的道德规范，在全世界来看，中国是唯一的。现在中国周围这些国家，像日本、韩国、越南等，有一个名词叫汉文化圈，属于汉文化圈的国家基本上都受我国的影响。

我们一向讲中国是四大文明古国之一。现在我们的考古发现越多，就越证明我们的历史长久。随着考古学的不断进步，我估计将来考古发现不但有夏、有禹，一定还会有更古的尧、舜，还要往上发展。总而言之，我的看法是考古发现越多，我们的历史越长。这是从形成的历史时间看。

那么从具体内容上看，我们民族的特点就更明显了。

比如"孝"这个概念，"三纲五常"里面都有。除了中国以外，全世界各国都没有这么具体。何以证之呢？可以把欧洲现在社会的情况跟我们做比较。当然现在青年人也不像以前那样愚忠愚孝，"割肉疗母"我们也不提倡，可是就拿眼前来讲，我们中国的青年人还比世界各国的要孝得多，虽然程度不如以前了。我是研究语言的，有件事很有意思：把"孝"这个词翻译为英语，用一个词翻译不出来，得用两个词。什么原因呢？因为虽然不能说外国没有孝，但是孝并非作为一个很重要的概念，所以译过去就得用两个词。英文里面两个什么词呢？就是儿女的"虔诚"与"尊敬"，而在中文中光一个"孝"就够了。这就说明"孝"这个词有中国的特点。

我认为中国伦理道德中有两点值得提倡，第一点是讲气节、骨气。一个人要有骨头。我们现在不是还讲解放军硬骨头六连吗？文章也讲风骨。骨头本来是讲一种生理的东西，用到人身上，就是指人要讲气节。孟子就讲富贵不能淫，贫贱不能移，威武不能屈，此之谓大丈夫。富贵我们也不怕，贫贱我们也不怕，威武我们也不怕，这在别的国家是没有的。就是说作为一个人，我有我的人格，顶天立地，不管你多大的官，多么有钱，你做得不对我照样不买你的账。例子很多。《三国演义》里有个祢衡敢骂曹操，不怕他能杀人。近代的章太炎，他就敢在袁世凯住进中南海称帝时，到中南海新华门前骂袁称帝。这种骨气别的国家也不提倡。"骨气"这个词也不好译，翻成英文也得用两个词：道德的"反抗的力量"或者"不屈不挠的力量"，我们用一个"气节""骨气"，多么简洁明了。

我们中国的小说中，随便看看，都有像祢衡这样的人。我们为什么崇拜包公？就是因为他威武不能屈。皇帝掌握生杀大权，但皇帝做错了包公照样不买账；达官显贵虽然有钱有势，包公也照样不买账。这种品行外国是不提倡的。

我常对年轻人讲，不仅在国内要有人格，不能一见钱就什么都不讲了，出国也要有国格，不能忘记自己是中国人，不能忘记国格。

第二点是爱国主义。世界上真正提倡爱国主义的是中国。比如苏武北海牧羊而气节不改的故事，连小孩都知道。写《满江红》的抗金英雄岳飞，他的爱国精神更是历代传诵，后人在杭州西湖边专给他盖了一座庙。又如文天祥，谁都知道他的名言"人生自古谁无死，留取丹心照汗青"，全国都有他的祠堂。近代、现代的爱国英雄也多得很，如抗日战争中的张自忠、佟麟阁，等等。

当然，我们讲爱国主义要分场合，例如抗日战争里，我们中国喊爱国主义是好词，因为我们是正义的，是被侵略、被压迫的。压迫别人、侵略别人、屠杀别人的"爱国主义"是假的，是军国主义、法西斯主义。所以我们讲爱国主义要讲两点：一是我们决不侵略别人，二是我们决不让别人侵略。这样爱国主义就与国际主义、与气节联系上了。

关于中国传统道德在世界文明史中的地位问题，我想最好先举例来说明。大家都知道《歌德谈话录》这本书，在1827年1月30日歌德与艾克曼的谈话录中，歌德说，我今天看了一本中国的书：《好逑传》。中国人了不起，在中国人眼中，人跟宇宙合二为一（这是我这几年宣传的人与大自然和谐），男女谈情说爱，相互彬彬有礼，那么和谐、和睦，这个境界我们西方没有。可以说，《好逑传》在中国文学史上最多与《今古奇观》处在一个水平上，甚至中国文学史也不会写它。可是传到欧洲，当时欧洲文化的第一代表人歌德却大加赞美。但他是有根据的。虽然我国这类才子佳人题材的小说有些理想化，像《西厢记》，但是在当时的西方文化泰斗看来，起码中国作者心中的境界是很高的。歌德指出的这一点不是很值得我们回味吗？

我认为，从世界文化的发展趋向看，中国文化包括中国道德的精华，在21世纪的将来，会在人类精神文明的发展中，发挥更重要的作用。这是我所期望的。

1990 年

中国文化的内涵(节选)

什么是中国文化?这同上面谈到的一般文化一样,也有很多不同的理解。

我曾经把文化分为两类:狭义的文化和广义的文化。狭义指的是哲学、宗教、文学、艺术、政治、经济、伦理、道德等等。广义指的是包括精神文明和物质文明所创造的一切东西,连汽车、飞机等等当然都包括在内。

周一良先生曾把文化分为三个层次:狭义的、广义的、深义的。前两者用不着再细加讨论。对于第三者,深义的文化,周先生有自己的看法。他说:"在狭义文化的某几个不同领域,或者在狭义和广义文化的某些互不相干的领域中,进一步综合、概括、集中、提炼、抽象、升华,得出一种较普遍地存在于这许多领域中的共同东西。这种东西可以称为深义的文化,亦即一个民族文化中最为本质或最具有特征的东西。"(《中日文化关系史论》,第18页)他举日本文化为例。他认为日本深义的文化的特质是"苦涩""闲寂"。具体表现是简单、质朴、纤细、含蓄、古雅、引而不发、不事雕饰等。周先生的论述和观察,是很有启发性的。我觉得,他列举的这一些现象基本上都属于民族心理状态或者心理素质,以及生活情趣的范畴。

把这个观察应用到中华民族文化上,会得到什么结果呢?我不想从民族心态上来探索,我想换一个角度,同样也能显示出中华文化的深层结构或者内涵。

在这个问题上,寅恪先生实际上已先我着鞭。在《王观堂先生挽词·序》中,寅恪先生写道:

> 吾中国文化之定义,具于《白虎通》三纲六纪之说,其意义为抽象理想最高之境,犹希腊柏拉图所谓 Idea 者。

我觉得,这是非常精辟的见解。在下面谈一下我自己的一些想法。

中国哲学同外国哲学不同之处极多,其中最主要的差别之一就是,中国哲学喜欢谈论知行问题。我想按照知和行两个范畴,把中国文化分为两部分:一部分是认识、理解、欣赏等等,这属于知的范畴;一部分是纲纪伦常、社会道德等等,这属于行的范畴。这两部分合起来,形成了中国文化。在这两部分的后面存在着一个最为本质、最具有特征的、深义的中华文化。

寅恪先生论中国思想史时指出:

> 南北朝时,即有儒释道三教之目。(中略)故自晋至今,言中国之思想,可以儒释道三教代表之。此虽通俗之谈,然稽之旧史之事实,验以今世之人情,则三教之说,要为不易之论。(中略)故二千年来华夏民族所受儒家学说之影响,最深最巨者,实在制度法律公私生活之方面,而关于学说思想之方面,或转有不如佛道二教者。(《金明馆丛书》二编,第250—251页)

事实正是这个样子。对中国思想史仔细分析,衡之以我上面所说的中国文化二分说,则不难发现,在行的方面产生影响的主要是儒家，而在知的方面起决定作用的则是佛道二家。潜存于这二者背后那一个最具中国特色的深义文化是三纲六纪等伦理道德方面的东西。

专就佛教而言，它的学说与实践也有知行两个方面。原始佛教最根本的教义，如无常、无我、苦，以及十二因缘等等，都属于知的方面。八正道、四圣谛等，则介于知行之间，其中既有知的因素，也有行的成分。与知密切联系的行，比如修行、膜拜，以及涅槃、跳出轮回，则完全没有伦理的色彩。传到中国以后，它那种无父无君的主张，与中国的三纲六纪等等，完全是对立的东西。在与中国文化的剧烈撞击中，佛教如果不能适应现实情况，必然不能在中国立定脚跟。于是佛教只能做出某一些伪装，以求得生存。早期佛典中有些地方特别强调"孝"字，就是歪曲原文含义以适应中国具有浓厚纲纪色彩文化的要求。由此也可见中国深义文化力量之大，之不可抗御了。

这一点，中国不少学者是感觉到了的。我只举几个例子。这些例子全出于《中国文化书院讲演录第一集——论中国传统文化》。梁漱溟先生说：

> 中国人把文化的重点放在人伦关系上，解决人与人之间怎样相处。（页137）

冯友兰先生说：

> 基督教文化重的是天，讲的是"天学"；佛教讲的大部分是人死后的事，如地狱、轮回等，这是"鬼学"，讲的是鬼；中国的文化讲的是"人学"，着重的是人。（页140）

庞朴先生说：

假如说希腊人注意人与物的关系，中东地区则注意人与神的关系，而中国是注意人与人的关系，我们的文化的特点是更多地考虑社会问题，非常重视现实的人生。（页75）

这些意见都是非常正确的。事实上，孔子就是这种意见的代表者。"子不语怪、力、乱、神"，就是证明。他自己还说过："未知生，焉知死。"

国外一些眼光敏锐的思想家也早已看到了这一点，比如德国最伟大的诗人歌德，就是其中之一。1827年1月29日同爱克曼谈"中国的传奇"时，他说：

中国人在思想、行为和情感方面几乎和我们一样，使我们很快就感到他们是我们的同类人，只是在他们那里一切都比我们这里更明朗，更纯洁，也更合乎道德。（中略）还有许多典故都涉及道德和礼仪。正是这种在一切方面保持严格的节制，使得中国维持到几千年之久，而且还会长存下去。（朱光潜译：《歌德谈话录》，页112）

连在审美心理方面，中国人、中国思想、中国文化都有其特点。日本学者岩山三郎说：

西方人看重美，中国人看重品。西方人喜欢玫瑰，因为它看起来美，中国人喜欢兰竹，并不是因为它们看起来美，而是因为它们有品。它们是人格的象征,是某种精神的表现。这种看重品的美学思想,是中国精神价值的表现,这样的精神价值是高贵的。(引自蒋孔阳《中国古代美学思想与西方美学思想的比较》)

我在上面的论述,只是想说明一点:中国文化同世界其他国家的文化,既然同为文化,必然有其共性。我在这里想强调的却是它的特性。我认为,中国文化的特性最明显地表现在或者可以称为深义的文化上,这就是它的伦理色彩,它所张扬的三纲六纪,以及解决人与人之间的关系的精神。

从宏观上看中国文化

羡林按：

此文原为国家教委主持的1989年五四科学讨论会而作。当时限于时间，未能畅所欲言。最后一部分显然给人以仓猝鸣金收兵的印象。我对于文化问题涉猎不深。此文所谈的看法，知音恐亦不多。但我自问立论是公允有据的，决非一时心血来潮而发。对当今社会上泛滥的"月亮只有外国的圆"的思潮，即使不能是一声断喝，至少也能起振聋发聩的作用。既然我自己认为是正确的、有益的，我就希望多多益善地让人能够了解我的看法。适值中华书局征稿，我对文化问题思考的那一点本钱已经用光，"江郎才尽"，再也写不出比较好的文章来了，在再三考虑之余，决定以此文滥竽。但又不能原封不动端上去，于是就把旧文加以充实、扩大，增加了一些新东西，观点则原封不动。以此祝贺中华书局成立八十周年。

最近几年，在全国范围内，掀起了一股"文化热"的高潮。这是完全可以理解的。我们国家的社会主义建设发展到了今天这个地步，在接受几十年来的经验和教训的基础上，大家都认识到，文化建设的任务已经提到议事日程上来了。我想大家都会同意，人类历史上任何社会，都不能专靠科技来支撑，物质文明与精神文明同步建设。我们今天的社会也决不能是例外。

在众多的讨论中国传统文化与现代化问题的论文和专著中，有很多很精彩的具有独创性的意见。我从中学习了不少的非常有用的东西。我在这里不详细去叙述。我只有一个感觉，这就是，讨论中国文化，往往就眼前论眼前，从几千年的历史上进行细致深刻的探讨不够，从全世界范围内进行最广阔的宏观探讨更不够。我个人觉得，探讨中国文化问题，不能只局限于我们生活于其中的这几十年、近百年，也不能局限于我们居住于其中的960万平方千米。我们必须上下数千年，纵横数万里，目光远大，胸襟开阔，才能更清楚地看到问题的全貌，而不至于陷入井蛙的地步，不能自拔。总之，我们要从历史上和地理上扩大我们的视野，才能探骊得珠。

我们眼前的情况怎样呢？从19世纪末叶以来，我们就走了西化的道路。当然，西化的开始还可以更往前追溯，一直追溯到明末清初。但那时规模极小，也没有向西方学习的意识，所以我不采取那个说法，只说从19世纪末叶开始。从中国社会发展的需要来看，从全世界文化交流的规律来看，这都是不可避免的。近几百年以来，西方文化，也就是资本主义文化，垄断了世界。资本主义统一世界市场的形成，把世界上一切国家都或先或后地吸收过去。这影响表现在各个方面。不但在政治、经济方面到处都打上了西方的印记，在文学方面也形成了"世界文学"，从文学创作的形式上统一了全世界。在科学、技术、哲学、艺术等等方面，莫不皆然。中国从前清末叶到现在，中间经历了许多惊涛骇浪，帝国统治、辛亥革命、洪宪窃国、军阀混战、国民党统治、抗日战争、解放战争，一直到中华人民共和国成立后的社会主义初级阶段，我们西化的程度日趋深入。到了今天，我们的衣、食、住、行，从头到脚，从里到外，试问哪一件没有西化？我们中国固有的东西究竟还留下了多少？我看，除了我们的一部分思想感情以外，我们真可以说是"全盘西化"

了。

我并不认为这是一件坏事。我认为,这是一件天大的好事。无论如何,这是一件不可抗御的事。我一不发思古之幽情,二不想效法九斤老太;对中国自然经济的遭到破坏,对中国小手工业生产方式的消失,我并不如丧考妣,惶惶不可终日。我认为,有几千年古老文明的中国,如果还想存在下去,就必须跟上世界潮流,决不能让时代潮流甩在后面。这一点,我想是绝大多数的中国有识之士所共同承认的。

但是,事情还有它的另外一面,它也带来了不良后果。这最突出地表现在一些人的心理上。在解放前,侨居上海的帝国主义者在公园里竖上木牌,上面写着:"华人与狗不许入内。"这是外来的侵略者对我们中华民族的污辱。这是容易理解的。但是,解放以后,我们号称已经站起来了,然而崇洋媚外的心理并未消失。古已有之,于今为烈。这是十分令人痛心的事。20世纪50年代曾批判过一阵这种思想,好像也并没有收到预期的效果。到了"文革",以"四人帮"为首的一帮人,批崇洋媚外,调门最高,态度最"积极"。在国外读过书的知识分子,几乎都被戴上了这顶帽子。然而,实际上真正崇洋媚外的正是"四人帮"及其爪牙自己。现在,"四人帮"垮台已经十多年了,社会上崇洋媚外的风气,有增无减。有时简直令人感到,此风已经病入膏肓。贾桂似的人物到处可见。多么爱国的人士也无法否认这一点。有识之士恝然忧之。这种接近变态的媚外心理,我无论如何也难以理解。凡是外国的东西都好,凡是外国人都值得尊敬,这是一种反常的心理状态。中国烹调享誉世界。有一些外国食品本来并不怎么样;但是,一旦标明是舶来品,立即身价十倍,某一些味觉顿经改造的人们,蜂拥而至,争先恐后。连一些外国朋友都大惑不解,只有频频摇头。

在这样的情况下，要来谈中国文化，真正是戛戛乎难矣哉。在严重地甚至病态地贬低自己文化的氛围中，人们有意无意地抬高西方文化，认为自己一无是处，只有外来的和尚才会念经。这样怎么能够客观而公允地评价中国文化呢？我的意思并不是要说，要评价中国文化，就必须贬低西方文化。西方文化确有它的优越之处。19世纪后半叶，中国人之所以努力学习西方，是震于西方的船坚炮利。在以后的将近一百年中，我们逐渐发现，西方不仅是船坚炮利，在精神文明和物质文明方面，他们都有许多令人惊异的东西。想振兴中华，必须学习西方，这是毫无疑问的。20年代，就有人提出了"全盘西化"的口号。今天还有不少人有这种提法或者类似的提法。我觉得，提这个口号的人动机是不完全一样的。有的人出于忧国忧民的热忱，其用心良苦，我自谓能充分理解。但也可能有人别有用心。这问题我在这里不详细讨论。我只想指出，人类历史证明，全盘西化（或者任何什么化）理论上讲不通，事实上办不到。但这并不影响我们向西方学习。我们必须向西方学习，今天要学习，明天仍然要学习，这是决不能改变的。如果我们故步自封，回到老祖宗走过的道路上去，那将是非常危险的。

但是，我始终认为，评价中国文化，探讨向西方文化学习这样的大问题，正如我在上面已经讲过的那样，必须把眼光放远，必须把全人类的历史发展放在眼中，更必须特别重视人类文化交流的历史。只有这样，才能做到公允和客观。我是主张人类文化产生多元论的。人类文化绝不是哪一个国家或民族单独创造出来的。法西斯分子有过这种论调，他们是别有用心的。从人类几千年的历史来看，民族和国家，不论大小，都或多或少地对人类文化宝库做出了自己的贡献。这恐怕是一个历史事实，是无法否认掉的。同样不可否认的事实是，每一个民族或国家的贡献又不完全一样。有的民族或国家的文化对周围的民族或国家产生了比较大的影响，积之既久，形成了一个文化圈或文化体系。根据我个人的看法，人类自从有历史以来，总共形成了四个大文化圈：古希腊、罗马一直到近代欧美的文化圈、从古希伯来起一直到伊斯兰国家的闪族文化圈、印度文化圈和中国文化圈。在这四个文化圈内各有一个主导的、影响大的文化，同时各个民族或国家又是互相学习的。在各个文化圈之间也是一个互相学习的关系。这种相互学习就是我们平常所说的文化交流。我们可以毫不夸大地说，文化交流促进了人类文化的发展，推动了社会前进。

倘若我们从更大的宏观上来探讨，我们就能发现，这四个文化圈又可以分为两大文化体系：第一个文化圈构成了西方大文化体系；第二、第三、第四个文化圈构成了东方大文化体系。"东方"在这里既是地理概念，又是政治概念，即所谓第三世界。这两大文化体系之间的关系也是互相学习的关系。仅就目前来看，统治世界的是西方文化。但是从历史上来看，二者的关系是三十年河东，三十年河西。

人类历史上曾出现过许多文化，欧洲史学家早有这个观点，最著名的代表是英国历史学家汤因比。他在他的巨著《历史研究》（索麦维尔节录，曹未风等译，上、中、下三册，上海人民出版社，1986年第5次印刷）里，从世界历史全局出发，共发现了21个或23个文化（汤因比称之为社会或者文明）：西方社会、东正教社会（又可以分为拜占庭和俄罗斯两个东正教）、伊朗社会、阿拉伯社会、印度社会、远东社会（又可以分为中国和朝鲜、日本两部分）、古希腊社会、叙利亚社会、古印度社会、古代中国社会、米诺斯社会、印度河流域社会、苏末社会、赫梯社会、巴比伦社会、埃及社会、安第斯社会、墨西哥社会、尤卡坦社会、玛雅社会、黄河流域古代中国文明以前的商代社会（见原书上册，页43）。

汤因比明确反对只有一个社会——西方社会这一种文明统一的理论。他认为这是"误入歧途"，是一个"错误"。虽然世界各地的经济和政治的面貌都已经西化了，其他的社会（文明）大体上仍然维持着本来的面目。文明的河流不止西方这一条（原书上册，页45—48）。

汤因比在本书的许多地方，另外在自己其他著作，比如《文明经受着考验》（沈辉等译，1988年第一版，浙江人民出版社）中，提出了一个观点，文明发展有四步骤：起源、生长、衰落、解体。在《文明经受着考验》页10—11，他提到了德国学者斯宾格勒的名著《西方的沉落》，对此书给了很高的评价，也提到了斯宾格勒思想方法的局限性。在《历史研究》的结尾处，页429—430，他写道：

> 当作者进行他的广泛研究时发现他所搜集到的各种文明大多数显然已经是死亡了的时候，他不得不作出这样的推论：死亡确是每个文明所面对着的一种可能性，作者本身所隶属的文明也不例外。

他对每一个文明都不能万岁的看法是再明确不过的了。

了解了我在上面谈到的这些情况，现在再来看中国文化，我们的眼光就比以前开阔多了。在过去相当长的历史时期内，中国文化对世界文化的发展产生了影响，这是我们的骄傲，这也是一个历史事实。汤因比对此也有所论述，他对中国过去的文化有很好的评价。但是，到了后来，我们为什么忽然不行了呢？为什么现在竟会出现这样崇洋媚外的思想呢？为什么西方某一些人士也瞧不起我们呢？

我觉得，在这里，我们自己和西方一些人士，都缺少历史的眼光。我们自己应该避免两个极端：一不能躺在光荣的历史上，成为今天的阿Q；二不能只看目前的情况，成为今天的贾桂。西方人应该力避一个极端，认为中国什么都不行，自己什么都行，自己是天之骄子，从开天辟地以来就是如此，将来也会永远如此。

那么，我们应该怎么办呢？我们东西双方都要从历史和地理两个方面的宏观上来看待中国文化，决不能囿于成见，鼠目寸光，只见片段，不见全体；只看现在，不看过去，也不看未来。中国文化，在西方人士眼中，并非只有一个看法，只有一种评价。汉唐盛世我不去讲它了，只谈十六七世纪以后的情况，也就能给我们许多启发。这一段时间，在中国是从明末到清初，在欧洲约略相当于所谓"启蒙时期"。在这期间，中国一方面开始向西方学习；另一方面，中国的文化也大量西传。关于这个问题，中西双方都有大量的记载，我没有可能，也没有必要一一加以征引。方豪在他的《中西交通史》（华冈出版有限公司，1977年第6版，第5册，《明清之际中西文化交流史》下）中有比较详细而扼要的介绍。我在下面利用他的资料介绍一下在这期间中国文化流向西方的情况。

中国经籍之西传

四书、五经在中国历史上有至高无上的权威。如果中国经籍西传，首先理所当然的就是这些书。明朝万历二十一年（1593），利玛窦将四书译为拉丁文，寄还本国。天启六年（1626），比人金尼阁将五经译为拉丁文，在杭州刊印。到了清朝，殷铎泽与郭纳爵合译《大学》为拉丁文，康熙元年（1662）刻于建昌。殷氏又将《中庸》译为拉丁文，于康熙六年（1667）和康熙八年（1669）分别刻于广州及印度果阿。《论语》之最早译本亦出殷、郭二人之手，亦为拉丁文。康熙二十年（1681），比教士柏应理返回欧洲，康熙二十六年（1687）在巴黎发刊其著作《中国之哲学家孔子》。中文标题虽为《西文四书解》，但未译《孟子》，名实实不相符。康熙二十六年（1687），奥国教士白乃心用意大利文写的《中国杂记》出版。康熙五十年（1711），布拉格大学图书馆出版卫方济用拉丁文翻译的四书及《孝经》《幼学》，1783年至1786年译为法文。卫氏又以拉丁文著《中国哲学》，与上书同时同地刊出。白晋著有拉丁文《易经大意》，未刊。康熙四十年（1701），白晋自北京致书德国大哲学家莱勃尼兹，讨论中国哲学及礼俗。现在梵蒂冈图书馆中尚藏有西士研究《易经》之华文稿本十四种，宋君荣曾译《书经》，刘应译《礼记》的一部分。康熙末年，马若瑟节译《书经》《诗经》。康熙四十六年（1707），马若瑟自建昌府致函欧洲，讨论儒教。雷孝思参加绘制《皇朝一统舆地全图》，对中国古籍亦有研究。傅圣泽有《道德经评注》，为拉丁文及法文合译稿本。他又用法文译《诗经》。赫苍璧于康熙四十年（1701）来华，亦曾从事翻译《诗经》。

到了雍正乾隆年间，中籍西译继续进行。宋君荣所译之《书经》于乾隆三十五年（1770）刊于巴黎。他还研究中国经籍之训诂问题。孙璋为后期来华耶稣会神父中最精通汉学者。他所译拉丁文《诗经》附有注解。他又译有《礼记》，稿成未刊。蒋友仁制作圆明园中的喷水池，为人所艳称。他又深通汉籍，用拉丁文译有《书经》《孟子》等书。乾隆时有一个叫钱德明的人，精通满汉文，译有《盛京赋》，并研究我国古乐及石鼓文等，他是西人中最早研究我国苗族及兵学者。乾隆四十年（1775）在北京著《华民古远考》，列举《易经》《诗经》《书经》《春秋》及《史记》为证。乾隆四十九年（1784），又在北京刊印《孔子传》，为钱氏著作中之最佳者。此外，他还有《孔门弟子传略》，以乾隆四十九年（1784）或次年刊于北京。韩国英译有《大学》及《中庸》，又著有《记中国人之孝道》。韩氏可能是19世纪前西人研究我国经籍的最后一人。他的本行是生物学。

从明末到乾隆年间，中国经籍之西传，情况大体如上。既然传了过去，必然产生影响。有的影响竟与热心翻译中国经书之耶稣会神父的初衷截然相违。我在下面介绍方豪一段话：

> 介绍中国思想至欧洲者，原为耶稣会士，本在说明彼等发现一最易接受"福音"之园地，以鼓励教士前来中国，并为劝导教徒多为中国教会捐款。不意儒家经书中原理，竟为欧洲哲家取为反对教会之资料。而若辈所介绍之中国康熙年间之安定局面，使同时期欧洲动荡之政局，相形之下，大见逊色；欧洲人竟以为中国人乃一纯粹有德性之民族，中国成为若辈理想国家，孔子成为欧洲思想界之偶像。（五，页197）

中国俗话说："搬起石头砸自己的脚"，颇与此相类了。

受中国经籍影响的，以法、德两国的哲学家为主，英国稍逊。举其荦荦大者，则有法国大哲学家笛卡尔等。法国百科全书派也深受中国思想之影响。在德国方面，启蒙时期的大哲学家斯宾诺莎、莱布尼兹等，都直接受到了笛卡尔的影响，间接受到中国影响。康德认为，斯宾诺莎的泛神论完全受的是老子的影响。莱布尼兹21岁就受到中国影响。后与闵明我、白晋订交，直接接受中国思想。1697年，莱氏的拉丁文著作《中国近事》出版。他在书中说："在实践哲学方面，欧洲人实不如中国人。"有人认为，康德的哲学也受了中国哲学的影响，特别宋儒理学。

中国经籍西传，不但影响了欧洲哲学，而且也影响了欧洲政治。

在德国，莱勃尼兹与华尔弗利用中国哲学推动了德国的精神革命。在法国，思想家们则认为中国哲学为无神论、唯物论与自然主义。这三者实为法国大革命之哲学基础。百科全书派全力推动革命的发展。法国大革命实质上是反宗教之哲学革命。法国的启蒙运动，也是以反宗教为开端。形成这种反宗教的气氛者，归根结蒂是中国思想传播的结果。法国大革命前夕，中国趣味在法国以及整个欧洲广泛流行。宫廷与贵族社会为中国趣味所垄断。而宫廷与贵族又是左右法国政治的集团。则中国趣味对法国政治之影响，概可想见了。

百科全书派把反宗教和鼓吹革命的思想注入所撰写的百科全书中。他们与中国文化有深刻的接触。但因认识中国之渠道不同，对中国的意见也有分歧。孟德斯鸠与卢梭谈的多是欧洲旅客的游记等，对中国遂多有鄙薄之论。荷尔巴旭、服尔德、波尔德、魁斯奈等等，所读多是耶稣会士之报告或书札，对中国文化多有钦慕之意。孟德斯鸠著《法意》第一卷第一章，给法律下定义，提出"万物自然之理"，主张"有理斯有法"，完全是宋儒思想。服尔德七岁即在耶稣会士主办的学校中受教育，对中国文化无条件地赞赏，在自己的小礼拜堂中，供孔子画像，朝夕礼拜。他认为，孔子所说："仅为极纯粹之道德，不谈奇迹，不涉玄虚。"他说："人类智慧不能获得较中国政治更优良之政治组织。"又说："中国为世界最公正最仁爱之民族。"他还根据《赵氏孤儿》写了一部《中国孤儿》。第德洛对中国有批评意见，但认为中国文化在各民族之上。卢梭承认中国为文明最高古国，但他认为文明并非幸福之表记，中国虽文明，而不免为异族所侵凌，他是"文明否定论者"。中国思想除了影响了上述的哲学家之外，还影响了所谓政治经济学上的"重农学派"。这一学派以自然法代替上帝的功能。他们倡导"中国化"，不遗余力，甚至影响了国王路易十五。英国经济学家亚当·斯密受了法国思想家的影响，在《原富》一书中应用中国材料颇多。

在德国，中国影响同样显著。大文豪歌德是一个突出的代表。哲学家也深受中国思想影响。莱勃尼兹、斯宾诺莎，上面已经谈到。其他哲学家，康德、菲希特、谢林、黑格尔等，都受了莱勃尼兹的影响，也可以说，间接受了中国影响。叔本华哲学中除了有印度成分外，也受了朱子的影响。

中国美术之西传

随着中国哲学思想之西传，中国美术也传入欧洲。欧洲美术史上的罗柯柯时代约始于1760年，即乾隆二十五年，至18世纪末而未衰。此时中国美术传入，产生了显著影响。在绘画上重清淡之色彩。在建筑上力避锐角方隅，多用圆角。在文学上则盛行精致的小品。在哲学上采用模棱两可的名词。这与流行于当时的"中国趣味"或"中国风"是分不开的。

中国情趣表现在许多方面，首先是在园林布置方面。欧洲人认为，中国园艺兼有英、法二国之长。他们说，中国园艺匠心独运，崇尚自然，不像欧洲那样整齐呆板。于是中国式的庭园一时流行于欧洲各国，法国、英国、德国等地都出现了中国庭园的模仿物，遗迹至今尚能见到。

中国绘画也传入欧洲，主要是中国的山水画和人物画，在瓷器上表现最为突出。有一些画家也作有中国情趣的绘画，比如孤岛帆影、绿野长桥之类。据说梵高也学过中国泼墨画。

除了绘画之外，中国用具也流行欧洲。轿顶围的质料与颜色，受到中国影响。中国扇子、镜子传入欧洲。17世纪后半，法国能制绸。中国瓷器西传，更不在话下。同时中国瓷器也受到西洋影响。

明末至清朝乾隆年间中国经籍和美术西传的情况大体上就是这个样子。

我现在举一个说明西方人如何看待中国文化的具体的例子。我想举德国最伟大的诗人歌德，他的一生跨越18、19两个世纪，是非常关键的时期。他在1827年1月31日同爱克曼谈话时说道：

（中国传奇）并不像人们所猜想的那样奇怪。中国人在思想、行为和感情方面几乎和我们一样，使我们很快就感到他们是我们的同类人，只是在他们那里一切都比我们这里更明朗，更纯洁，也更合乎道德。在他们那里，一切都是可以理解的，平易近人的，没有强烈的情欲和飞腾动荡的诗兴……他们还有一个特点，人和大自然是生活在一起的。你经常听到金鱼在池子里跳跃，鸟儿在枝头歌唱不停，白天总是阳光灿烂，夜晚也总是月白风清。月亮是经常谈到的，只是月亮不改变自然风景，它和太阳一样明亮……还有许多典故都涉及道德和礼仪。正是这种在一切方面保持严格的节制，使得中国维持到几千年之久，而且还会长存下去。(《歌德谈话录》，朱光潜译，人民文学出版社，1978年，页112)

这是歌德晚年说的话，他死于1832年。他死后没有过多少年，欧洲对中国的调子就逐渐改变了。据我个人多年的观察与思考，这与发生在1840年的鸦片战争有关。在这以前，中国这个天朝大国，虽然已经有点破绽百出，但仍然摆出一副纸老虎的架势，吓唬别人，欺骗自己。鸦片战争一下子把这只纸老虎戳破，真相暴露于光天化日之下。西方对中国的政治、经济，进而对中国文化逐渐贬低起来。他们没有历史观点，以为从来就是这个样子，中国从来就没有好过。

他们自己的老祖宗所说的一些话和所做的一些事，他们也忘了个一干二净。他们随着科学技术的发展，政治、经济的发展，环顾海内，唯我独尊，气焰万丈了。

第一次世界大战给他们敲了一下警钟。他们之中的有识之士开始反思。于是出了像斯宾格勒《西方的没落》这样发人深思的书，可惜好景不长。到了20年代末30年代初，法西斯思潮抬头，把西方文化，特别是所谓"北方"文化捧上了天，把其他文化贬得一文不值。中国人在法西斯分子眼中成了劣等民族，更谈不到什么欣赏中国文化了。不久就爆发了第二次世界大战，比第一次世界大战还要残酷，还要野蛮。这又一次给西方敲了警钟。西方有识之士又一次反思，汤因比可以作为代表。预言已久的第三次世界大战，始终没有爆发。虽然在全球范围内大大小小的战争从未停止过，大家总算是能够和平共处了。到了今天，人类共同的公害，比如人口问题、粮食问题、污染问题、土地问题等等，一个个被认识得越来越清楚。两个超级大国似乎也认识到，靠武力征服世界的美梦是不现实的，他们似乎也愿意和平共处了。在这样的情况下，人们要怎样来认识西方文明，怎样来认识东方文明——中国文明，怎样来认识文化交流，就非常值得我们注意了。

我在上面提到的英国历史学家汤因比，对中国文化和中国未来的作用有自己的看法。在同日本宗教活动家池田大作的谈话中（见《展望二十一世纪——汤因比与池田大作对话录》，荀春生、朱继征、陈国梁译，国际文化出版公司，北京，1985年），他详细阐述了自己的看法。为了把他的观点介绍得明确而翔实起见，我想在这里多引用他的一些话。汤因比说：

> 因此按我的设想，全人类发展到形成单一社会之时，可能

就是实现世界统一之日。在原子能时代的今天，这种统一靠武力征服——过去把地球上的广大部分统一起来的传统方法——已经难以做到。同时，我所预见的和平统一，一定是以地理和文化主轴为中心，不断结晶扩大起来的。我预感到这个主轴不在美国、欧洲和苏联，而是在东亚。

由中国、日本、朝鲜、越南组成的东亚，拥有众多的人口。这些民族的活力、勤奋、勇气、聪明，比世界上任何民族都毫无逊色。无论从地理上看，从具有中国文化和佛教这一共同遗产来看，或者从对外来近代西欧文明不得不妥协这一共同课题来看，他们都是联结在一条纽带上的。并且就中国人来说，几千年来，比世界任何民族都成功地把几亿民众，从政治文化上团结起来。他们显示出这种在政治、文化上统一的本领，具有无与伦比的成功经验。这样的统一正是今天世界的绝对要求。中国人和东亚各民族合作，在被人们认为是不可缺少和不可避免的人类统一的过程中，可能要发挥主导作用，其理由就在这里。

如果我的推测没有错误，估计世界的统一将在和平中实现。这正是原子能时代唯一可行的道路。但是，虽说是中华民族，也并不是在任何时代都是和平的。战国时代和古代希腊以及近代欧洲一样，也有过分裂和抗争。然而到汉朝以后，就放弃了战国时代的好战精神。汉朝的开国皇帝刘邦重新完成中国的统一是远在纪元前二〇二年。在这以前，秦始皇的政治统一是靠武力完成的。因此在他死后出现了地方的国家主义复辟这样的反动。汉朝刘邦把中国人的民族感情的平衡，从地方分权主义持久地引向了世界主义。和秦始皇带有蛊惑和专制性的言行相反，他巧妙地运用处世才能完成了这项事业。

将来统一世界的人，就要像中国这位第二个取得更大成功的统一者一样，要具有世界主义思想。同时也要有达到最终目的所需的干练才能。世界统一是避免人类集体自杀之路。在这点上，现在各民族中具有最充分准备的，是两千年来培育了独特思维方法的中华民族。不是在半个旧大陆，而是在人们能够居住或交往的整个地球，必定要实现统一的未来政治家的原始楷模是汉朝的刘邦。这样的政治家是中国人？日本人？还是越南人？或者朝鲜人？

池田说：

从两千年来保持统一的历史经验来看，中国有资格成为实现统一世界的新主轴。您这一说法，在考虑今后世界问题时，具有极为重要的启示。（页294—295）

这两位著名的国际活动家，主要是从历史上和政治上谈论了中国的和世界的未来，其中也涉及文化。他们的意见，我觉得非常值得注意。至于我自己是否完全同意他们的意见，那是一个次要的问题。重要的是，在目前我们国内有那么一小撮人，声嘶力竭地想贬低中国，贬低中国文化，贬低中国的一切，在这样的时候，有像汤因比这样的通晓世界历史发展规律的大学者，说出了这样的意见，至少可以使这些人头脑清醒一下。你不是说月亮是外国的圆吗？你们中间不是有人竟认为中国连月亮都没有吗？现在有外国人来说，中国有月亮，中国的月亮也是圆的，而且圆得更美妙了。这一小撮人不是应该好好地反思一下吗？这一些人也许根本不知道汤因比是何许人。但那没有关系。他们最怕外国人，反正汤因比是外国人，这一点是错不了的。对这些人来说，这一点也就够了。我决非听了外国人说中国月亮圆而飘飘然忘乎所以，把久已垂下的尾巴又翘了起来。中国的月亮也有阴晴圆缺，并不总是亮而圆的。但这是另一个问题。我们当务之急是全面地、实事求是地从最大的宏观上来考虑中国文化在世界上已经起过的作用和将来能够起的作用。在这样的时刻，兼听则明，汤因比和池田大作的意见是值得我们深思的。

对于人类文明前途的问题，我也曾胡思乱想过一些。我现在想从哲学上或者思想方法上来谈一谈我的想法。西方哲学或者思想方法是分析的，而东方的则是综合的。这两种方法异曲同工，各臻其妙。这已几乎是老生常谈，没有不同的看法。但是，对于分析的前途则恐怕是仁者见仁，智者见智。首先一个问题是：能不能永恒地分析下去？庄子说："一尺之棰，日取其半，万世不竭。"从理论上和逻辑上来讲，这是毫无问题的。但是，对具体的东西的分析，比如说对原子的分析，能不能越分越细，一至万世不竭呢？西方的自然科学走的就是分析的道路。一直到今天，这一条路是走得通的。现在世界上的物质文明就来源于此。这是事实，不容否认。但是，这一条路是否能永远走下去呢？在这里有两种意见：一种认为可以永远走下去，越分析越小，但永不能穷尽。一种认为不行，分析是有尽头的。我自己赞同后一种意见。至于我为什么赞同后者，我认为，这不是一个理论问题，而是一个实践问题。我自己解释不了，我也不相信别人的解释。只有等将来的实践来解答了。

我觉得，目前西方的分析已经走得够远了。虽然还不能说已经到了尽头，但是已经露出了强弩之末的端倪。照目前这样子不断地再分析下去，总有一天会走到分析的尽头。那么怎么办呢？我在上面已经说过，东西两大文化体系的关系从几千年的历史上来看是三十年河东，三十年河西。现在球已经快踢到东方文化的场地上来了。东方的综合可以济西方分析之穷,这就是我的信念。至于济之之方究竟如何,有待于事物(其中包含自然科学)的发展来提供了。

我从宏观上看中国文化,结果就是这样。希望有识之士共同来讨论。

1989 年 10 月 25 日写完

21世纪：东方文化的时代

人类创造的文明或文化从世界范围来说可分为东方文化和西方文化两大体系，每一个文明或文化都有一个诞生、成长、发展、衰落、消逝的过程，不可能是一成不变的。从人类的全部历史来看，我认为，东方文化和西方文化的关系是：三十年河东，三十年河西。目前流行全世界的西方文化并非历来如此，也绝不可能永远如此，到了21世纪，三十年河西的西方文化将逐步让位于三十年河东的东方文化，人类文化的发展将进入一个新的时期。

为什么我认为到了21世纪西方文化将让位于东方文化呢？我是从东西方文化的基础的最根本的差别在于思维方式不同这一点来考虑的。东方的思维方式、东方文化的特点是综合；西方的思维方式、西方文化的特点是分析。举个最简单的例子，从我们坐的凳子来说，看看太和殿皇帝的宝座，四方光板，左不能靠，右不能靠，后又不能靠，坐久了会很不舒服。再看看西方人做的凳子，中间一道略为隆起，两边稍凹，这样坐着会很舒服，但要换个姿势就会硌得难受。而我们太和殿的宝座，光板一块，虽然坐久了不舒服，但是用什么姿势坐都可以。从这件小事，可说明东方人的思维和西方人不一样。在西方，从伽利略以来的四百年中，西方的自然科学走的是一条分析的道路，越分越细，现在已经分到层子（夸克），而且有人认为分析还没有到底，还能往下分。东方人则是综合的思维方式；用哲学家的语言说即是西方是一分为二，东方是合二为一。

在这方面,自然科学界和哲学界是有争论的。物质是无限可分的吗?有不少人相信庄子的话:"一尺之棰,日取其半,万世不竭。"果真如此,则西方的分析方法、西方的思维方式、西方的文化就能永远存在下去,越分越琐细以至无穷,西方文化的光芒也就越辉煌。"三十年河东,三十年河西"这一条人类历史发展启示的规律就要被扬弃。但是庄子所说的是一个数学概念,我所说的分析是物理概念,二者不可混同。

国际上对物质是否无限可分也有两派之争。反对物质无限性观点的代表、大科学家海森堡(Heisenberg)认为物质不是永远可分的,最后有个界限,这个界限是夸克,称之为夸克封闭。其理由是夸克虽能被电子对撞机击碎,但击碎后仍是夸克,并未产生出新的物质。国内金吾伦同志著有《物质可分性新论》,也主张夸克封闭。我是同意这种看法的,因为对物质永远可分的这个观点现在无法证实。我认为夸克现在不能封闭,但将来总有一天要封闭的。我们的一切文明、一切文化现象甚至科技不同于西方。即使是数学,看起来应该是东西方没有差别,一加三等于四,而且还有公式,但是前两年我在《自然辩证法通讯》中,看到中科院数学所吴文俊教授对《九章》一书所写的序言里讲到,东方和西方解决数学问题的方法不一样。对数学这个自然科学的基础尚且不一样,何况其他科学?

多年前,我就讲过21世纪是东方的世纪。西方在资本主义发展到帝国主义阶段,自认为是天之骄子,第一次世界大战从1914年打到1918年,基本上是欧洲人打欧洲人,战后20年代初期,欧洲思想界出现了反思的热潮,他们思考的是为何自认为文化至高无上的欧洲都要自相残杀?看来西方不行了,要看东方。有本风行一时的书叫《欧洲的沦亡》,说欧洲要垮台、要灭亡,仰望东方。当时中国的《老子》《庄子》非常流行,《老子》德文译本有五六十种。

有一位我认识的牙医,既非汉学家,又非文学家,却凭着一本字典、一股傻劲硬是把《老子》翻译了一遍。这说明当时不论是否搞哲学都向东方看齐。第二次世界大战打了六年,死的人比一战还要多。战后,欧洲再次出现一股眼望东方的反思热潮。当时除《老子》《庄子》外,又增加了禅宗、中医、《易经》,还有印度大乘佛教。一位英国的史学家汤因比在他所著的《历史研究》中,把各国各民族的历史做了个总结,他认为人类共同创造了23个或26个文明,每个文明或文化都有其诞生、生长、繁荣、衰微、消逝的过程,没有任何一种文明或文化可以贯穿千秋。从他的哲学基础出发得出的结论是西方的文化将来要消灭。至今欧美思想界仍感觉他的反思比较深沉。

我们还可以从20世纪后半期西方兴起的几种新的学科如模糊学、混沌学中进一步的说明。模糊学是从模糊数学开始的,以后又有模糊逻辑、模糊语言……就说模糊语言,我们天天开口讲话,从未怀疑过自己的语言是模糊的,但是说天气好,怎么叫好?天气暖,怎么叫暖?长得高,怎么叫高?这件事情好,怎么叫好?都是模糊的。我们可以对这些问题仔细分析、追根到底,但是要讲清楚却很难。混沌学被誉为继爱因斯坦的相对论和普朗克的量子力学之后20世纪科学的第三个伟大的发现。关于混沌学,美国学者格莱克写过一本书《混沌:开创新科学》,此书有汉译本,我国周文斌先生在1990年11月8日《光明日报》写有书评,文中有一段话说:"混沌学是关于系统的整体性质的科学,它扭转科学中简化论的倾向,即只从系统的组成零件夸克、染色体或神经元来作分析的倾向,而努力寻求整体,寻求复杂系统的普遍行为。它把相距甚远的方面的科学家带到了一起,使以往的那种分工过细的研究方法发生了戏剧性的倒转,亦使整个数理科学开始改变自己的航向。它揭示了有序与无序的统一，确定性与随机性的统一，是过程的科学而不是状态的科学，是演化学而不是存在的科学。它覆盖面之广，几乎涉及自然科学与社会科学的各个领域。"为什么在20世纪后半期，西方有识之士开创了与西方文化整个背道而驰的模糊学、混沌学呢？这说明他们已经痛感西方分析的思维方式不行了。世上万事万物没有绝对的、百分之百的正确，金无足赤，人无完人，绝对的好、绝对的美是不存在的，一切都是相对的。分析的方法有限度，要把一切都弄得清清楚楚是办不到的。必须改弦更张、另求出路，这样人类文化才能继续向前发展。

我说三十年河东，三十年河西，许多事情就是这样。从整个世纪来看中国文化在世界上占领导地位，这是东方，三十年河东。到明朝末年、西方文化自天主教传入起，至今几百年了，西方资本主义的物质文明给人类带来很大的福利，但另一方面也带来灾难，癌症、艾滋病、淡水资源短缺、环境污染、生态平衡的破坏等等。这些灾难中任何一个解决不了，人类就难以继续生存。怎么办？人类到了今天，三十年河西要过，我们就像接力赛一样，在西方文化的基础上，接过这一棒，用东方文化的综合思维方式解决这些问题，去除掉这些弊端。所谓综合，就是"整体观念、普遍联系"这八个字。西方的哲学思维是只见树木不见森林，只从个别细节上穷极分析，而对这些细节之间的联系则缺乏宏观的概括，认为一切事物都是一清如水，而实际情况并非如此。我认为中国的东方的思维方式从整体着眼，从事物之间的联系着眼更合乎辩证法的精神。就像中医治病是全面考虑、多方照顾，一服中药，药分君臣，症治关键，医头痛从脚上下手，较西医的头痛治头、脚痛治脚更合乎辩证法。

总之，我认为，西方形而上学的分析已快走到尽头，而东方的寻求整体的综合必将取而代之。以分析为基础的西方文化也将随之衰微,代之而起的必然是以综合为基础的东方文化。"取代"不是"消灭",而是在过去几百年来西方文化所达到的水平的基础上,用东方的整体着眼和普遍联系的综合思维方式,以东方文化为主导,吸收西方文化中的精华,把人类文化的发展推向一个更高的阶段。这种取代,在21世纪中就可见分晓。21世纪,东方文化的时代,这是不以人们的主观愿望为转移的客观规律。

1992年3月10日

西方不亮东方亮

——在北京外国语大学中文学院的讲演

同志们，原来我讲好的是，十个八个人在一起座谈，随便讲点什么。结果，这个架势一摆（指被安排在主席台就座），非高高在上不行了。在车上我跟他们两位（宋柏年、刘蓓蓓）说讲什么东西，我说希望先听听大家的意见，他们说讲一讲文化什么的和跟你们学院有关系的一些事情。刚才杨院长也说了，不是什么正式的报告。我就根据在车上那个几分钟的灵感，来谈一点我的感想。

大家知道，我并不是搞什么文化思想的，我的出身是搞西洋文学的，后来乱七八糟搞点语言、文化、佛教，科技什么的也涉及了，是杂家，样样通，样样松，不行。要说特点呢，我喜欢胡思乱想。最近也写过几篇文章，是胡思乱想的结果。这胡思乱想有个好处，为什么？因为真正的专家呀，他不敢随便说话。他怕。我不是什么专家，所以我敢说话，就跟打乒乓球一样，我没有心理负担。现在我就讲一点儿我的看法，当然，把所有的想法都讲出来也不可能，占大家太多时间。

第一个就讲他们两位在路上讲到的文化热，眼前我们中国研究文化的一些情况。这个问题不是现在才开始的，大概是几年前吧，国家提出了"弘扬中华民族的优秀文化"这个口号，得到了全国人民、海外华人华裔甚至不是华人的外国人的赞同。这证明这个口号提得正确。什么原因呢？就是我们弘扬中华民族优秀的文化，这绝对不是什么狭隘的民族主义。因为我们都认为，外国的一些有识之士，也认为我们的优秀文化中间有些东西，不但对中国有利，对世界也有利，所以我们要弘扬。因此，我自己感觉，这口号提出来以后，这爱国主义和国际主义，完全可以结合起来。有人把国际主义跟爱国主义对立，我感觉到，真正的爱国主义就是国际主义，真正的国际主义就是爱国主义。我们这个口号就具体体现了这个关系。

据说现在全世界给文化下的定义有五百多个，这说明，没法下定义。我们认为人文科学跟自然科学不一样，有的是最好不下定义，自然科学像"直线是两点间最短的线"，非常简单，非常明了，谁也反对不了。而我认为社会科学不是这样的，所以文化的定义我想最好还是不下。当然，现在好多人写文章，还在非常努力地下定义，这个不过是在五百个定义外再添一个定义，五百零一，五百零二，一点问题不解决，所以我个人理解的文化就是非常广义的，就是精神方面、物质方面对人民有好处的，就叫作文化。文化一大部分呢，就保留在古代的典籍里边，五经四书呀，二十四史呀。中国的典籍呀，按照数量来讲，世界第一，这是毫无问题的；按质量来讲，我看也可以说是世界第一。大部分保留在典籍里，当然也有一部分不是保留在典籍里边，比如说长城，长城文化。长城是具体的东西。现在的文化，吃的盐巴也是文化，什么都是文化。这个正确不正确，我也不敢说，我说这是不是太过分了，什么都是文化，虽然这个没什么坏处，说明大家对文化重视。不用说别的，就是从我们古代文献里边，好多话，到今天非常值得我们深思。大家也知道，宋代赵普以半部《论语》治天下，从前年轻的时候我也很怀疑，我说一个人怎么能够以半部《论语》治天下呢？我到了望九之年了，我现在感觉到其实用不着半部《论语》，有几句话就能治天下。例如像大家举的"己所不欲，勿施于人"这句话，这个想法能办到，我看不仅中国大治,世界也大治,世界和平就有了保证。这一句话就够了。又如"先天下之忧而忧,后天下之乐而乐",你到了共产主义也无非是这个境界吧。

今天中午我看《大公报》,现在的日本大使,他就讲,"近者悦,远者来"。我后来听说我们国家一个领导人到印度去访问,人家总理就讲这个教育重要,说教育是"十年树木,百年树人",引的我们中国的。后来这位领导人到了巴基斯坦,他们的总理(女总理)引用的也是中国的话。我不是说古籍里说的话全对,这个不可能的,有精华也有糟粕,这是必然的。可是精华毕竟多于糟粕。像这种话,我不是说别的国家就没有,不能那么说,我也不说我们中华民族是世界上独一无二的。"文化是我们创造的",这是希特勒的论调。文化不是哪一个民族创造的,是大家共同创造的。我们古代典籍里边,就是片言只字,你只要认真体会,就能对今天有帮助。这种话多极了。《论语》我们都念过,当时念《论语》莫名其妙,后来,解放后也批判《论语》,真是莫名其妙。现在你想一想呢,这里边有些话确实是那么回事,对我们今天有用。所以林语堂写了一本书叫《中国的智慧》(The Chinese Wisdom),他就是讲这个,选中国古代典籍里边非常精粹的,叫作中国的智慧。再回到我刚才说的,是弘扬中华民族优秀文化,我说不但对中国有用,对世界也有用。大家都能做到的话,这世界会变好的。当然这种想法就是"乌托邦",不可能的。不过无论如何,这种智慧代表我们老祖宗对社会的看法,对人生的看法,是非常正确的。

有一次开会,碰到那个萧克将军。大家也知道萧克,他是炎黄文化研究会的执行副会长,他讲中国文化中有精华,当然也有糟粕,他说孔子讲"唯女子与小人之为难养也,近之则不逊,远之则怨"。他说这就是看不起妇女吧,他这句话是对的。当时在孔子那个时代,妇女恐怕是地位很低的。不过，我也跟他讲，这句话里边还有一半是对的。说小人那半是对的，说妇女那半是错了，不应该那么讲，后来他也同意。这样我也感觉到，我们弘扬文化，我刚才说，得到全世界，不但是华裔华侨，而且是外国人的赞扬，我是说有识之士，不是一般人，一般的西方人还没到这个水平。

再说我们中国，跟这个有联系的是讲国学。国学嘛，好像是北大带了个头，《人民日报》大家也看了吧，去年有一篇文章，讲国学在燕园悄悄地兴起。实际上国学有一大部分就是讲我们的优秀文化，我们搞国学的目的也不是什么复古主义，跟那个不沾边儿。可现在呢，大家注意到没有？就是在这方面，要用"文化大革命"的词儿啊，叫作什么呢，叫作阶级斗争新动向。现在就是有人这么讲，说搞国学就是对抗马克思主义。这话我最初听说时，大吃一惊，我说国学怎么能对抗马克思主义呢，可是确实有人这么说了，而且有文章，大家要是愿意看的话呢，去年，哪一月忘记了，《哲学研究》上有一篇文章就是这观点。也有人写文章配以漫画来讽刺国学研究。所以，问题就是我们认为正确的，人家不一定认为正确。咱们人文科学就这么复杂。这个问题请同志们注意，这种文章以后还会有，这种讲话以后也会有。我的看法呢，说搞国学就是对抗马克思主义，这根本不沾边儿，应该说是发扬发展马克思主义，这就对头了。不沾边儿，怎么对抗呢，好像是我们一提倡国学就是复古主义。

现在整个的社会，不但中国，而且是全世界，都是西方文化占垄断地位。这是事实，眼前哪里不是西方文化？电灯电话，楼上楼下，就说我们穿的，从头顶到鞋，全是西方化了。这个西化不是坏事情，问题是怎么对待这个现象。现在，我们学界，你讲那个西化大家没人反对，不管你怎么西化，没人反对；你讲"东化"，就有人大为恼火。这"东化"报纸上没有这个词儿，是我发明的。不用说别的，我记得是1827年，还是清朝，歌德，德国那个大文学家，当时应该说歌德是西方文化的代表人物，他在1827年1月30日，跟爱克曼谈话，讲一个什么问题呢，就讲中国的《好逑传》。《好逑传》这本书，中国最多能够摆在《今古奇观》里边，跟那个同等水平。歌德呢，看了那个翻译，是法文翻译还是拉丁文呢，我忘记了，就大为赞美，说中国这个文化了不起。《好逑传》，从这个名字你就能知道，是讲才子佳人的。他讲什么呢，歌德讲，你看在这个屋子里面，这个公子跟小姐在那里谈情说爱，可是坐怀不乱，伦理道德水平高。另外天井里面，那个鱼缸里面的金鱼，在那里悠然自得，在那里玩，说中国这个天人完全和谐，一点儿没矛盾。虽然是讲才子佳人，这种书咱们有一大批，歌德当然不知道，当时欧洲也不可能知道，一大批，可以说是已经公式化了。可他认为了不起，他批评当时法国一个最著名的诗人，就说是写伦理道德啊，就写这个男女关系，若跟中国一比啊，简直是天上地下，中国好得不得了。1827年，不是很早的，不是汉唐，汉唐那时候确实东化，当时在汉唐，世界的文化中心、经济中心是中国。到了法国，大家知道的伏尔泰，对中国也是推崇备至。莱布尼兹也是对中国的《易经》推崇备至。歌德比他们还晚，到了1827年，还这样赞美中国。据我的看法，到了1840年，鸦片战争以后，用现在的话讲就是纸老虎被戳破了，于是乎中国的威望、中国的文化，在欧洲人眼中一落千丈。鸦片战争是转折点，在1840年。当然在1840年前，中国已经有一批人，感到闭关锁国是不正确的，比如魏源。大家知道魏源的《海国图志》，《海国图志》这本书，写作是在鸦片战争以前，鸦片战争以后才出齐，最后有一百卷，一大堆。这本书应该说当时是了不起的。可这本书产生的作用，在中国远远不如日本。一向有人讲，日本在1868年明治维新，受这个影响，其中主要之一就是《海国图志》，但是《海国图志》在中国并没有产生这么大影响，一直到19世纪末年洋务派，好像也没有给它了不起的地位。就说这个东方文化、西方文化，眼前，我刚才说了，是西方文化主宰世界。这个我们否定不了。我刚才说，也是件好事。这是西方产业革命以后，也不过几百年里发展起来的，一方面我们人民得到了好处，当然一方面也得到了灾难，这同时啊，这好处与灾难，老子讲辩证法讲得非常好，"福兮祸所伏，祸兮福所倚"，祸福是辩证的。世界往往是这样的，好东西中往往有坏东西，就说西化，我刚才说，我们现在人为什么能够人为地使年龄越来越老，我看跟西方的物质文明、西方的科学技术是分不开的。不能不承认这一点。但是，它有它的缺点。

  远的不讲，同志们你们有没有注意《参考消息》，就是《参考消息》，不是什么很难得的报纸，你们注意一下就知道，现在科学技术的发展，导致了对自然的破坏，生态平衡的破坏，世界要变暖，种种种种，这些东西啊，都跟西方的科学技术有关系。所以我就说，好东西跟坏东西有时候很难分。那么我们现在在这个科学技术方面，起步比较晚，也有我们的好处，就是过去的人走过的错路，我们可以不走。可对这个认识，大家很不一致，就是东化西化的问题，我看到了21世纪，我们应该提倡东化。现在在这方面有几种看法。一种看法呢就是，我写过几篇文章，也在几个地方讲过，我说21世纪是东方文化的世纪。我到现在还这么讲。说这话，因为我自己是东方人，有点王婆卖瓜自卖自夸，可是这个意见西方人也有，比如汤因比，英国的汤因比，他那本书译过来叫《历史研究》，很大的本子，三本，大家有兴趣可以看一看。他就主张这样，他就主张世界的文化，他不叫文化，他叫文明，civilization，不是culture，这两个字的差别先不讲，又有相同之处，又有不同之处。文化跟文明，汤因比用的是civilization。他把人类的文明，过去的，所有的，五千年以内的，分为23个或26个，他认为任何文明都不能万岁千秋，它有成长过程。有人讲，他是进化论的看法，你不管它是什么论，反正这是历史事实证明了的，一种文化，不能永远万世长存，任何文化，它总是要变的。我们讲辩证法，辩证法的核心，就是一切都要变，这谁也否定不了的。文化、文明也是这样的。欧洲有些国家得到好多殖民地，自己以为了不起，1914年打了一次世界大战，结果自己打自己，都是白种人打白种人，基本上是。所以1918年以后，欧洲有识之士，他们觉得有点问题，他们说，我们的文化这么了不起，我们是天之骄子，为什么我们自己打自己，一死几千万？所以当时，就在一战以后，就出了一本书，德国人斯宾格勒写的，叫《西方的没落》，就是西方文化的沦亡，它就讲这个道理。可到了20世纪20年代后期，来了一个反动，首先是墨索里尼，其次是希特勒，把这本书，在图书馆里边都拿去烧掉。我们现在有翻译。然后是20世纪30年代，法西斯在欧洲横行霸道的时候。到了1939年，又来了个第二次世界大战。这一次比上一次多了两年，死的人多了几千万。所以在这以后，西方人脑袋里面又有问题了，说我们怎么又打，二战基本上也是自己打自己，东方也沾点儿边。所以在这个时候又出了许多书，汤因比的思想可以代表这个时期的。

这世界无非是这样的，东方不亮西方亮。那西方不行的话呢，就看东方。所以要向东方学习。这个话呢，我感觉到，作为一个学术来讨论也可以，没有什么关系，就是不要扣帽子。可现在我们学术界，就这么个现象，别的界我先不说，就说语言学界。你讲西化，他是百依百顺，你讲东化，他认为你大逆不道。我觉得很奇怪，为什么不能东化呢？为什么？这道理讲不通啊。他说什么呢，他说现在中国的语言理论，谁也没建立起来，没有。像欧洲的大家，近代的乔姆斯基什么的这一批，都有，这证明我们不行。文学界讲文艺理论，还没有一个这么具体的例子，不过问题差不多。就是现在欧洲文学界，他们有理论，一天变一遍，一天变一遍，蟪蛄不知春秋。可是我们中国就在后边跟，老赶，老也赶不上，我们这里提倡的，人家那里已经下台了，人家那里上台的时候我们不知道。等到我们知道时，人家那里下台了。有人大概就这么讲，我们中国为什么就不能创立新的文艺理论？这正好有个道理，你讲文艺理论基础，讲文艺理论在中国是历史最长，经典最丰富。古希腊当然很了不起，不过，古希腊的文化后来中断了，我们中国的没有中断。按道理讲去，我们本来有这个能力，在旧的基础上来创造新的文艺理论，本来应该有的。像《文心雕龙》那种书，现在你读起来，还是感觉到里边内容非常地丰富，意见非常地深刻。后来是诗话，中国研究文艺理论很有意思，整个一本书讲文艺理论的比较少，像《文心雕龙》那样的书比较少，主要观点在诗话里边。几乎每个诗人都有诗话。昨天晚上我看了一本书，就讲，韩国也通行诗话，日本也是。诗话差不多是讲故事，在故事里边提出文艺见解，形式上非常有意思。

这样我就感觉到，现在，21世纪快开始了，20世纪末，我们现在考虑问题，应该更远一点，不能局限于眼前。另外呢，就是要客观一点，还有一个就是不要给人随便扣帽子，什么反马克思主义啦，民族复古主义啦，这个帽子最好不要用。有一位，是一位老教授，写文章给别人扣帽子，我就跟他开了个小玩笑，我说我不主张给人家扣帽子，我说如果要给你扣的话呢，现在就有一顶，就摆在这儿，民族虚无主义。其实我给他扣的帽子，就是民族虚无主义，我说话，拐了点弯，就说他实在叫人看不下去，你只要讲中国行，他就反对，讲中国不行，他就高兴。这种心理真是莫名其妙。

在车上谈到一个问题，就是你们院里的工作，我想跟我讲的有关系。有什么关系呢？就是，你们是外国语大学，是这外国语大学里边的中文学院，那么你们的任务呢，一方面，教中国学生汉文，另外一方面呢，教外国学生汉文。这表面上看起来没有什么深文奥义，实际上讲起来还是很有意思的。这话怎么讲呢？现在我感觉到我们中国，我刚才说的，就是崇洋媚外比较严重，社会上，商标，你要讲一个古典的，没人买，你换一个什么艾利斯怪利斯什么什么有点洋味的，立刻就有人买。这个毫无办法，这是社会风气。可是问题就是这样，我考虑这样一个问题，我们中国，孙子讲"知己知彼，百战不殆"，就是什么事情，一个要了解自己，一个要了解对方。打仗也是这样的，念书也是这样的。那么在这个问题上，拿中国的学者来说（在座的都在内），就我们中国的老中青的学者说，对西方的了解，比西方人对中国的了解，究竟谁高谁低很清楚，我们对他们的了解，应该说是相当地深，相当地广；反过来，西方对我们的了解，除了几个汉学家以外，简直是幼儿园的水平。听说现在到法国，还有人不知道鲁迅，就说明他们对我们毫无了解。在思想上就觉得你们没有什么东西，现在是我们的天下，我觉得这里边就有危机。要真正知道自己有自知之明，恐怕也要了解别人，这也属于自知之明的范畴之内的。他们一不想了解，二不了解。结果我们这方面呢，我们对西方应该说是了解得非常深非常透。看不出来，只看到背面，消极面，社会上的崇洋媚外，有时候讲看起来头疼，这是消极面。好的一面，我们对我们的对立面——我不说敌人——的了解，比他们对我们的了解，不知道要胜过多少，将来有朝一日，我们这个优势会产生很大的效果。同志们你们考虑考虑，是不是这个问题？所以，我就感觉到像我们做这样的工作，特别像你们外国语大学中文学院，恐怕有双重任务。除了你们以外，我认为搞人文科学的都一样，其实自然科学也一样，一个是拿来，鲁迅的拿来主义，一个是送出去。拿来，完全正确的，现在我们确实拿来了，拿来的也不少，好的坏的都拿来了，你像艾滋病也拿来了。送去，我觉得我们做得很不够，很不够，比如外国人不了解中国，这主要原因当然是在外国人本人，在他自己，他瞧不起我们；另外呢，我们工作也得负责任，就是我们对外宣传，对外弘扬我们中华民族的优秀文化，工作做得不到家。

有一件事情，我始终认为很值得思考的，就是诺贝尔奖金。诺贝尔奖金，大家都认为是了不起的，以为得诺贝尔奖金就可以入文学史了。过去我也这么想过。可是到今天，为什么我们一个诺贝尔奖也没有得呢？大江健三郎，这个人我认识，50年代，他大学还没毕业时随代表团来北大访问过。代表团也见了我。在座的有研究日本文学的吗？大江健三郎那时候来的，我不是说他不应该得，我看瑞典科学院，对大江健三郎的评价还是很高的，就说这个人应该得诺贝尔奖金，我不是说他不应该。这是第一。第二个问题就是，过去得诺贝尔奖金的，从1900年还是1901年开始，到现在将近一百年了吧。得诺贝尔奖金的确实有大家，这是不能否定的，将来能够传世的大家，当然确实也有不但不是大家，二流也不够，就是那个赛珍珠，我很有意见，《黄土地》那书我也看过，我是从艺术方面说的，那个书没有什么艺术性，它能得诺贝尔奖金，中国的得不了。后来我听说马悦然是瑞典科学院管这个的，说话算数的，他跟别人讲，他说中国之所以没有得诺贝尔奖金，就因为中国文学作品的翻译不好。这是胡说八道的事情，你并没有规定你这种文学作品要翻译成哪种语言哪，那么世界上得诺贝尔奖金的，除了英文，意德法的，都翻译得好吗？我就感觉到诺贝尔奖金，这个大家也承认，政治性是很强的，对我们这个社会主义国家，对当年的苏联，都是歧视的。前几天有一次会上我也讲，我们中国有些出版社，或者我们中国的学术界，用不着大声疾呼来宣传诺贝尔奖金。好多出版社利用诺贝尔奖金来做生意，宣传诺贝尔奖金的作品集，又是每个人的介绍，我看大可不必，而且这个东西，从这里看起来它很不公正。这是顺便讲的，因为大家也是搞这个的。下一个问题是送出去，拿来我们会，但送去怎么送？有各种各样的办法。眼前就有留学生，北大也有一批留学生，就是送去的对象，让人家了解我们。当然让人家了解我们的目的也不是什么民族狭隘主义，人与人之间相互了解，对将来世界和平也有好处，我觉得这是国际主义，不是狭隘的民族主义。说我们文化就高于一切，不是这么回事。一个拿来，一个送去。我想，我们这两方面的工作都应该做好。占大家的时间太多了，谢谢大家！

　　　　　　　　　　　　　　　　　　　1995年5月9日

我们要奉行"送去主义"①

20世纪二三十年代,鲁迅先生提出了"拿来主义"的主张。我们中国人,在整个20世纪,甚至在20世纪以前,确实从西方国家拿来了不少的西方文化的精华,这大大地推动了我们教育、文化、科研,甚至政治、经济等方面的发展,提高了我们的文化水平,丰富了我们的物质生活和精神生活。这是一个历史事物,谁也无法否认。当然,伴随着西方文化的精华,我们也拿来了不少的糟粕。这是不可避免的,有时候精华与糟粕是紧密相连的。

十几年前,也就是在上一个世纪的最后一段时间内,我曾提出了一个主张:"送去主义"。拿来与送去是相对而言的。我的意思是把中国文化的精华送到西方国家去,尽上我们的国际主义义务。我的根据何在呢?

我们中华民族是伟大的民族,在过去几千年的历史上,我们有过许多重要的发明创造,四大发明是尽人皆知的,无待赘言。至于无数的看来似乎是细微的发明,也出自中国人之手,其意义是绝不细微的。我只介绍一部书,大家一看便知,这部书是阿里·玛扎海里的《丝绸之路》。至于李约瑟的那一部名著,几乎尽人皆知,用不着我再来介绍了。如果没有中国的四大发明,人类社会的进步,

---

① 本篇原为作者为《对外汉语教学:回眸与思考》一书所作的序,该书正式出版时,把本篇收入正文,并改为现在的题目。——编者注

人类文化的发展，将会推迟几百年，这是世界上有点理智的人们的共识，绝不是我一个人的"老王卖瓜"也。

然而，日往月来，星移斗转，近几百年以来，西方兴起了产业革命，科学技术的发展突飞猛进，在不太长的时间内，影响遍及全世界。当年歌德提出了一个"世界文学"的想法，我们现在眼前却确有一个"世界文化"。最早的殖民主义国家，靠坚船利炮，完成了资本主义原始积累的任务。后来的帝国主义国家，靠暂时的科技优势，在地球村中，为非作歹，旁若无人，今天制裁这个国家，明天惩罚那个国家，得意扬扬，其劣根性至今没有丝毫改变。在这样的情况下，在西方，除了极少数有识之士外，一般人大抵都以"天之骄子"自命，认为宇宙间从来就是如此，今后也将万岁千秋如此，真正是"其愚不可及也"。他们颇有点类似中国旧日的皇帝，认为自己什么都有，无所求于任何其他民族。据说，西方某个大国中，有知识的人连鲁迅这个名字都没有听说过。其极端者甚至认为中国人至今还在吃鸦片、梳辫子、裹小脚。真正让人啼笑皆非，这样的"文明人"可笑亦复可怜！

现在屈指算来，西方以及世界其他国家已经从中华民族优秀文化中拿走了不少优秀的精华，他们学习了，应用了，收到了效果，获得了利益。但是，仍然有许多精华，他们没有拿走，比如中国传统的伦理道德，其中有糟粕，也有精华，其精华部分对世界人民处理天人关系、人与人的关系，以及个人心中感情思想中的矛盾时会有很大的助益。眼前全世界都大声疾呼的环保问题实际上是西方人"征服自然"的恶果，中国的"天人合一"的思想，如能切实行之，必能济西方之穷。我们眼前，由于人所共知的原因，科技在某些方面确实落后于西方。但是，我们也不能说是一点创造发明都没有，一点先进的东西都没有，比如改革开放，由计划经济转入市场经济而获得成功，对世界上其他国家就很有借鉴的价值。

这些东西如珠子在前，可人家，特别是西方人，却偏不来拿。

怎么办呢？你不来拿，我们就送去。

我们首先要送去的就是汉语。"射人先射马，擒贼先擒王。"汉语是"王"。中华民族的优秀文化大部分保留在汉语言文字中。中华民族古代和现代的智慧，也大部分保留在汉语言文字中。中国人要想弘扬中华民族的优秀文化，外国人要想学习中华民族的优秀文化，都必须首先抓汉语。为了增强中外文化交流，为了加强中外人民的理解和友谊，我们首先必抓汉语。因此，我们要奉行送去主义，首先送出去的也必须是汉语。

此外，汉语本身还具备一些其他语言所不具备的优点。20世纪50年代中期，我参加了中共八大翻译处的工作。在几个月的工作过程中，我逐渐发现了一个从来没有人提到过的现象，这就是：汉语是世界上最短的语言。使用汉语，能达到花费最少最少的劳动，传递最多最多的信息的目的。我们必须感谢我们的祖先，他们给我们留下了汉语言文字这一瑰宝。过去的几千年，我们在这里暂且不谈。仅就目前将近十二亿的使用汉语言文字的人来说，他们在交流思想，传递信息方面所省出来的时间简直应该以天文数字来计算。汉语之为功可谓大矣。

从前听到有人说过，人造的世界语，不管叫什么名称，寿命都不会太长的。如果人类在未来真有一个世界语的话，那么这个世界语一定会是汉语的语法和英文的词汇。洋泾浜英语就证明了这一点。这种说法虽然近乎畅想曲，近乎说笑话，但其中难道一点道理都没有吗？

说来说去，一句话：我们要奉行"送去主义"。这既有政治意义，也有学术意义。我首先要送出去的就是汉语言文字。在这样的考虑下，我对张德鑫同志主编的论文选不能不呈献上我最诚挚的谢意。

2000年1月11日

天下好事，还是读书①

古今中外赞美读书的名人和文章，多得不可胜数。张元济先生有一句简单朴素的话："天下第一好事，还是读书。""天下"而又"第一"，可见他对读书重要性的认识。

为什么读书是一件"好事"呢？

也许有人认为，这问题提得幼稚而又突兀。这就等于问"为什么人要吃饭？"一样，因为没有人反对吃饭，也没有人说读书不是一件好事。

但是，我却认为，凡事都必须问一个"为什么"，事出都有因，不应当马马虎虎，等闲视之。现在就谈一谈我个人的认识，谈一谈读书为什么是一件好事。

凡是事情古老的，我们常常总说"自从盘古开天地"。我现在还要从盘古开天地以前谈起，从人类脱离了兽界进入人界开始谈。人变成了人以后，就开始积累人的智慧，这种智慧如滚雪球，越滚越大，也就是越积越多。禽兽似乎没有发现有这种本领。一只蠢猪一万年以前是这样蠢，到了今天仍然是这样蠢，没有增加什么智慧。人则不然，不但能随时增加智慧，而且根据我的观察，增加的速度越来越快，有如物体从高空下坠一般。到了今天，达到了知识爆炸的水平。最近一段时间以来，克隆使全世界的人都

---

① 篇名为编者所加。

大吃一惊。有的人竟忧心忡忡，不知这种技术发展伊于胡底。信耶稣教的人担心将来一旦克隆出来了人，他们的上帝将向何处躲藏。

人类千百年以来保存智慧的手段不出两端：一是实物，比如长城等等；二是书籍，以后者为主。在发明文字以前，保存智慧靠记忆；文字发明了以后，则使用书籍。把脑海里记忆的东西搬出来，搬到纸上，就形成了书籍，书籍是贮存人类代代相传的智慧的宝库。后一代的人必须读书，才能继承和发扬前人的智慧。人类之所以能够进步，永远不停地向前迈进，靠的就是能读书又能写书的本领。我常常想，人类向前发展，有如接力赛跑，第一代人跑第一棒；第二代人接过棒来，跑第二棒，以至第三棒、第四棒，永远跑下去，永无穷尽，这样智慧的传承也永无穷尽。这样的传承靠的主要就是书，书是事关人类智慧传承的大事，这样一来，读书不是"天下第一好事"又是什么呢？

但是，话又说了回来，中国历代都有"读书无用论"的说法。读书的知识分子，古代通称之为"秀才"，常常成为取笑的对象，比如说什么"秀才造反，三年不成"，是取笑秀才的无能。这话不无道理。在古代——请注意，我说的是"在古代"，今天已经完全不同了——造反而成功者几乎都是不识字的痞子流氓，中国历史上两个马上皇帝，开国"英主"，刘邦和朱元璋，都属此类。诗人只有慨叹"可惜刘项不读书"。"秀才"最多也只有成为这一批地痞流氓的"帮忙"或者"帮闲"，帮不上的就只好慨叹"儒冠多误身"了。

但是，话还要再说回来，中国悠久的优秀的传统文化的传承者，是这一批地痞流氓，还是"秀才"？答案皎如天日。这一批"读书无用论"的现身"说法"者的"高祖""太祖"之类，除了镇压人民剥削人民之外，只给后代留下了什么陵之类，供今天搞旅游的人赚钱而已。他们对我们国家竟无贡献可言。

总而言之，"天下第一好事，还是读书"。

1997 年 4 月 8 日

对我影响最大的几本书

我是一个最枯燥乏味的人，枯燥到什么嗜好都没有。我自比是一棵只有枝干并无绿叶更无花朵的树。

如果读书也能算是一个嗜好的话，我的唯一嗜好就是读书。

我读的书可谓多而杂，经史子集都涉猎过一点，但极肤浅。小学、中学阶段，最爱读的是"闲书"（没有用的书），比如《彭公案》《施公案》《济公传》《三侠五义》《小五义》《东周列国志》《说岳》《说唐》等等，读得如醉似痴。《红楼梦》等古典小说是以后才读的。读这样的书是好是坏呢？从我叔父眼中来看，是坏。但是，我却认为是好，至少在写作方面是有帮助的。

至于哪几部书对我影响最大，几十年来我一贯认为是两位大师的著作：在德国是海因里希·吕德斯，我老师的老师；在中国是陈寅恪先生。两个人都是考据大师，方法缜密到神奇的程度。从中也可以看出我个人兴趣之所在。我禀性板滞，不喜欢玄之又玄的哲学。我喜欢能摸得着看得见的东西，而考据正合吾意。

吕德斯是世界公认的梵学大师，研究范围颇广，对印度古代碑铭有独到深入的研究。印度每有新碑铭发现而又无法读通时，大家就说："到德国找吕德斯去！"可见吕德斯权威之高。印度两大史诗之一的《摩诃婆罗多》从核心部分起，滚雪球似的一直滚到后来成型的大书，其间共经历了七八百年。谁都知道其中有不少层次，但没有一个人说得清楚。弄清层次问题的又是吕德斯。在佛教研究方面,他主张有一个"原始佛典"(Urkanon),是用古代半摩揭陀语写成的。我个人认为这是千真万确的事;欧美一些学者不同意,却又拿不出半点可信的证据。吕德斯著作极多,中短篇论文集为《古代印度语文论丛》一书。这是我一生受影响最大的著作之一。这书对别人来说,可能是极为枯燥的;但是,对我来说却是一本极为有味,极有灵感的书,读之如饮醍醐。

在中国,影响我最大的书是陈寅恪先生的著作,特别是《寒柳堂集》《金明馆丛稿》。寅恪先生的考据方法同吕德斯先生基本上是一致的。不说空话,无征不信。两人有异曲同工之妙。我常想,寅恪先生从一个不大的切入口切入,如剥春笋,每剥一层,都是信而有征,让你非跟着他走不行,剥到最后,露出核心,也就是得到结论,让你恍然大悟:原来如此,你没有法子不信服。寅恪先生考证不避琐细,但绝不是为考证而考证,小中见大,其中往往含着极大的问题。比如,他考证杨玉环是否以处女入宫。这个问题确极猥琐,不登大雅之堂。无怪一个学者说:这太 Trivial(微不足道)了。焉知寅恪先生是想研究李唐皇族的家风。在这个问题上,汉族与少数民族看法是不一样的。寅恪先生是从看似细微的问题入手,探讨民族问题和文化问题,由小及大,使自己的立论坚实可靠。看来这位说那样话的学者是根本不懂历史的。

在一次闲谈时,寅恪先生问我,《梁高僧传》卷九《佛图澄传》中载有铃铛的声音"秀支替戾冈,仆谷劬秃当"是哪一种语言?原文说是羯语,不知何所指?我到今天也回答不出来。由此可见寅恪先生读书之细心,注意之广泛。他学风谨严,在他的著作中到处可以给人以启发。读他的文章,简直是一种最高的享受。读到兴会淋漓时,真想浮一大白。

中德这两位大师有师徒关系,寅恪先生曾受学于吕德斯先生。

这两位大师又同受战争之害。吕德斯生平致力于Udānavarga之研究，几十年来批注不断。二战时手稿被毁。寅恪师生平致力于读《世说新语》，几十年来眉注累累。日寇入侵，逃往云南，此书丢失于越南。假如这两部书能流传下来，对梵学、国学将是无比重要之贡献。然而先后毁失，为之奈何！

1999 年 7 月 30 日

外来文化与本土文化（节选）

寅恪先生虽然强调中国本位文化，但是他非但不是文化排外主义者，而且是承认中国吸收外来文化这件历史事实的，并且在这方面做了大量的探讨发覆的工作，论证了吸收外来文化的必要性。他说：

> 窃疑中国自今日以后，即使能忠实输入北美或东欧之思想，其结局当亦等于玄奘唯识之学，在吾国思想史上，既不能居最高之地位，且亦终归于歇绝者。其真能于思想上自成系统，有所创获者，必须一方面吸收输入外来之学说，一方面不忘本来民族之地位。此二种相反而适相成之态度，乃道教之真精神，新儒家之旧途径，而二千年吾民族与他民族思想接触史之所昭示者也。（《金明馆丛稿二编·冯友兰中国哲学史下册审查报告》，页252）

这一段话里包含着十分深刻的思想。对外来文化，盲目输入，机械吸收，必然会等于玄奘唯识之学。只有使吸收外来文化与保存本土文化相辅相成，把外来文化加以"变易"，它才能成为本土文化的一部分，而立定脚跟。

吸收的过程十分曲折又复杂。两种文化要经过互相撞击，互相较量，互相适应，互相融汇等等阶段，最后才能谈到吸收。在这个很长的过程中,外来文化必须撞掉与本土文化水火不相容的那一部分,然后才能被接纳。佛教传入中国以后,提供了大量的这样的例子,生动而又具体。正是寅恪先生,在这方面做了大量的探索研究工作,写过大量的论文,有兴趣者可以自己去读他的原作,我在这里不可能一一列举。

但是,我仍然想举两个简单的例子。第一个是关于"道"字的译法问题。唐代初年,印度方面想得到老子《道德经》的梵文译本,唐太宗把翻译的任务交给了玄奘。玄奘把至关重要的"道"字译为梵文 Mārga(末伽)。但是那一群同玄奘共同工作的道士都大加反对,认为应该用佛教术语"菩提"来译。这个例子颇为有趣。中国和尚主张直译道家哲学中最重要的术语"道"字,而中国道士反而偏要用佛教术语。在这之前,晋代的慧远《大乘义章》中已经谈到这个问题:

> 译言:外国说"道"名多,亦名"菩提",亦曰"末伽"。如四谛中,所有道谛,名"末伽"矣。此方名少,是故翻之,悉名为道。与彼外国"涅槃""毗尼"此悉名"灭",其义相似。

谈到这里,寅恪先生说道:

> 盖佛教初入中国,名词翻译,不得不依托较为近似之老庄,以期易解。后知其意义不切当,而教义学说,亦渐普及,乃专用对音之"菩提",而舍置义译之"道"。

请参阅《大乘义章书后》,见《金明馆丛稿》二编,页163。

第二个例子是《莲花色尼出家因缘》。里面有所谓七种咒誓恶报,但仅载六种。经寅恪先生仔细研究，第七种实为母女共嫁一夫，而其夫即其所生之子，真相暴露后，羞愧出家。寅恪先生说道：

> 盖佛藏中学说之类是者，纵为笃信之教徒，以经神州传统道德所薰习之故，亦复不能奉受。特以其为圣典之文，不敢昌言诋斥。惟有隐秘闭藏，禁绝其流布而已。《莲花色尼出家因缘》中聚麀恶报不载于敦煌写本者，即由于此。

参阅《莲花色尼出家因缘跋》，见《寒柳堂集》，页155。

例子就举这两个。

第二个例子实际上又牵涉到我在上面谈过的文化分为知和行两部分的问题。我在这里想引一下，谈一谈从文化交流的角度上看印度文化的这两部分到了中国以后所处的地位。我们从印度吸收了不少的东西（当然中国文化也传入了印度，因为同我现在要讨论的问题无关，暂且置而不论）。仔细分析一下，印度文化知与行的部分，在中国有不同遭遇。知的部分，即认识宇宙、人生和社会的理论部分，我们是尽量地吸收，稍加改易，促成了新儒学的产生。中国道家也从佛教理论中吸收了不少东西。但是，在行的方面，我们则尽量改易；在中国的印度和中国佛教徒也竭力改变或掩盖那些与中国传统伦理道德相违反的东西，比如佛教本来是宣传无父无君的，这一点同中国文化正相冲突，不加以改变，则佛教就将难以存在下去。这一点我在上面已经谈到过，但是重点与此处不同。那里讲的是中国深义文化的伦理道德色彩，这里讲的是对印度文化知与行两部分区别对待的问题。

学术良心或学术道德

"学术良心",好像以前还没有人用过这样一个词,我就算是"始作俑者"吧。但是,如果"良心"就是儒家孟子一派所讲的"人之初,性本善"中的"性"的话,我是不信这样的"良心"的。人和其他生物一样,其"性"就是"食、色,性也"的"性";其本质是一要生存,二要温饱,三要发展。人的一生就是同这种本能做斗争的一生。有的人胜利了,也就是说,既要自己活,也要让别人活,他就是一个合格的人。让别人活的程度越高,也就是为别人着想的程度越高,他的"好",或"善",也就越高。"宁要我负天下人,不要天下人负我",是地道的坏人,可惜的是,这样的人在古今中外并不少见。有人要问:既然你不承认人性本善,你这种想法是从哪里来的呢?对于这个问题,我还没有十分满意的解释。《三字经》上的两句话"性相近,习相远"中的"习"字似乎能回答这个问题。一个人过了幼稚阶段,有意识地或无意识地会感到,人类必须互相依存,才都能活下去。如果一个人只想到自己,或都是绝对地想到自己,那么,社会就难以存在,结果谁也活不下去。

这话说得太远了,还是回头来谈"学术良心"或者学术道德。学术涵盖面极大,文、理、工、农、医,都是学术。人类社会不能无学术,无学术,则人类社会就不能前进,人类福利就不能提高;每个人都是想日子越过越好的,学术的作用就在于能帮助人达到这个目的。大家常说,学术是老老实实的东西,不能掺半点假。通过个人努力或者集体努力，老老实实地做学问，得出的结果必须是实事求是的。这样做，就算是有学术良心。剽窃别人的成果，或者为了沽名钓誉创造新学说或新学派而篡改研究真相，伪造研究数据，这是地地道道的学术骗子。在国际上和我们国内，这样的骗子亦非少见。这样的骗局绝不会隐瞒很久的，总有一天真相会大白于天下的。许多国家都有这样的先例。真相一旦暴露，不齿于士林，因而自杀者也是有过的。这种学术骗子，自古已有，可怕的是于今为烈。我们学坛和文坛上的剽窃大案，时有所闻，我们千万要引为鉴戒。

这样明目张胆的大骗当然是绝不允许的。还有些偷偷摸摸的小骗，也不能不引起我们的戒心。小骗局花样颇为繁多，举其荦荦大者，有以下诸种：在课堂上听老师讲课，在公开学术报告中听报告人讲演，平常阅读书刊杂志时读到别人的见解，认为有用或有趣，于是就自己写成文章，不提老师的或者讲演者的以及作者的名字，仿佛他自己就是首创者，用以欺世盗名，这种例子也不是稀见的。还有，有人在谈话中告诉了他一个观点，他也据为己有，这都是没有学术良心或者学术道德的行为。

我可以无愧于心地说，上面这些大骗或者小骗，我都从来没有干过，以后也永远不会干。

我在这里补充几点梁启超在他所著的《清代学术概论》中谈到的清代正统派的学风的几个特色："隐匿证据或曲解证据，皆认为不德。""凡采用旧说，必明引之，剿说认为大不德。"这同我在上面谈的学术道德（梁启超的"德"）完全一致。可见清代学者对学术道德之重视程度。

此外，梁启超上书中还举了一点特色："孤证不为定说。其无反证者姑存之。得有续证，则渐信之。遇有力之反证则弃之。"可以补充在这里。

文化与气节（节选）

我在上面讲了中国文化的伦理道德的特点，以及由这个特点所决定的吸收印度文化的态度。现在我想谈一谈与此基本相同而又稍有区别的一个问题：文化与气节。

气节也属于伦理道德范畴。但是在世界各国伦理道德的学说和实践中，没有哪一个国家像中国这样强调气节。在中国古代典籍中，讲气节的地方不胜枚举。《孟子·滕文公下》也许是最具有典型意义的：

> 富贵不能淫，贫贱不能移，威武不能屈，此之谓大丈夫。

这样的"大丈夫"是历代中国人民的理想人物，受到广泛的崇拜。

中国历来评骘人物，总是道德文章并提。道德中就包含着气节，也许是其中最重要的成分。中国历史上有一些大学者、大书法家、大画家等等，在学问和艺术造诣方面无疑都是第一流的，但是，只因在气节方面有亏，连他们的学问和艺术都不值钱了，宋朝的蔡京和赵孟頫，明朝的董其昌和阮大铖等等是典型的例子。在外国，评骘人物，气节几乎一点作用都不起。审美观念中西也有差别，这一点我在上面已经讲过。"岁寒，然后知松柏之后凋也。"这样的伦理道德境界，西方人是难以理解的。

寅恪先生是非常重视气节的，他给予气节新的解释，赋予它新的涵义。对于王静安先生之死，他在《清华大学王观堂先生纪念碑铭》中写道：

> 士之读书治学，盖将以脱心志于俗谛之桎梏，真理因得以发扬。思想而不自由，毋宁死耳。斯古今仁圣所同殉之精义，夫岂庸鄙之敢望。先生以一死见其独立自由之意志；非所论于一人之恩怨，一姓之兴亡。

写到这里，已经牵涉到爱国主义，我在下面专章讨论这个问题。

才、学、识[①]（节选）

我认为，要想从事科学研究工作，应该在四个方面下功夫：一、理论；二、知识面；三、外语；四、汉语。唐代刘知几主张，治史学要有才、学、识。我现在勉强套用一下，理论属识，知识面属学，外语和汉语属才，我在下面分别谈一谈。

理论

现在一讲理论，我们往往想到马克思主义。这样想，不能说不正确。但是，必须注意几点。一、马克思主义随时代而发展，绝非僵化不变的教条。二、不要把马克思主义说得太神妙，令人望而生畏，对它可以批评，也可以反驳。我个人认为，马克思主义的精髓就是唯物主义和辩证法。唯物主义就是实事求是。把黄的说成是黄的，是唯物主义。把黄的说成是黑的，是唯心主义。事情就是如此简单明了。哲学家们有权力去做深奥的阐述，我辈外行，大可不必。至于辩证法，也可以作如是观。看问题不要孤立，不要僵死，要注意多方面的联系，在事物运动中把握规律，如此而已。我这种幼儿园水平的理解，也许更接近事实真相。

除了马克思主义以外，古今中外一些所谓唯心主义哲学家的著

---

① 篇名为编者所加。

作,他们的思维方式和推理方式,也要认真学习。我有一个奇怪的想法:百分之百的唯物主义哲学家和百分之百的唯心主义哲学家,都是没有的。这就是和真空一样,绝对的真空在地球上是没有的。中国古话说"智者千虑,必有一失。"就是这个意思。因此,所谓唯心主义哲学家也有不少东西值得我们学习的。我们千万不要像过去那样把十分复杂的问题简单化和教条化,把唯心主义的标签一贴,就"奥伏赫变"。

知识面

要求知识面广,大概没有人反对。因为,不管你探究的范围多么窄狭,多么专门,只有在知识广博的基础上,你的眼光才能放远,你的研究才能深入。这样说已经近于常识,不必再做过多的论证了。我想在这里强调一点,这就是,我们从事人文科学和社会科学研究的人,应该学一点科学技术知识,能够精通一门自然科学,那就更好。今天学术发展的总趋势是,学科界限越来越混同起来,边缘学科和交叉学科越来越多。再像过去那样,死守学科阵地,鸡犬之声相闻,老死不相往来,已经完全不合时宜了。此外,对西方当前流行的各种学术流派,不管你认为多么离奇荒诞,也必须加以研究,至少也应该了解其轮廓,不能简单地盲从或拒绝。

外语

外语的重要性,尽人皆知。若再详细论证,恐成蛇足。我在这里只想强调一点:从今天的世界情势来看,外语中最重要的是英语,它已经成为名副其实的世界语。这种语言,我们必须熟练掌握,不但要能读，能译，而且要能听，能说，能写。今天写学术论文，如只用汉语，则不能出国门一步，不能同世界各国的同行交流。如不能听说英语，则无法参加国际学术会议。情况就是如此地咄咄逼人，我们不能不认真严肃地加以考虑。

汉语

我在这里提出汉语来，也许有人认为是非常异议可怪之论。"我还不能说汉语吗？""我还不能写汉文吗？"是的，你能说，也能写。然而仔细一观察，我们就不能不承认，我们今天的汉语水平是非常成问题的。每天出版的报章杂志，只要稍一注意，就能发现别字、病句。我现在越来越感到，真要想写一篇准确、鲜明、生动的文章，决非轻而易举。要能做到这一步，还必须认真下点功夫。我甚至想到，汉语掌握到一定程度，想再前进一步，比学习外语还难。只有承认这一个事实，我们的汉语水平才能提高，别字、病句才能减少。

我在上面讲了四个方面的要求。其实这些话都属于老生常谈，都平淡无奇。然而真理不往往就寓于平淡无奇之中吗？这同我在上面引鲁迅先生讲的笑话中的"勤捉"一样，看似平淡，实则最切实可行，而且立竿见影。我想到这样平凡的真理，不敢自秘，便写了出来，其意不过如野叟献曝而已。

一 往事如烟

他实现了生命的价值
——悼念朱光潜先生

听到孟实先生逝世的消息,我的心情立刻沉重起来。这消息对我并不突然,因为他毕竟是快九十岁的人了,而且近几年来,身体一直不好。但是,如果他能再活上若干年,对我国的学术界,对我自己,不是更有好处吗?

现在,在北京大学内外,还颇有一些老先生可以算作我的师辈。因为,我当学生的时候,他们已经是教授了。但是,我真正听过课的老师,却只剩下孟实先生一人。按旧日的习惯,我应该称他为业师。在今天的新社会中,师生关系内容和意义都有了一些改变。但是,尊师重道仍然是我们要大力提倡的。我对于我这一位业师,一向怀有深深的敬意。而今而后,这敬意的接受者就少掉重要的一个了。

五十多年前,我在清华大学西洋文学系念书。我那时是二十岁上下。孟实先生是北京大学的教授,在清华大学兼课,年龄大概三十四五岁吧。他只教一门文艺心理学,实际上就是美学,这是一门选修课。我选了这一门课,认真地听了一年。当时我就感觉到,这一门课非同凡响,是我最满意的一门课,比那些英、美、法、德等国来的外籍教授所开的课好到不能比的程度。朱先生不是那种口若悬河的人,他的口才并不好,讲一口带安徽味的蓝青官话,听起来并不"美"。看来他不是一个演说家,讲课从来不看学生,两只眼向上翻,看的好像是天花板上或者窗户上的某一块地方。然而却没有废话，每一句话都清清楚楚。他介绍西方各国流行的文艺理论，有时候举一些中国旧诗词做例子，并不牵强附会，我们一听就懂。对那些古里古怪的理论，他确实能讲出一个道理来，我听起来津津有味。我觉得，他是一个有学问的人，一个在学术上诚实的人，他不哗众取宠，他不用连自己都不懂的"洋玩意儿"去欺骗、吓唬年轻的中国学生。因此，在开课以后不久，我就爱上了这一门课，每周盼望上课，成为我的乐趣了。

孟实先生在课堂上介绍了许多欧洲心理学家和文艺理论家的新理论，比如李普斯的感情移入说，还有什么人的距离说等等。他们从心理学方面，甚至从生理学方面来解释关于美的问题。其中有不少理论我觉得是有道理的，一直到今天我仍然记忆不忘。要说里面没有唯心主义成分，那是不能想象的。但是资产阶级的科学家，只要是一个有良心、不存心骗人的人，他总是会在不同程度上正视客观实际的，他的学说总会有合理成分的。我们倒洗澡水不应该连婴儿一起倒掉。达尔文和爱因斯坦难道不是资产阶级的科学家吗？但是，你能说，他们的学说完全不正确吗？我们过去有一些人习惯于用贴标签的办法来处理学术问题，把极其复杂的学术问题过分地简单化了。这不利于学术的发展。这种倾向到了"文革"期间，在"四人帮"的煽动下，达到了骇人听闻的荒谬程度。"四人帮"竟号召对相对论一窍不通的人来批判爱因斯坦，成为千古笑谈。孟实先生完全不属于这一类人。他老老实实，本本分分，自己认识到什么程度，就讲到什么程度，一步一个脚印，无形中影响了学生。

离开清华以后，我出国一住就是十年。在这期间，国内正在奋起抗日，国际上则是第二次世界大战。"烽火连八年，家书抵亿金"。在一段相当长的时间内，我完全同祖国隔离，什么情况也不知道，1946年回国，立即来北大工作。那时孟实先生也转来北大。他正编一个杂志，邀我写文章。我写了一篇介绍《五卷书》的文章，发表在那个杂志上。他住的地方离我的住处不远。他的办公室（他当时是西方语言文学系主任，我是东方语言文学系主任）和我的办公室相隔也不远。但是我无论如何也回忆不起来，我曾拜访过他。说起来似乎是件怪事，然而却是事实。现在恐怕有很多人认为我是什么"社会活动家"。其实我的性格毋宁说是属于孤僻一类，最怕见人。我的老师和老同学很多，我几乎是谁都不拜访。天性如此，无可奈何，而今就是想去拜访孟实先生，也完全不可能了。

我因为没有在重庆或者昆明待过，对于抗战时期那里的情况完全不了解。对于朱先生当时的情况也完全不清楚。到了北平以后，听了三言两语，我有时候也同几个清华的老同学窃窃私议过。到了1949年北平解放前夕，按朱先生的地位，他完全有资格乘南京派来的专机离开中国大陆的。然而他没有这样做，他毅然留了下来，等待北平的解放。其中过程细节，我完全不清楚。然而这件事却给我留下了深刻的印象：朱先生毕竟是经受住了考验，选择了一条唯一正确的道路。

我常常想，在解放前，中国的知识分子大概分为三类：先知先觉的、后知后觉的、不知不觉的。第一类是少数，第三类也是少数。孟实先生（还有我自己），在政治上不是先知先觉；但又绝非不知不觉。爱国无分少长，革命难免先后，这恐怕是一条规律。孟实先生同一大批旧社会来的知识分子一样，经过了几十年的观察与考验、前进和停滞，既走过阳关大道，也走过独木小桥，最终还是认识了真理，认为共产党指出的道路是唯一正确的，因而坚定不移地在这一条路上走下去。孟实先生有一些情况我原来并不清楚。只是到了前几年，我读到他在抗战期间从重庆给周扬同志写的一封信，我才知道，他对国民党并不满意，他也向往延安。我心中暗自谴责：我没有能全面了解孟实先生。总之，我认为，孟实先生一生是大节不亏的。他走的道路是一切正直的中国知识分子都应该走的道路。

这一条道路当然也绝不会是平坦的。三十多年来，风风雨雨，几乎所有的老知识分子都在风雨中经受磨炼。最突出的例子当然是"文革"。孟实先生被关进了牛棚。我是自己"跳"出来的，一跳也就跳进了牛棚。想不到几十年前的师生现在成了"同棚"。牛棚生活不是三言两语所能说清的。在这里暂且不谈。孟实先生在棚里的一件小事，我却始终忘记不了。他锻炼身体有一套方术，大概是东西均备，佛道沟通。在那种阴森森的生活环境中，他居然还在锻炼身体，我实在非常吃惊，而且替他捏一把汗。晚上睡下以后，我发现他在被窝里胡折腾，不知道搞一些什么名堂。早晨他还偷跑到一个角落里去打太极拳一类的东西。有一次被"监改人员"发现了，大大地挨了一通批。在这些"大老爷"眼中，我们锻炼身体是罪大恶极的。这是一件微不足道的小事，然而它的意义却不小。从中可以看出，孟实先生对自己的前途没有绝望，对我们的事业也没有绝望，他执著于生命，坚决要活下去。否则的话，他尽可以像一些别的难兄难弟一样，破罐子破摔算了。说老实话，我在当时的态度实在比不上他。这一件事，我从来没有同他谈起过，只是暗暗地记在心中。

"四人帮"垮台以后，天日重明，孟实先生以古稀之年，重又精神抖擞，从事科研、教学和社会活动。他的生活异常地有规律。每天早晨，人们总会看到一个瘦小的老头在大图书馆前漫步。在工作方面，他抓得非常紧，他确实达到了壮心不已的程度。他译完了黑格尔的美学，又翻译维柯的著作。这些著作内容深奥，号称难治，能承担这种翻译工作的，并世没有第二人，孟实先生以他渊博的学识和湛深的外语水平，兢兢业业，勤勤恳恳，争分夺秒，锲而不舍，

"焚膏油以继晷,恒兀兀以穷年",终于完成了这项艰巨的工作,给我们留下了宝贵的财富,得到了学术界普遍的赞扬。

孟实先生学风谨严,一丝不苟,谦虚礼让,不耻下问。他曾多次问到我关于古代印度宗教的问题。他对中外文学都有精湛的研究,这是学术界公认的。他的文笔又流利畅达,这也是学者中间少有的。思想改造运动时,有人告诉我说是喜欢读朱先生写的自我批评的文章。我当时觉得非常可笑:这是什么时候呀,你居然还有闲情逸致来欣赏文章!然而这却是事实,可见朱先生文章感人之深。他研究中外文艺理论,态度同样严肃认真。他翻译外国名著,也是句斟字酌,不轻易下笔。严复说:"一名之立,旬月踟蹰。"我在朱先生身上也发现了这种认真负责的态度。解放后,他努力学习辩证唯物主义和历史唯物主义,并以此指导自己的研究工作,给我们树立了榜样。

现在,孟实先生离开了我们。他一生执著追求,没有偷懒。将近九十年的漫长的道路,走过来并不容易。峰回路转,柳暗花明,他都碰到过。顺利与挫折,他都经受过。但是,他在千辛万苦之后,毕竟找到了真理,热爱祖国,热爱社会主义,找到了一个中国知识分子的最好的归宿。现在人们常谈生命的价值;我认为,孟实先生是实现了生命的价值的。

听到孟实先生逝世的消息时,我并没有流泪,但是在写这篇短文时,却几次泪如泉涌。生生死死,自然规律,任何人也改变不了。古人说:"大块劳我以生,息我以死。"孟实先生,安息吧!你的形象将永远留在你这一个年迈而不龙钟的学生的心中。

1986年3月

为胡适说几句话

在中国近现代史上,胡适是一个起过重要作用但争议又非常多的人物。过去,在极左思想的支配下,我们曾一度把他完全抹煞,把他说得一文不值、反动透顶。十一届三中全会以后,我们看问题比较实事求是了,因此对胡适的评价也有了一些改变。但是,最近我在一份报刊上的一篇文章中读到,(胡适)"一生追随国民党和蒋介石",好像他是一个铁杆国民党员、蒋介石的崇拜者。根据我的了解,好像事情不完全是这个样子,因此禁不住要说几句话。

胡适不赞成共产主义,这是一个事实,是谁也否认不掉的。但是,他是不是就是死心塌地地拥护国民党和蒋介石呢?这是一个值得探讨的问题。他从来就不是国民党员。他对国民党并非一味地顺从。他服膺的是美国的实验主义,他崇拜的是美国的所谓民主制度。只要不符合这两个尺度,他就挑点小毛病,闹着独立性。对国民党也不例外。最著名的例子是他在《新月》上发表的文章:《知难行亦不易》,是针对孙中山先生的著名的学说"知难行易"的。我在这里不想讨论"知难行易"的哲学奥义,也不想涉及孙中山先生之所以提出这样主张的政治目的。我只想说,胡适敢于对国民党的"国父"的重要学说提出异议,是需要一点勇气的。蒋介石从来也没有听过"国父"的话,他打出孙中山先生的牌子,其目的只在于欺骗群众。但是,有谁胆敢碰这块牌子,那是断断不能容许的。于是,文章一出,国民党蒋介石的御用党棍一下子炸开了锅,认为胡适简直是大不敬,竟敢在太岁头上动土，一犬吠影，百犬吠声，这一群走狗一拥而上。但是，胡适却一笑置之，这一场风波不久也就平息下去了。

另外一个例子是胡适等新月派的人物曾一度宣扬"好人政府"，他们大声疾呼，一时甚嚣尘上。这立刻又引起了一场喧闹。有人说，他们这种主张等于不说，难道还有什么人主张坏人政府吗？但是，我个人认为，在国民党统治下而提倡好人政府，其中隐含着国民党政府不是好人政府的意思。国民党之所以暴跳如雷，其原因就在这里。

这样的小例子还可以举出一些来；但是，这两个也就够了。它充分说明，胡适有时候会同国民党闹一点小别扭的。个别"诛心"的君子义正词严地昭告天下说，胡适这样做是为了向国民党讨价还价。我没有研究过"特种"心理学，对此不敢赞一词，这里且不去说它。至于这种小别扭究竟能起什么作用，也不在我研究的范围之内，也不去说它了。我个人觉得，这起码表明胡适不是国民党蒋介石的忠顺奴才。

但是，解放以后，我们队伍中的一些人创造了一个新术语，叫作"小骂大帮忙"。胡适同国民党闹点小别扭就归入这个范畴。什么叫"小骂大帮忙"呢？理论家们说，胡适同国民党蒋介石闹点小别扭，对他们说点比较难听的话，这就叫作"小骂"。通过这样的"小骂"，给自己涂上一层保护色，这种保护色是有欺骗性的，是用来迷惑人民的。到了关键时刻，他又出来为国民党讲话。于是人民都相信了他的话，天下翕然从之，国民党就"万寿无疆"了。这样的"理论"未免低估了中国老百姓的觉悟水平。难道我们的老百姓真正这样糊涂、这样低能吗？国民党反动派最后垮台的历史，也从反面证明了这种说法是不正确的，是不符合实际情况的。把胡适说得似乎比国民党的中统、军统以及其他助纣为虐的忠实走狗还要危险,还要可恶,也是不符合实际情况的。

我最近常常想到,解放以后,我们中国的知识分子学习了辩证法,对于这一件事无论怎样评价也不会过高的。但是,正如西方一句俗语所说的那样:一切闪光的不都是金子。有人把辩证法弄成了诡辩术,老百姓称之为"变戏法"。辩证法稍一过头,就成了形而上学、唯心主义、教条主义,就成了真正的变戏法。一个最著名的例子就是,在封建时代赃官比清官要好。清官能延长封建统治的寿命,而赃官则能促其衰亡。周兴、来俊臣一变而为座上宾,包拯、海瑞则成了阶下囚。当年我自己也曾大声疾呼宣扬这种荒谬绝伦的谬论,以为这才是真正的辩证法,为了自己这种进步,这种"顿悟",而心中沾沾自喜。一回想到这一点,我脸上就不禁发烧。我觉得,持"小骂大帮忙"论者的荒谬程度,与此不相上下。

上面讲的对胡适的看法,都比较抽象。我现在从回忆中举两个具体的例子。我于1946年回国后来北大工作,胡适是校长,我是系主任,在一起开会、见面讨论工作的机会是非常多的。我们俩都是国立北平图书馆的什么委员,又是北大文科研究所的导师,更增加了见面的机会。同时,印度尼赫鲁政府派来了一位访问教授师觉月博士和六七位印度留学生。胡适很关心这一批印度客人,经常要见见他们,到他们的住处去看望,还请他们吃饭。他把照顾印度朋友的任务交给了我。所有这一切都给了我更多的机会,来观察、了解胡适这样一个当时在学术界和政界都红得发紫的大人物。我写的一些文章也拿给他看,他总是连夜看完,提出评价。他这个人对任何人都是和蔼可亲的,没有一点盛气凌人的架子。这一点就是拿到今天来也是颇为难能可贵的。今天我们个别领导干部那种目中无人、天上地下唯我独尊的气势我们见到的还少吗?根据我几年的观察,胡适是一个极为矛盾的人物。要说他没有政治野心,那不是事实。

但是，他又死死抓住学术研究不放。一谈到他有兴趣的学术问题，比如说《水经注》《红楼梦》、神会和尚等等，他便眉飞色舞，忘掉了一切，颇有一些书呆子的味道。蒋介石是流氓出身，一生也没有脱掉流氓习气，他实际上是玩胡适于股掌之上。可惜胡适对于这一点似乎并不清醒。有一度传言，蒋介石要让胡适当总统。连我这个政治幼儿园的小学生也知道，这根本是不可能的，这是一场地地道道的骗局。可胡适似乎并不这样想，当时他在北平的时候不多，经常乘飞机来往于北平南京之间，仆仆风尘，极为劳累，他却似乎乐此不疲。我看他是一个异常聪明的糊涂人。这就是他留给我的总印象。

我现在谈两个小例子。首先谈胡适对学生的态度。我到北大以后，正是解放战争激烈地展开、国民党反动派垂死挣扎的时候。北大学生一向是在政治上得风气之先的，在反对国民党反动统治方面，也是如此。北大的民主广场号称北京城内的"解放区"。学生经常从这里列队出发，到大街上游行示威，反饥饿，反迫害，反内战。国民党反动派大肆镇压，逮捕学生。从"小骂大帮忙"的理论来看，现在应当是胡适挺身出来给国民党帮忙的时候了，是他协助国民党反动派压制学生的时候了。但是，据我所知道的，胡适并没有这样干，而是张罗着保释学生，好像有一次他还亲自找李宗仁，想利用李的势力让学生获得自由。有的情景是我目睹的，有的是听到的。恐怕与事实不会相距过远。

还有一件小事，是我亲身经历的。大约在1948年的秋天，人民解放军已经对北京形成了一个大包围圈，蒋介石集团的末日快要来临了。有一天我到校长办公室去见胡适，商谈什么问题。忽然走进来一个人——我现在忘记是谁了，告诉胡适说，解放区的广播电台昨天夜里有专门给胡适的一段广播，劝他不要跟着蒋介石集团逃跑,将来让他当北京大学校长兼北京图书馆馆长。我们在座的人听了这个消息,都非常感兴趣,都想看一看胡适怎样反应。只见他听了以后,既不激动,也不愉快,而是异常地平静,只微笑着说了一句:"他们要我吗?"短短的五个字道出了他的心声。看样子他已经胸有成竹,要跟国民党逃跑。但又不能说他对共产党有刻骨的仇恨。不然,他决不会如此镇定自若,他一定会暴跳如雷,大骂一通,来表示自己对国民党和蒋介石的忠诚。我这种推理是不是实事求是呢?我认为是的。

总之,我认为胡适是一位非常复杂的人物,他反对共产主义,但是拿他那一把美国尺子来衡量,他也不见得赞成国民党。在政治上,他有时候想下水,但又怕湿了衣裳。他一生就是在这种矛盾中度过的。他晚年决心回国定居,说明他还是热爱我们祖国大地的。因此,说他是美国帝国主义的走狗,说他"一生追随国民党和蒋介石",都不符合实际情况。

解放后,我们有过一段极左的历史,对胡适的批判不见得都正确。十一届三中全会以后,我们拨乱反正,知人论世,真正的辩证法多了,形而上学、教条主义、似是而非的伪辩证法少了。我觉得,这是了不起的成就,了不起的转变。在这种精神的鼓舞下,我为胡适说了上面这一些话,供同志们探讨时参考。

1987 年 11 月 25 日

站在胡适之先生墓前

我现在站在胡适之先生墓前。他虽已长眠地下,但是他那典型的"我的朋友"式的笑容,仍宛然在目。可我最后一次见到这个笑容,却已是五十年前的事了。

1948年12月中旬,是北京大学建校五十周年的纪念日。此时,解放军已经包围了北平城,然而城内人心并不惶惶。北大同仁和学生也并不惶惶;而且,不但不惶惶,在人们的内心中,有的非常殷切,有的还有点狐疑,都在期望着迎接解放军。适逢北大校庆大喜的日子,许多教授都满面春风,聚集在沙滩子民堂中,举行庆典。记得作为校长的适之先生,做了简短的讲话,满面含笑,只有喜庆的内容,没有愁苦的调子。正在这个时候,城外忽然响起了隆隆的炮声。大家相互开玩笑说:"解放军给北大放礼炮哩!"简短的仪式完毕后,适之先生就辞别了大家,登上飞机,飞往南京去了。我忽然想到了李后主的几句词:"最是仓皇辞庙日,教坊犹唱别离歌,垂泪对宫娥。"我想改写一下,描绘当时适之先生的情景:"最是仓皇辞校日,城外礼炮声隆隆,含笑辞友朋。"我哪里知道,我们这一次会面竟是最后一次。如果我当时意识到这一点的话,我是含笑不起来的。

从此以后,我同适之先生便天各一方,分道扬镳,"世事两茫茫"了。听说,他离开北平后,曾从南京派来一架专机,点名接走几位老朋友,他亲自在南京机场恭候。飞机返回以后,机舱门开,他满怀希望地同老友会面。然而，除了一两位以外，所有他想接的人都没有走出机舱。据说——只是据说，他当时大哭一场，心中的滋味恐怕真是不足为外人道也。

适之先生在南京也没有能待多久，"百万雄师过大江"以后，他也逃往台湾。后来又到美国去住了几年，并不得志，往日的辉煌犹如春梦一场，它不复存在。后来又回到台湾，最初也不为当局所礼重。往日总统候选人的迷梦，也只留下了一个话柄，日子过得并不顺心。后来，不知怎样一来，他被选为"中央研究院"的院长，算是得到了应有的礼遇，过了几年舒适称心的日子。适之先生毕竟是一书生，一直迷恋于《水经注》的研究，如醉如痴，此时又得以从容继续下去。他的晚年可以说是差强人意的。可惜仁者不寿，猝死于宴席之间，死后哀荣备至。"中央研究院"为他建立了纪念馆，包括他生前的居室在内，并建立了胡适陵园，遗骨埋葬在院内的陵园。今天我们参拜的就是这个规模宏伟极为壮观的陵园。

我现在站在适之先生墓前，鞠躬之后，悲从中来，心内思潮汹涌，如惊涛骇浪，眼泪自然流出。杜甫有诗："焉知二十载，重上君子堂。"我现在是"焉知五十载，躬亲扫陵墓"。此时，我的心情也是不足为外人道也。

我自己已经到望九之年，距离适之先生所待的黄泉或者天堂乐园，只差几步之遥了。回忆自己八十多年的坎坷又顺利的一生，真如一部二十四史，不知从何处说起了。

积八十年之经验，我认为，一个人生在世间，如果想有所成就，必须具备三个条件：才能、勤奋、机遇。行行皆然，人人皆然，概莫能外。别的人先不说了，只谈我自己。关于才能一项，再自谦也不能说自己是白痴。但是，自己并不是什么天才，这一点自知之明，我还是有的。谈到勤奋，我自认还能差强人意，用不着有什么愧怍之感。但是，我把重点放在第三项上：机遇。如果我一生还能算得上有些微成就的话，主要是靠机遇。机遇的内涵是十分复杂的，我只谈其中恩师一项。韩愈说："古之学者必有师。师者，所以传道、授业、解惑也。"根据老师这三项任务，老师对学生都是有恩的。然而，在我所知道的世界语言中，只有汉文把"恩"与"师"紧密地嵌在一起，成为一个不可分割的名词。这只能解释为中国人最懂得报师恩，为其他民族所望尘莫及的。

我在学术研究方面的机遇，就是我一生碰到了六位对我有教导之恩或者知遇之恩的恩师，我不一定都听过他们的课，但是，只读他们的书也是一种教导。我在清华大学读书时，读过陈寅恪先生所有的已经发表的著作，旁听过他的"佛经翻译文学"，从而种下了研究梵文和巴利文的种子。在当了或滥竽了一年国文教员之后，由于一个天上掉下来的机遇，我到了德国哥廷根大学。正在我入学后的第二个学期，瓦尔德施密特先生调到哥廷根大学任印度学的讲座教授。当我在教务处前看到他开基础梵文的通告时，我喜极欲狂。"踏破铁鞋无觅处，得来全不费功夫"，难道这不是天赐的机遇吗？最初两个学期，选修梵文的只有我一个外国学生。然而教授仍然照教不误，而且备课充分，讲解细致。威仪俨然，一丝不苟。几乎是我一个学生垄断课堂，受益之大，自可想见。二战爆发，瓦尔德施密特先生被征从军。已经退休的原印度讲座教授西克，虽已年逾八旬，毅然又走上讲台，教的依然是我一个中国学生。西克先生不久就告诉我，他要把自己平生的绝招全传授给我，包括《梨俱吠陀》《大疏》《十王子传》，还有他费了二十年的时间才解读了的吐火罗文，在吐火罗文研究领域中，他是世界最高权威。我并非天才，六七种外语早已塞满了我那渺小的脑袋瓜，我并不想再塞进吐火罗文。然而像我的祖父一般的西克先生，告诉我的是他的决定，一点征求意见的意思都没有。我唯一能走的道路就是：敬谨遵命。现在回忆起来，冬天大雪之后，在研究所上过课，天已近黄昏，积雪白皑皑地拥满十里长街。雪厚路滑，天空阴暗，地闪雪光，路上阒静无人，我搀扶着老爷子，一步高，一步低，送他到家。我没有见过自己的祖父，现在我真觉得，我身边的老人就是我的祖父，他为了学术，不惜衰朽残年，不顾自己的健康，想把衣钵传给我这个异国青年。此时我心中思绪翻腾，感激与温暖并在，担心与爱怜奔涌。我真不知道是置身何地了。

二战期间，我被困德国，一待就是十年。二战结束后，听说寅恪先生正在英国就医，我连忙给他写了一封致敬信，并附上发表在哥廷根科学院集刊上用德文写成的论文，向他汇报我十年学习的成绩。很快就收到了他的回信，问我愿不愿意到北大去任教。北大为全国最高学府，名扬全球；但是，门槛一向极高，等闲难得进入。现在竟有一个天赐的机遇落到我头上来，我焉有不愿意之理！我立即回信同意。寅恪先生把我推荐给了当时北大校长胡适之先生、代理校长傅斯年先生、文学院长汤用彤先生。寅恪先生在学术界有极高的声望，一言九鼎。北大三位领导立即接受。于是我这个三十多岁的毛头小伙子，在国内学术界尚无籍名，公然堂而皇之地走进了北大的大门。唐代中了进士，就"春风得意马蹄疾，一日看遍长安花"。我虽然没有一日看遍北平花，但是，身为北大正教授兼东方语言文学系系主任，心中有点洋洋自得之感，不也是人之常情吗？

在此后的三年内，我在适之先生和锡予（汤用彤）先生领导下学习和工作，度过了一段毕生难忘的岁月。我同适之先生，虽然学术辈分不同，社会地位悬殊，想来接触是不会太多的。但是，实际上却不然，我们见面的机会非常多。他那一间在子民堂前东屋里的狭窄简陋的校长办公室，我几乎是常客。作为系主任，我要向校长请示汇报工作，他主编报纸上的一个学术副刊，我又是撰稿者，所以免不了也常谈学术问题。最难能可贵的是他待人亲切和蔼，见什么人都是笑容满面，对教授是这样，对职员是这样，对学生是这样，对工友也是这样。从来没见他摆当时颇为流行的名人架子、教授架子。此外，在教授会上，在北大文科研究所的导师会上，在北京图书馆的评议会上，我们也时常有见面的机会。我作为一个年轻的后辈，在他面前，绝没有什么局促之感，经常如坐春风中。

适之先生是非常懂得幽默的，他决不老气横秋，而是活泼有趣。有一件小事，我至今难忘。有一次召开教授会，杨振声先生新收得了一幅名贵的古画，为了想让大家共同欣赏，他把画带到了会上，打开铺在一张极大的桌子上，大家都啧啧称赞。这时适之先生忽然站了起来，走到桌前，把画卷了起来，做纳入袖中状，引得满堂大笑，喜气洋洋。

这时候，印度总理尼赫鲁派印度著名学者师觉月博士来北大任访问教授，还派来了几位印度男女学生来北大留学，这也算是中印两国间的一件大事。适之先生委托我照管印度老少学者。他多次会见他们，并设宴为他们接风。师觉月做第一次演讲时，适之先生亲自出席，并用英文致欢迎词，讲中印历史上的友好关系，介绍师觉月的学术成就，可见他对此事之重视。

适之先生在美国留学时，忙于对西方，特别是对美国哲学与文化的学习，忙于钻研中国古代先秦的典籍，对印度文化以及佛教还没有进行过系统深入的研究。据说后来由于想写完《中国哲学史》，为了弥补自己的不足，开始认真研究中国佛教禅宗以及中印文化关系。我自己在德国留学时，忙于同梵文、巴利文、吐火罗文以及佛典拼命，没有余裕来从事中印文化关系史的研究。回国以后，迫于没有书籍资料，在不得已的情况下，开始注意中印文化交流史的研究。在解放前的三年中，只写过两篇比较像样的学术论文，一篇是《浮屠与佛》，一篇是《列子与佛典》。第一篇讲的问题正是适之先生同陈援庵先生争吵到面红耳赤的问题，我根据吐火罗文解决了这个问题。两老我都不敢得罪，只采取了一个骑墙的态度。我想，适之先生不会不读到这一篇论文的。我只到清华园读给我的老师陈寅恪先生听，蒙他首肯，介绍给地位极高的《中央研究院历史语言研究所集刊》发表。第二篇文章，写成后我拿给了适之先生看，第二天他就给我写了一封信，信中说："《生经》一证，确凿之至！"可见他是连夜看完的。他承认了我的结论，对我无疑是一个极大的鼓舞。这一次，我来到台湾，前几天，在大会上听到主席李亦园院士的讲话，中间他讲到，适之先生晚年任"中央研究院"院长时，在下午饮茶的时候，他经常同年轻的研究人员坐在一起聊天。有一次，他说，做学问应该像北京大学的季羡林那样。我乍听之下，百感交集。适之先生这样说一定同上面两篇文章有关，也可能同我们分手后十几年中我写的一些文章有关。这说明，适之先生一直到晚年还关注着我的学术研究。知己之感，油然而生。在这样的情况下，我还可能有其他任何的感想吗？

在政治方面，众所周知，适之先生是不赞成共产主义的。但是，我们不应忘记，他同样也反对三民主义。我认为，在他的心目中，世界上最好的政治就是美国政治，世界上最民主的国家就是美国。这同他的个人经历和哲学信念有关。他们实验主义者不主张什么"终极真理"，而世界上所有的"主义"都与"终极真理"相似，因此他反对。他同共产党并没有任何深仇大恨。他自己说，他一辈子没有写过批判共产主义的文章，而反对国民党的文章则是写过的。我可以讲两件我亲眼看到的小事。解放前夕，北平学生动不动就示威游行，比如"沈崇事件"、反饥饿反迫害等等，背后都有中共地下党在指挥发动,这一点是人所共知的,适之先生焉能不知!但是,每次北平国民党的宪兵和警察逮捕了学生,他都乘坐他那辆当时北平还极少见的汽车,奔走于各大衙门之间,逼迫国民党当局非释放学生不行。他还亲笔给南京驻北平的要人写信,为了同样的目的,据说这些信至今犹存。我个人觉得,这已经不能算是小事了。另外一件事是,有一天我到校长办公室去见适之先生,一个学生走进来对他说:昨夜延安广播电台曾对他专线广播,希望他不要走,北平解放后,将任命他为北大校长兼北京图书馆的馆长。他听了以后,含笑对那个学生说:"人家信任我吗?"谈话到此为止,这个学生的身份他不能不明白。但他不但没有拍案而起,怒发冲冠,态度依然亲切和蔼。小中见大,这些小事都是能够发人深思的。

适之先生以青年暴得大名,誉满士林。我觉得,他一生处在一个矛盾中,一个怪圈中:一方面是学术研究,一方面是政治活动和社会活动。他一生忙忙碌碌,倥偬奔波,作为一个"过河卒子",勇往直前。我不知道,他自己是否意识到身陷怪圈。当局者迷,旁观者清,我认为,这个怪圈确实存在,而且十分严重。那么,我对这个问题有什么看法呢?我觉得,不管适之先生自己如何定位,他一生毕竟是一介书生,说不好听一点,就是一个书呆子。我也举一件小事。有一次,在北京图书馆开评议会,会议开始时,适之先生匆匆赶到,首先声明,还有一个重要会议,他要早退席。会议开着开着就走了题,有人忽然谈到《水经注》。一听到《水经注》,适之先生立即精神抖擞,眉飞色舞,口若悬河。一直到散会,他也没有退席,而且兴致极高,大有挑灯夜战之势。从这样一个小例子中不也可以小中见大吗?

我在上面谈到了适之先生的许多德行,现在笼统称之为"优点"。我认为,其中最令我钦佩,最使我感动的却是他毕生奖掖后进。"平生不解藏人善，到处逢人说项斯。"他正是这样一个人。这样的例子是举不胜举的。中国是一个很奇怪的国家，一方面有我上面讲到的只此一家的"恩师"；另一方面却又有老虎拜猫为师学艺，猫留下了爬树一招没教给老虎，幸免为徒弟吃掉的民间故事。两者显然是有点矛盾的。适之先生对青年人一向鼓励提挈。20世纪40年代，他在美国哈佛大学遇到当时还是青年的学者周一良和杨联升等，对他们的天才和成就大为赞赏。后来周一良回到中国，倾向进步，参加革命，其结果是众所周知的。杨联升留在美国，在二三十年的长时间内，同适之先生通信论学，互相唱和，在学术成就上也是硕果累累，名扬海外。周的天才与功力，只能说是高于杨，虽然在学术上也有所表现，但是，恪于形势，不免令人有未尽其才之感。看了两人的遭遇，难道我们能无动于衷吗？

我同适之先生在孑民堂庆祝会上分别，从此云天渺茫，天各一方，再没有能见面，也没有能互通音信。我现在谈一谈我的情况和大陆方面的情况。我同绝大多数的中老年知识分子和教师一样，怀着绝对虔诚的心情，向往光明，向往进步。觉得自己真正站起来了，大有飘飘然羽化而登仙之感，有点忘乎所以了。我从一个最初喊什么人万岁都有点忸怩的低级水平，一踏上"革命"之路，便步步登高，飞驰前进；再加上天纵睿智，虔诚无垠，全心全意，投入造神运动中。常言道："众人拾柴火焰高。"大家群策群力，造出了神，又自己膜拜，完全自觉自愿，绝无半点勉强。对自己则认真进行思想改造。原来以为自己这个知识分子，虽有缺点，并无罪恶；但是，经不住社会上根红苗壮阶层的人士天天时时在你耳边聒噪："你们知识分子身躯脏，思想臭！"西方人说："谎言说上一千遍就成为真理。"此话就应在我们身上，积久而成为一种"原罪"感，怎样改造也没有用，只有心甘情愿地居于"老九"的地位，改造，改造，再改造，直改造得懵懵懂懂,"两涘渚涯之间,不辨牛马"。然而涅槃难望,苦海无边,而自己却仍然是膜拜不息。通过无数次的运动,一直到"文革"自己被关进牛棚打得一佛出世,二佛升天,皮开肉绽,仍然不停地膜拜,其精诚之心真可以惊天地泣鬼神了。改革开放以后,自己脑袋里才裂开了一点缝,"觉今是而昨非",然而自己已快到耄耋之年,垂垂老矣,离鲁迅在《过客》一文讲到的长满了百合花的地方不太远了。

至于适之先生,他离开北大后的情况,我在上面已稍有所涉及。总起来说,我是不十分清楚的,也是我无法清楚的。到了1954年,从批判俞平伯先生的《红楼梦研究》的资产阶级唯心论起,批判之火终于烧到了适之先生身上。这是一场缺席批判。适之远在重洋之外,坐山观虎斗。即使被斗的是他自己,反正伤不了他一根毫毛,他乐得怡然观战。他的名字仿佛已经成一个稻草人,浑身是箭,一个不折不扣的"箭垛",大陆上众家豪杰,个个义形于色,争先恐后,万箭齐发,适之先生兀自岿然不动。我幻想,这一定是一个非常难得的景观。在浪费了许多纸张和笔墨、时间和精力之余,终成为"竹篮子打水,一场空",乱哄哄一场闹剧。

适之先生于1962年猝然逝世,享年已经过了古稀,在中国历代学术史上,这已可以算是高龄了,但以今天的标准来衡量,似乎还应该活得更长一点。中国古称"仁者寿",但适之先生只能说是"仁者不寿"。当时在大陆上"左"风犹狂,一般人大概认为胡适已经是被打倒在地的人,身上被踏上了一千只脚,永世不得翻身了。这样一个人的死去,有何值得大惊小怪!所以报纸杂志上没有一点反应。我自己当然是被蒙在鼓里,毫无所知。十几二十年以后,我脑袋里开始透进点光的时候,我越想越不是滋味,曾写了一篇短文《为胡适说几句话》,我连"先生"二字都没有勇气加上,可是还有人劝我以不发表为宜。文章终于发表了，反应还差强人意，至少没有人来追查我，我心里一块石头落了地。最近几年来，改革开放之风吹绿了中华大地，知识分子的心态有了明显的转变，身上的枷锁除掉了，原罪之感也消逝了。被泼在身上的污泥浊水逐渐清除了，再也用不着天天夹着尾巴过日子了。这种思想感情上的解放，大大地提高了他们的积极性，愿意为祖国的繁荣富强贡献自己的力量。出版界也奋起直追，出版了几部《胡适文集》。安徽教育出版社雄心最强，准备出版一部超过两千万字的《胡适全集》。我可是万万没有想到，主编这一非常重要的职位，出版社竟垂青于我。我本不是胡适研究专家，我诚惶诚恐，力辞不敢应允。但是出版社却说，现在北大曾经同适之先生共过事而过从又比较频繁的人，只剩下我一个人了。铁证如山，我只能"仰"（不是"俯"）允了。我也想以此报知遇之恩于万一。我写了一篇长达一万七千字的总序，副标题是"还胡适以本来面目"。意思也不过是想拨乱反正，以正视听而已。前不久，又有人邀我在《学林往事》中写一篇关于适之先生的文章，理由同前，我也应允而且从台湾回来后抱病写完。这一篇文章的副标题是"毕竟一书生"。原因是，前一个副标题说得太满，我哪里有能力还适之先生以本来面目呢，后一个副标题是说我对适之先生的看法，是比较实事求是的。

我在上面谈了一些琐事和非琐事，俱往矣，只留下了一些可贵的记忆。我可真是万万没有想到，到了望九之年，居然还能来到宝岛，这是以前连想都没敢想的事。到了台北以后，才发现，五十年前在北平结识的老朋友，比如梁实秋、袁同礼、傅斯年、毛子水、姚从吾等等，全已作古。我真是"访旧全为鬼，惊呼热中肠"了。天地之悠悠是自然规律，是人力所无法抗御的。

我现在站在适之先生墓前，心中浮想联翩，上下五十年，纵横数千里，往事如云如烟，又历历如在目前。中国古代有俞伯牙在钟子期墓前摔琴的故事，又有许多在挚友墓前焚稿的故事。按照这个旧理，我应当把我那新出齐了的《文集》搬到适之先生墓前焚掉，算是向他汇报我毕生科学研究的成果。但是，我此时虽思绪混乱，神志还是清楚的，我没有这样做。我环顾陵园，只见石级整洁，盘旋而上，陵墓极雄伟，上覆巨石，墓志铭为毛子水亲笔书写，墓后石墙上嵌有"德艺双隆"四个大字，连同墓志铭，都金光闪闪，炫人双目。我站在那里，蓦抬头，适之先生那有魅力的典型的"我的朋友"式的笑容，突然显现在眼前，五十年依稀缩为一刹那，历史仿佛没有移动。但是，一定神儿，忽然想到自己的年龄，历史毕竟是动了，可我一点也没有颓唐之感。我现在大有"老骥伏枥，志在万里"之感。我相信，有朝一日，我还会有机会，重来宝岛，再一次站在适之先生的墓前。

1999年5月2日写毕

我记忆中的老舍先生

老舍先生逝世已经二十多年了。在这一段相当长的时间内,我经常想到他,想到的次数远远超过我认识他以后直至他逝世的三十多年。每次想到他,我都悲从中来。我悲的是中国失去一个热爱祖国、热爱人民的正直的大作家,我自己失去一位从年龄上来看算是师辈的和蔼可亲的老友。目前,我自己已经到了晚年,我的内心再也承受不住这一份悲痛,我也不愿意把它带着离开人间。我知道,原始人是颇为相信文字的神秘力量的,我从来没有这样相信过。但是,我现在宁愿做一个原始人,把我的悲痛和怀念转变成文字,也许这悲痛就能突然消逝掉,还我心灵的宁静,岂不是天大的好事吗?

我从高中时代起,就读老舍先生的著作,什么《老张的哲学》《赵子曰》《二马》,我都读过。到了大学以后,以及离开大学以后,只要他有新作出版,我一定先睹为快,什么《离婚》《骆驼祥子》等等,我都认真读过。最初,由于水平的限制,他的著作我不敢说全都理解。可是我总觉得,他同别的作家不一样。他的语言生动幽默,是地道的北京话,间或也夹上一点山东俗语。他没有许多作家那种忸怩作态让人读了感到浑身难受的非常别扭的文体,一种新鲜活泼的力量跳动在字里行间。他的幽默也同林语堂之流的那种着意为之的幽默不同。总之,老舍先生成了我毕生最喜爱的作家之一,我对他怀有崇高的敬意。

但是,我认识老舍先生却完全出于一个偶然的机会。20 世纪

30年代初,我离开了高中,到清华大学来念书。当时老舍先生正在济南齐鲁大学教书。济南是我的老家,每年暑假我都回去。李长之是济南人,他是我的唯一的一个小学、中学、大学"三连贯"的同学。有一年暑假,他告诉我,他要在家里请老舍先生吃饭,要我作陪。在旧社会,大学教授架子一般都非常大,他们与大学生之间宛然是两个阶级。要我陪大学教授吃饭,我真有点受宠若惊。及至见到老舍先生,他却全然不是我心目中的那种大学教授。他谈吐自然,蔼然可亲,一点架子也没有,特别是他那一口地道的京腔,铿锵有致,听他说话,简直就像是听音乐,是一种享受。从那以后,我们就算是认识了。

以后是激烈动荡的几十年。我在大学毕业以后,在济南高中教了一年国文,就到欧洲去了,一住就是十一年。中国胜利了,我才回来,在南京住了一个暑假。夜里睡在国立编译馆长之的办公桌上;白天没有地方待,就到处云游,什么台城、玄武湖、莫愁湖等等,我游了一个遍。老舍先生好像同国立编译馆有什么联系。我常从长之口中听到他的名字,但是没有见过面。到了秋天,我也就离开了南京,乘海船绕道秦皇岛,来到北平。

以后又是更为激烈震荡的三年。用美式装备武装到牙齿的国民党反动军队,被彻底消灭。蒋介石一小撮逃到台湾去了。中国人民苦斗了一百多年,终于迎来了解放的春天。我们这一群知识分子都亲身感受到,我们确实已经站起来了。就在这样的情况下,我在当时所谓故都又会见了老舍先生,上距第一次见面已经有二十多年了。

我现在已经记不清楚我们重逢时的情景,但是我却清晰地记得起20世纪50年代初期召开的一次汉语规范化会议时的情景。当时语言学界的知名人士,以及曲艺界的名人,都被邀请参加,其中有侯宝林、马增芬姊妹等等。老舍先生、叶圣陶先生、罗常培先生、吕叔湘先生、黎锦熙先生等等都参加了。这是解放后语言学界的第一次盛会。当时还没有达到会议成灾的程度，因此大家的兴致都很高，会上的气氛也十分亲切融洽。

有一天中午，老舍先生忽然建议，要请大家吃一顿地道的北京饭。大家都知道，老舍先生是地道的北京人，他讲的地道的北京饭一定会是非常地道的，都欣然答应。老舍先生对北京人民生活之熟悉，是众所周知的。有人戏称他为"北京土地爷"。他结交的朋友，三教九流都有。他能一个人坐在大酒缸旁，同洋车夫、旧警察等旧社会的"下等人"，开怀畅饮，亲密无间，宛如亲朋旧友，谁也感觉不到他是大作家、名教授、留洋的学士。能做到这一步的，并世作家中没有第二人。这样一位老北京想请大家吃北京饭，大家的兴致哪能不高涨起来呢？商议的结果是到西四砂锅居去吃白煮肉，当然是老舍先生做东。他同饭馆的经理一直到小伙计都是好朋友，因此饭菜极佳，服务周到。大家尽兴地饱餐了一顿。虽然是一顿简单的饭，然而却令人毕生难忘。当时参加宴会今天还健在的叶老、吕先生大概还都记得这一顿饭吧。

还有一件小事，也必须在这里提一提。忘记了是哪一年了，反正我还住在城里翠花胡同没有搬出城。有一天，我到东安市场北门对门的一家著名的理发馆里去理发，猛然瞥见老舍先生也在那里，正躺在椅子上，下巴上白糊糊的一团肥皂泡沫，正让理发师刮脸。这不是谈话的好时机，只寒暄了几句，就什么也不说了。我坐在椅子上时，从镜子里看到他跟我打招呼，告别，看到他的身影走出门去。我理完发要付钱时，理发师说，老舍先生已经替我付过了。这样芝麻绿豆的小事殊不足以见老舍先生的精神，但是，难道也不足以见他这种细心体贴人的心情吗？

老舍先生的道德文章，光如日月，巍如山斗，用不着我来细加评论，我也没有那个能力。我现在写的都是一些小事。然而小中见大，于琐细中见精神，于平凡中见伟大，豹窥一斑，鼎尝一脔，不也能反映出老舍先生整个人格的一个缩影吗？

中国有一句俗话："好死不如赖活着。"这一句话道出了一个真理。一个人除非万不得已决不会自己抛掉自己的生命。印度梵文中"死"这个动词，变化形式同被动态一样。我一直觉得非常有趣，非常有意思。印度古代语法学家深通人情，才创造出这样一个形式。死几乎都是被动的。有几个人主动地去死呢？老舍先生走上自沉这一条道路，必有其不得已之处。有人说，人在临死前总会想到许多许多东西的，他会想到自己的一生的。可惜我还没有这个经验，只能在这里胡思乱想。当老舍先生徘徊在湖水岸边决心自沉时，眼望湖水茫茫，心里悲愤填膺，唤天天不应，唤地地不答，悠悠天地，仿佛只剩下自己孤身一人，他会想到自己的一生吧！这一生是忠诚于祖国、忠诚于人民的一生，然而到头来却落到这等地步。为什么呢？究竟是为什么呢？如果自己留在美国不回来，著书立说，优游自在，洋房、汽车、声名禄利，无一缺少，舒舒服服地过一辈子，说不定能寿登耄耋，富埒王侯。他不是为了热爱自己的祖国母亲，才毅然历尽艰辛回来的吗？是今天祖国母亲无法庇护自己那远方归来的游子了呢，还是不愿意庇护了呢？我猜想，老舍先生决不会埋怨自己的祖国母亲，祖国母亲永远是可爱的，在任何情况下都是可爱的。他也决不会后悔回来的。但是，他确实有一些问题难以理解，他只有横下一条心，一死了之。这样的问题，我们今天又有谁能够理解呢？我想，老舍先生还会想到自己院子里种的柿子树和菊花。他当然也会想到自己的亲人，想到自己的朋友。所有这一些都是十分美好可爱的。对于这一些难道他就一点也不留恋吗？决不会的，决不会的。但是，有一种东西梗在他的心中，像大毒蛇缠住了他，他只能纵身一跳，投入波心，让弥漫的湖水给自己带来解脱了。

　　两千多年以前，屈原自沉于汨罗江。他行吟泽畔，心里想的恐怕同老舍先生有类似之处吧。他想到："蝉翼为重，千钧为轻；黄钟毁弃，瓦釜雷鸣。"他又想到："世人皆浊我独清，众人皆醉我独醒。"难道老舍先生也这样想过吗？这样的问题，有谁能够答复我呢？恐怕到了地球末日也没有人能答复了。我在泪眼模糊中，看到老舍先生戴着眼镜，在和蔼地对我笑着；我耳朵里仿佛听到了他那铿锵有节奏的北京话。我浑身颤抖，连灵魂也在剧烈地震动。

　　呜呼！我欲无言。

1987 年 10 月 1 日晨

回忆梁实秋先生

我认识梁实秋先生,同他来往,前后也不过两三年,时间是很短的。但是,他留给我的回忆却是很长很长的。分别之后,到现在已经四十年了。我仍然时常想到他。

1946年夏天,我在离开了祖国十一年之后,受尽了千辛万苦,又回到了祖国怀抱,到了南京。当时刚刚打败了日本侵略者,国民党的"劫收"大员正在全国满天飞,搜刮金银财宝,兴高采烈。我这一介书生,"无条无理",手里没有几个钱,北京大学还没有开学,拿不到工资,住不起旅馆,只好借住在我小学同学李长之在国立编译馆的办公室内。他们白天办公,我就出去游荡,晚上回来,睡在办公桌上。早晨一起床,赶快离开。国立编译馆地处台城下面,我多半在台城上云游。什么鸡鸣寺、胭脂井,我几乎天天都到。再走远一点,出城就到了玄武湖。山光水色,风物怡人。但是我并没有多少闲情逸致,观赏风景。我的处境颇像旧戏中的秦琼,我心里琢磨的是怎样卖掉黄骠马。

我这样天天游荡,梦想有朝一日自己能安定下来,有一间房子,有一张书桌。别的奢望,一点没有。我在台城上面看到郁郁葱葱的古柳,心头不由得涌出了古人的诗:

　　江雨霏霏江草齐
　　六朝如梦鸟空啼

> 无情最是台城柳
> 依旧烟笼十里堤

这里讲的仅仅是六朝。从六朝到现在，又不知道有多少朝多少代过去了。古柳依然是葱茏繁茂，改朝换代并没有影响了它们的情绪。今天我站在古柳面前，一点也没有觉得它们"无情"，我觉得它们有情得很。我天天在六月的炎阳下奔波游荡，只有在台城古柳的浓荫下才能获得片刻的清凉，坐下来稍憩一会儿。我难道不该感激这些古柳而还说三道四吗？

又过了一些时候，有一天长之告诉我，梁实秋先生全家从重庆复员回到南京了。梁先生也在国立编译馆工作。我听了喜出望外。我不认识梁先生，论资排辈，他大我十几岁，应该算是我的老师。他的文章我在清华大学读书时就读过不少，很欣赏他的文才，对他潜怀崇敬之情。万万没有想到竟在南京能够见到他。见面之后，立刻对他的人品和谈吐十分倾倒。没有经过什么繁文缛节，我们成了朋友。我记得，他曾在一家大饭店里宴请过我。梁夫人和三个孩子——文茜、文蔷、文骐，都见到了。那天饭菜十分精美，交谈更是异常愉快，给我留下了深刻的印象，至今忆念难忘。我自谓尚非馋嘴之辈，可为什么独独对酒宴记得这样清楚呢？难道自己也属于饕餮大王之列吗？这真叫作没有法子。

解放前夕，实秋先生离开了北平，到了台湾，文茜和文骐留下没有走。在那极"左"的时代，有人把这一件事看得大得不得了。现在看来，也没有什么了不起的。一个人相信马克思主义，这当然很好，这说明他进步。一个人不相信，或者暂时不相信，他也完全有自由，这也绝非反革命。我自己过去不是也不相信马克思主义吗？从来就没有哪一个人一生下就是马克思主义者，连马克思本人也不是，遑论他人。我们今天知人论世，要抱实事求是的态度。

至于说梁实秋同鲁迅有过一些争论，这是事实。是非曲直，暂作别论。我们今天反对对任何人搞"凡是"，对鲁迅也不例外。鲁迅是一个伟大人物，这谁也否认不掉。但不能说凡是鲁迅说的都是正确的。今天，事实已经证明，鲁迅也有一些话是不正确的，是形而上学的，是有偏见的。难道因为他对梁实秋有过批评意见，梁实秋这个人就应该永远被打入十八层地狱吗？

实秋先生活到耄耋之年。他的学术文章，功在人民，海峡两岸，有目共睹，谁也不会有什么异辞。我想特别提出一点来说一说。他到了老年，同胡适先生一样，并没有留恋异国，而是回到台湾定居。这充分说明，他是热爱我们祖国大地的。至于他的为人毫无架子，像对我和李长之这样年轻一代的人，竟也平等对待，态度真诚和蔼，更令人难忘。这种作风，即使不是绝无仅有，也总算是难能可贵。对我们今天已经成为前辈的人，不是很有教育意义吗？

去年，他的女儿文茜和文蔷奉父命专门来看我。我非常感动，知道他还没有忘掉我。这勾引起我回忆往事。回忆虽然如云如烟，但是感情却是非常真实的。我原期望还能在大陆见他一面，不意他竟尔仙逝。我非常悲痛，想写点什么，终未果。去年，他的夫人从台湾来北京举行追思会。我正在南京开会，没能亲临参加，只能眼望台城，临风凭吊。我对他的回忆将永远保留在我的心中，直至我不能回忆为止。我的这一篇短文，他当然无法看到了。但是，我仿佛觉得，而且痴情希望，他能看到。四十年音问未通，这是仅有的一次也是最后一次通音问了。悲夫！

1988 年 3 月 26 日

扫傅斯年先生墓

我们虽然算是小同乡，但我与孟真先生并不熟识，几乎是根本没有来往。原因是年龄有别，辈分不同。我于1930年到北京来上大学的时候，进的是清华大学。当时孟真先生已经是学者，是教育家，名满天下了。我只是一个无名小卒，不可能有认识的机会。

我记得，在我大学一年级或二年级时，不知是清华的哪一个团体组织了一次系列讲座，邀请一些著名的学者发表演说，其中就有孟真先生。时间是在晚上，地点是在三院的一间教室里。孟真先生西装笔挺，革履锃亮。讲演的内容，我已经完全忘记了；但是，他那把双手插在西装坎肩的口袋里的独特的姿势，却至今历历如在目前。

在以后一段长达十五六年的时间中，我同孟真先生互不相知，一没有相知的可能，二没有相知的必要，我们本来就是萍水相逢嘛。

然而天公却别有一番安排，我在德国待了十年以后，陈寅恪师把我推荐给北京大学。1946年夏，我回国住在南京，适值寅恪先生也正在南京，我曾去谒见。他让我带着我在德国发表的几篇论文，到鸡鸣寺下中央研究院去拜见当时的北大代校长傅斯年，我遵命而去。见了面，没有说上几句话，就告辞出来。我们第二次见面就是这样匆匆。

二战期间，我被阻欧洲，大后方重庆和昆明等地的情况，我茫无所知。到了南京以后，才开始零零星星地听到大后方学术文化教育界的一些情况，涉及面非常广，当然也涉及傅孟真先生。他把山东人特有的直爽的性格——这种性格其他一些省份的人也具有的——发挥到淋漓尽致的水平。他所在的中央研究院当然是国民党政府下属的一个机构，但是，他不但不加入国民党，而且专揭国民党的疮疤。他被选为地位很高的参政员，是所谓"社会贤达"的代表。他主持正义，直言不讳，被称为"傅大炮"。国民党的四大家族，在贪赃枉法方面，各有千秋，手段不同，殊途同归。其中以孔祥熙家族名声最坏。那一位"威"名远扬的孔二小姐，更是名动遐迩，用飞机载狗逃难，而置难民于不顾。孟真先生不讲情面，不分场合，在光天化日之下，大庭广众之中，痛快淋漓地揭露孔家的丑事，引起了人民对孔家的憎恨。孟真先生成为"批孔"的专业户，口碑载道，颂声盈耳。

　　孟真先生的轶事很多，我只能根据传说讲上几件。他在南京时，开始任中央研究院历史语言研究所所长。他待人宽厚，但要求极严。当时有一位广东籍的研究员，此人脾气古怪，双耳重听，形单影只，不大与人往来，但读书颇多，著述极丰。每天到所，用铅笔在稿纸上写上两千字，便以为完成了任务，可以交卷了，于是悄然离所，打道回府。他所爱极广，隋唐史和黄河史，都有著述，洋洋数十万言。对历史地理特感兴趣，尤嗜对音。他不但不通梵文，看样子连印度天城体字母都不认识。在他手中，字母仿佛成了积木，可以任意挪动。放在前面，与对音不合，就改放在后面。这样产生出来的对音，有时极为荒诞离奇，那就在所难免了。但是，这位老先生自我感觉极为良好，别人也无可奈何。有一次，他在所里做了一个学术报告，说《史记》中的"禁不得祠明星出西方""不得"二字是 Buddha（佛陀）的对音,佛教在秦代已输入中国了。实际上，"禁不得"这样的字眼儿在汉代是通用的。老先生不知怎样一时糊涂，提出了这样的意见。在他以前，颇负盛名的日本汉学家藤田丰八已有此说，老先生不一定看到过，孤明独发，闹出了笑话。不意此时远在美国的孟真先生听到了这个信息，大为震怒，打电话给所里，要这位老先生检讨，否则就炒鱿鱼。老先生不肯，于是便卷铺盖离开了史语所，老死不明真相。

但是，孟真先生是异常重视人才的，特别是年轻的优秀人才。他奖励扶掖，不遗余力。他心中有一张年轻有为的学者的名单，对于这一些人，他尽力提供或创造条件，让他们能安心研究，帮助他们出国留学，学成回国后仍来所里工作。他还尽力延揽著名学者，礼遇有加。他创办的《史语所集刊》，在几十年内都是国内外最有权威的人文社会科学的刊物。一登龙门，声价十倍，能在上面发表文章，是十分光荣的事。这个刊物至今仍在继续刊行，旧的部分有人多方搜求，甚至影印，为20世纪中国学术界所仅见。

孟真先生有其金刚怒目的一面，也有其菩萨慈眉的一面。当年在大后方昆明，西南联大的教师和中央研究院史语所的研究员，有时住在同一所宿舍里。在靛花巷（？）宿舍里，陈寅恪先生住在楼上，一些年纪比较轻的教员和研究员住在楼下。有一天晚上，孟真先生和一些年轻学者在楼下屋子里闲谈，说到得意处，忍不住纵声大笑。他们乐以忘忧，兴会淋漓，忘记了时光的流逝。猛然间，楼上发出手杖捣地板的声音。孟真先生轻声说："楼上的老先生发火了。""老先生"指的当然就是寅恪先生。从此就有人说，傅斯年谁都不怕，连蒋介石也不放在眼中，唯独怕陈寅恪。我想，在这里，这个"怕"字不妥，改为"尊敬"，就更好了。

这一次，我由于一个不期而遇的机会，来到了台北，又听到了一些孟真先生的轶事。原来他离开大陆后，来到了台湾，仍然担任"中央研究院"史语所所长，同时兼任台湾大学的校长。他这一位大炮，大概仍然是炮声隆隆。据说有一次蒋介石对自己的亲信说:"那里(指台大)的事,我们管不了!"可见孟真先生仍然保留着他那一副刚正不阿的铮铮铁骨,他真正继承了中国历代知识分子最优秀的传统。

根据我上面的琐碎的回忆,我对孟真先生是见得少,听得多。我同他最重要的一次接触,就是我进北大时,他正是代校长,是他把我引进北大来的。据说——又是据说,他代表胡适之先生接管北大。当时日本侵略者刚刚投降,北大,正确说是"伪北大"教员可以说都是为日本服务的;但是每个人情况又各有不同,有少数人认贼作父,觍颜事仇,丧尽了国格和人格。大多数则是不得已而为之。两者应该区别对待。孟真先生说,适之先生为人厚道,经不起别人的恳求与劝说,可能良莠不分,一律留下在北大任教。这个"坏人"必须他做。他于是大刀阔斧,不留情面,把问题严重的教授一律解聘,他说,这是为适之先生扫清道路,清除垃圾,还北大一片净土,让他的老师胡适之先生怡然、安然地打道回校。我就是在这样一个关键时刻到北大来的。我对孟真先生有知遇之感,难道不是很自然的吗?

这一次我们三个北大人来到了台湾。台湾有清华分校,为什么独独没有北大分校呢?有人说,傅斯年担任校长的台湾大学就是北大分校。这个说法被认为是完全正确的。我们三个人中,除我以外,他们俩既没有见过胡适之,也没有见过傅孟真。但是,胡、傅两位毕竟是北大的老校长,我们不远千里而来,为他们两位扫墓,也完全是合情合理的。我们谨以鲜花一束,放在墓穴上,用以寄托我们的哀思。我在孟真先生墓前行礼的时候,心里想了很多很多。两岸人民有手足之情,人为地被迫分开了五十多年,难道现在和好统一的时机还没有到吗?本是同根生,见面却如参与商,一定要先到香港才能再飞台湾。这样人为的悲剧难道还不应该结束吗？北大与台大难道还不应该统一起来吗？我希望，我们下一次再来扫孟真先生墓时，这一出人间悲剧能够结束。

1999 年 5 月 5 日

悼巴老

巴金老人离开我们，走了，永远永远地走了。此事本在意内，因为他因病卧床不起有年矣。但又极出意料，因为，只要他还有一口气活着，一盏明灯就会照亮中国的文坛，鼓励人们前进，鼓励人们向上。

论资排辈，巴老是我的师辈，同我的老师郑振铎是一辈人。我在清华读书时，就已经读过他的作品，并且认识了他本人。当时，他是一个大作家，我是一个穷学生。然而他却一点架子都没有，不多言多语，给人一个老实巴交的印象。这更引起了我的敬重。

我觉得，一个作家最重要的品德是爱祖国，爱人民，爱人类。在这三爱的基础上，那些皇皇巨著才能有益于人，无愧于己。

巴老一生创作了大量的作品，在国内外广泛流传。特别是他晚年那些随笔，爱国爱民的激情，炽燃心中，而笔锋又足以力透纸背，更引起了广泛的注意和反响。

巴老！你永远永远地走了。你的作品和人格却会永远永远地留下来。在学习你的作品时，有一个人决不会掉队，这就是九十五岁的季羡林。

2005 年 10 月

悼念赵朴老

朴老涅槃,我心实悲。我曾在什么地方看过一幅壁画,画的是如来佛涅槃时的情景。如来佛右肋在下侧卧在那里。身旁围了一大群弟子,大多数是痛哭流涕,悲哀难抑。独有一位弟子站在那里,凝然无动于衷。他大概是已经参透了人生奥秘,领悟了无常是生命的正道。他也许正是这一幅壁画的核心人物,他是众僧的榜样,他是众生的楷模。我个人是一个凡夫俗子,远远没能参透人生的奥秘,我宁愿归属痛哭的众僧之列。

提到赵朴老,我真是早已久仰久仰了。他是著名的身体力行的佛教居士,中国佛协的领导人,造诣高深的佛学理论家;他又是蜚声书坛的书法家;他还是有悠久革命经历的国务活动家。赵朴老真正是口碑载道,誉满中外,成为人们景仰的对象。

可就是这样一位名人,一位大人物,却丝毫没有名人的架子,大人物的派头。同他一接触,就会被他那慈祥的笑容所感动,如坐春风,如沐春雨,感到无比的温暖和幸福。我个人同朴老接触不多;但是,每会面一次,就增强一次上述的感觉。

我同朴老相处最长的一次是在1986年。当时,班禅大师奉中央命赴尼泊尔公干,中央派了一架专机,陪同的人很多,赵朴老和夫人陈邦织女士也在其中。我作为全国人大常委会委员敬陪末座。我们坐在飞机最前面的特别包厢里,中间一张小桌,两边各坐二人,朴老和班禅一边,我和陈邦织女士一边。飞机飞临珠穆朗玛峰上空,接到尼泊尔加德满都的电话，说那里晨雾未消，不能降落，请飞机放慢速度。我们刚登上飞机时，飞机起飞，要系好安全带。但是，班禅大师的安全带两端碰不拢，他笑着说："你看我这肚子！"过了不久，加德满都方面来了电话说，飞机可以降落了。我诚敬地对班禅大师说："这是托大师的洪福！"他笑着说："我跟你一样！"可见班禅大师是一位多么平易近人的活佛。

我送给了朴老一本刚出版的《原始佛教的语言问题》，请求指正。朴老还没有来得及看，但是，陈邦织先生却一路手不停披，等到飞机在加德满都机场着陆时，看样子，她已经把全书看得差不多了。我心里暗暗钦佩邦织先生读书之勤。由此可以推断，她大概是同朴老一样"学富五车"的。

在加德满都，我同朴老夫妇和秘书一起被安排住在全城最高级的大概是五星级的一家大饭店里。饭店里有中西许多国家的餐厅。我同人大常委会几位同志经常是吃一顿饭换一个餐厅，遍尝了许多国家的名菜，可谓大快朵颐了。朴老是虔诚的佛教信徒，坚持素食，几十年如一日。他们不同我们一起吃饭。但因同住一层楼，房间相距不远，所以不乏见面的机会。有一天，朴老夫妇忽然来敲我的房门，邦织先生手持一幅朴老刚写好的字送给我。这真是喜从天降，我哪里会想到在异乡做客时竟能获得朴老的墨宝呢？我双手去捧接，心潮腾涌，视墨宝如拱璧，心想家中又得到了一件传家宝，我这个人和我们全家都有福了。

加德满都是一个很奇特有趣的地方，位于一个大山谷中。神话传说，此地原来处于深水中，谷口有巨石挡住，水流不出去。后来文殊菩萨手挥巨剑把巨石劈开，水流了出去，就形成了现在的加德满都。所以尼泊尔人尊文殊为保护神。在中国，文殊菩萨的圣地是五台山，因此尼泊尔朋友也视五台山为圣山，到了中国，多往朝拜。

这也可以算是中尼友谊史上的一段佳话吧。

  从尼泊尔回来以后，我还曾多次见到过朴老。在人民大会堂招待星云大师的宴会上，在人民大会堂不同的厅里召开的不同的会议上，在广济寺召开的讨论清代大藏经雕版的会上，我都同他见过面。虽然说话不多，但是，他那真正体现了佛教基本精神慈悲为怀的人格的魅力却在无形中净化了我的灵魂。我缺少慧根，毕生同佛教研究打交道，却不能成为真正的佛教信徒。但是，我对佛教的最基本的教义万有无常（sarvam anityam）却异常信服。我认为，这真正抓住了宇宙万有的根本规律，是谁也否定不掉的。

  我在上面曾说到，朴老已经参透了人生的奥秘。他在遗嘱中用诗歌表达了他的生死观："生固欣然，死亦无憾。花落还开，水流不断。我兮何有，谁欤安息。明月清风，不劳寻觅。"谁读了这首诗不会受到真挚的感动呢？我是一个俗人，虽然也向往这种境界，但是却徒劳无功。我达不到如来涅槃壁画上那一位凝然无动于衷的法师的水平，我只能像一般俗人一样悲痛不已。

2000 年 11 月 6 日

悼念沈从文先生

去年有一天，老友肖离打电话告诉我，从文先生病危，已经准备好了后事。我听了大吃一惊，悲从中来。一时心血来潮，提笔写了一篇悼念文章，自诧为倚马可待，情文并茂。然而，过了几天，肖离又告诉我说，从文先生已经脱险回家。我心里一块石头落了地，又窃笑自己太性急，人还没去，就写悼文，实在非常可笑。我把那一篇"杰作"往旁边一丢，从心头抹去了那一件事，稿子也沉入书山稿海之中，从此"云深不知处"了。

到了今年，从文先生真正去世了。我本应该写点什么的。可是，由于有了上述一段公案，懒于再动笔，一直拖到今天。同时我注意到，像沈先生这样一个人，悼念文章竟如此之少，有点不太正常，我也有点不平。考虑再三，还是自己披挂上马吧。

我认识沈先生已经五十多年了。当我还是一个大学生的时候，我就喜欢读他的作品。我觉得，在所有的并世的作家中，文章有独立风格的人并不多见。除了鲁迅先生之外，就是从文先生。他的作品，只要读上几行，立刻就能辨认出来，决不含糊。他出身湘西的一个破落小官僚家庭，年轻时当过兵，没有受过多少正规的教育。他完全是自学成家。湘西那一片有点神秘的土地，其怪异的风土人情，通过沈先生的笔而大白于天下。湘西如果没有像沈先生这样的大作家和像黄永玉先生这样的大画家，恐怕一直到今天还是一片充满了神秘的 terra incognita（没有人了解的土地）。

我同沈先生打交道,是通过一件不大不小的事情。丁玲的《母亲》出版以后,我读了觉得有一些意见要说,于是写了一篇书评,刊登在郑振铎、靳以主编的《文学季刊》创刊号上。刊出以后,我听说,沈先生有一些意见。我于是立即写了一封信给他,同时请郑先生在《文学季刊》创刊号再版时,把我那一篇书评抽掉。也许是由于这一个不能算是太愉快的因缘,我们就认识了。我当时是一个穷学生,沈先生是著名的作家。社会地位,虽不能说如云泥之隔,毕竟差一大截子。可是他一点名作家的架子也不摆,这使我非常感动。他同张兆和女士结婚,在北京前门外大栅栏撷英番菜馆设盛大宴席,我居然也被邀请。当时出席的名流如云。证婚人好像是胡适之先生。

从那以后,有很长的时间,我们并没有多少接触。我到欧洲去住了将近十一年。他在抗日烽火中在昆明住了很久,在西南联大任国文系教授。彼此音问断绝。他的作品我也读不到了。但是,有时候,不知是出于什么原因,我在饥肠辘辘、机声嗡嗡中,竟会想到他。我还是非常怀念这一位可爱、可敬、淳朴、奇特的作家。

一直到1946年夏天,我回到祖国。这一年的深秋,我终于又回到了别离了十几年的北平。从文先生也于此时从云南复员来到北大,我们同在一个学校任职。当时我住在翠花胡同,他住在中老胡同,都离学校不远,因此我们也相距很近。见面的次数就多了起来。他曾请我吃过一顿相当别致、毕生难忘的饭,云南有名的汽锅鸡。锅是他从昆明带回来的,外表看上去像宜兴紫砂,上面雕刻着花卉书法,古色古香,虽系厨房用品,然却古朴高雅,简直可以成为案头清供,与商鼎周彝斗艳争辉。

就在这一次吃饭时,有一件小事给我留下了深刻的印象。当时要解开一个用麻绳捆得紧紧的什么东西。只需用剪子或小刀轻轻地一剪一割，就能开开。然而从文先生却抢了过去，硬是用牙把麻绳咬断。这一个小小的举动，有点粗劲，有点蛮劲，有点野劲，有点土劲，并不高雅，并不优美。然而，它却完全透露了沈先生的个性。在达官贵人、高等华人眼中，这简直非常可笑，非常可鄙。可是，我欣赏的却正是这一种劲头。我自己也许就是这样一个"土包子"，虽然同那一些只会吃西餐、穿西装、半句洋话也不会讲偏又自认为是"洋包子"的人比起来，我并不觉得低他们一等。不是有一些人也认为沈先生是"土包子"吗？

还有一件小事，也使我忆念难忘。有一次我们到什么地方去游逛，可能是中山公园之类。我们要了一壶茶。我正要拿起壶来倒茶，沈先生连忙抢了过去，先斟出了一杯，又倒入壶中，说只有这样才能把茶味调得均匀。这当然是一件微不足道的小事，然而在琐细中不是更能看到沈先生的精神吗？

小事过后，来了一件大事：我们共同经历了北平的解放。在这个关键时刻，我并没有听说，从文先生有逃跑的打算。他的心情也是激动的，虽然他并不故作革命状，以达到某种目的，他仍然是朴素如常。可是厄运还是降临到他头上来。一个著名的马列主义文艺理论家，在香港出版的一个进步的文艺刊物上，发表了一篇长文，题目大概是什么《文坛一瞥》之类，前面有一段相当长的修饰语。这一位理论家视觉似乎特别发达，他在文坛上看出了许多颜色。他"一瞥"之下，就把沈先生"瞥"成了粉红色的小生。我没有资格对这一篇文章发表意见。但是，沈先生好像是当头挨了一棒，从此被"瞥"下了文坛，销声匿迹，再也不写小说了。

一个惯于舞笔弄墨的人，一旦被剥夺了写作的权利，他心里是什么滋味，我说不清，他有什么苦恼，我也说不清。然而，沈先生并没有因此而消沉下去。文学作品不能写，还可以干别的事嘛。他是一个精力旺盛的人,他是一个闲不住的人,他转而研究起中国古代的文物来,什么古纸、古代刺绣、古代衣饰等等,他都研究。凭了他那一股惊人的钻研的能力,过了没有多久,他就在新开发的领域内取得了可喜的成绩。他那一本讲中国服饰史的书,出版以后,洛阳纸贵,受到国内外一致的高度的赞扬。他成了这方面权威。他自己也写章草,又成了一个书法家。

有点讽刺意味的是,正当他手中的写小说的笔被"瞥"掉的时候,从国外沸沸扬扬传来了消息,说国外一些人士想推选他做诺贝尔文学奖金的候选人。我在这里着重声明一句,我们国内有一些人特别迷信诺贝尔奖金,迷信的劲头,非常可笑。试拿我们中国没有得奖的那几位文学巨匠同已经得奖的欧美的一些作家来比一比,其差距简直有如高山与小丘。同此辈争一日之长,有这个必要吗?推选沈先生当候选人的事是否进行过,我不得而知。沈先生怎样想,我也不得而知。我在这里提起这一件事,只不过把它当作沈先生一生中一个小小的插曲而已。

我曾在几篇文章中都讲到,我有一个很大的缺点(优点?),我不喜欢拜访人。有很多可尊敬的师友,比如我的老师朱光潜先生、董秋芳先生等等,我对他们非常敬佩,但在他们健在时,我很少去拜访。对沈先生也一样。偶尔在什么会上,甚至在公共汽车上相遇,我感到非常亲切,他好像也有同样的感情。他依然是那样温良、淳朴,时代的风风雨雨在他身上,似乎没有留下什么痕迹,说白了就是没有留下伤痕。一谈到中国古代科技、艺术等等,他就喜形于色,眉飞色舞,娓娓而谈,如数家珍,天真得像一个大孩子。这更增加了我对他的敬意。我心里曾几次动过念头:去看一看这一位可爱的老人吧!然而,我始终没有行动。现在人天隔绝,想见面再也不可能了。

有生必有死,是大自然的规律。我知道,这个规律是违抗不得的，我也从来没有想去违抗。古代许多圣君贤相，聪明一世，糊涂一时，想方设法，去与这个规律对抗，妄想什么长生不老，结果却事与愿违，空留下一场笑话。这一点我很清楚。但是，生离死别，我又不能无动于衷。古人云：太上忘情。我是一个微不足道的凡人，无论如何也做不到忘情的地步，只有把自己钉在感情的十字架上了。我自谓身体尚颇硬朗，并不服老。然而，曾几何时，宛如黄粱一梦，自己已接近耄耋之年。许多可敬可爱的师友相继离我而去。此情此景，焉能忘情？现在从文先生也加入了去者的行列。他一生安贫乐道，淡泊宁静，死而无憾矣。对我来说，忧思却着实难以排遣。像他这样一个有特殊风格的人，现在很难找到了。我只觉得大地茫茫，顿生凄凉之感。我没有别的本领，只能把自己的忧思从心头移到纸上，如此而已。

1988年11月2日写于香港中文大学会友楼

我的家

我曾经有过一个温馨的家。那时候,老祖和德华都还活着,她们从济南迁来北京,我们住在一起。

老祖是我的婶母,全家都尊敬她,尊称之为老祖。她出身中医世家,人极聪明,很有心计。从小学会了一套治病的手段,有家传治白喉的秘方,治疗这种十分危险的病,十拿十稳,手到病除。因自幼丧母,没人替她操心,耽误了出嫁的黄金时刻,成了一位山东话称之为"老姑娘"的人。年近四十,才嫁给了我叔父,做续弦的妻子。她心灵中经受的痛苦之剧烈,概可想见。然而她是一个十分坚强的人,从来没有对人流露过,实际上,作为一个丧母的孤儿,又能对谁流露呢?

德华是我的老伴,是奉父母之命,通过媒妁之言同我结婚的。她只有小学水平,认了一些字,也早已还给老师了。她是一个真正善良的人,一生没有跟任何人闹过对立,发过脾气。她也是自幼丧母的,在她那堂姊妹兄弟众多的、生计十分困难的大家庭里,终日愁米愁面,当然也受过不少的苦,没有母亲这一把保护伞,有苦无处诉,她的青年时代是在愁苦中度过的。

至于我自己,我虽然不是自幼丧母,但是,六岁就离开母亲,没有母爱的滋味,我尝得透而又透。我大学还没有毕业,母亲就永远离开了我,这使我抱恨终天,成为我的"永久的悔"。我的脾气,不能说是暴躁,而是急躁。想到干什么,必须立即干成,否则就坐卧不安。我还不能说自己是个坏人,因为,除了为自己考虑外,我还能为别人考虑。我坚决反对曹操的"宁要我负天下人,不要天下人负我"。

就是这样三个人组成了一个家庭。

为什么说是一个温馨的家呢?首先是因为我们家六十年来没有吵过一次架,甚至没有红过一次脸。我想,这即使不能算是绝无仅有,也是极为难能可贵的。把这样一个家庭称之为温馨不正是恰如其分吗?其中也不是没有原因的。

我们全家都尊敬老祖,她是我们家的功臣。正当我们家经济濒于破产的时候,从天上掉下一个馅儿饼来:我获得一个到德国去留学的机会。我并没有什么凌云的壮志,只不过是想苦熬两年,镀上一层金,回国来好抢得一只好饭碗,如此而已。焉知两年一变而成了十一年。如果不是老祖苦苦挣扎,摆过小摊,卖过破烂,勉强让一老(我的叔父)二中(老祖和德华)二小(我的女儿和儿子)能够有一口饭吃,才得以度过灾难。否则,我们家早已家破人亡了。这样一位大大的功臣,我们焉能不尊敬呢?

如果真有"毫不利己,专门利人"的人的话,那就是老祖和德华。她们忙忙叨叨买菜、做饭,等到饭一做好,她俩却坐在旁边看着我们狼吞虎咽,自己只吃残羹剩饭。这逼得我不由不从内心深处尊敬她们。

我们曾经雇过一个从安徽来的年轻女孩子当小时工,她姓杨,我们都管她叫小杨,是一个十分温顺、诚实、少言寡语的女孩子。每天在我们家干两小时的活,天天忙得没有空闲时间。我们家的两个女主人经常在午饭的时候送给小杨一个热馒头,夹上肉菜,让她吃了当午饭,立即到别的家去干活。有一次,小杨背上长了一个疮,老祖是医生,懂得其中的道理。据她说,疮长在背上,如凸了出来,这是良性的，无大妨碍。如果凹了进去，则是民间所谓的大背疮，古书上称之为疽，是能要人命的。当年范增"疽发背死"，就是这种疮。小杨患的也恰恰是这种疮。于是，小杨每天到我们家来，不是干活，而是治病，主治大夫就是老祖，德华成了助手。天天挤脓、上药，忙完整整两小时，小杨再到别的家去干活。最后，奇迹出现了，过了几个月，小杨的疽完全好了。老祖始终没有告诉她这种疮的危险性。小杨离开北京回到安徽老家以后，还经常给我们来信，可见我们家这两位女主人之恩，使她毕生难忘了。

我们的家庭成员，除了"万物之灵"的人以外，还有几个并非万物之灵的猫。我们养的第一只猫，名叫虎子，脾气真像是老虎，极为暴烈。但是，对我们三个人却十分温顺，晚上经常睡在我的被子上。晚上，我一上床躺下，虎子就和另外一只名叫咪咪的猫，连忙跳上床来，争夺我脚头上那一块地盘，沉沉地压在那里。如果我半夜里醒来，觉得脚头上轻轻的，我知道，两只猫都没有来，这时我往往难再入睡。在白天，我出去散步，两只猫就跟在我后面，我上山，它们也上山；我下来，它们也跟着下来。这成为燕园中一条著名的风景线，名传遐迩。

这难道不是一个温馨的家庭吗？

然而，光阴如电光石火，转瞬即逝。到了今天，人猫俱亡，我们的家庭只剩下了我一个人，形单影只，过了一段寂寞凄苦的生活。

然而，天无绝人之路。隔了不久，我的同事，我的朋友，我的学生，了解到我的情况之后，立刻伸出了爱援之手，使我又萌生了活下去的勇气。其中有一位天天到我家来"打工"，为我操吃操穿，读信念报，招待来宾，处理杂务，不是亲属，胜似亲属。让我深深感觉到，人间毕竟是温暖的，生活毕竟是"美丽的"（我讨厌这个词儿，姑一用之）。如果没有这些友爱和帮助，我恐怕早已登上了八宝山，与人世"拜拜"了。

那些非万物之灵的家庭成员如今数目也增多了。我现在有四只纯种的，从家乡带来的波斯猫，活泼、顽皮，经常挤入我的怀中，爬上我的脖子。其中一只，尊号毛毛四世的小猫，正在爬上我的脖子，被一位摄影家在不到半秒钟的时间内抢拍了一个镜头，赫然登在《人民日报》上，受到了许多人的赞扬，成为蜚声猫坛的一只世界名猫。

眼前，虽然我们家只剩下我一个孤家寡人，你难道能说这不是一个温馨的家吗？

2000年11月5日

一个预言的实现

大约在十几二十年前,我曾讲过一个预言:21世纪将是中国的世纪。

我没有研究过新兴科学预言学,我也不会算卦占卜,我不是季铁嘴、季半仙,但也并非全无根据。我根据的只是一点类似地缘政治学的世界历史地理常识。

我发现,在这个地球村中,每一个时代都有自己的政治经济文化中心,有的在东方,有的在西方,存在的时间长短不一,影响的程度也深浅不一。而这个中心不是一成不变的,而是有规律地变动着。拿最近几百年的世界史来看,就可以看出下面的规律:17、18世纪,它是在欧洲大陆法、德等国,19世纪在英国,20世纪在美国,21世纪按规律应该在中国。所以我说:21世纪将是中国人民的世纪。这绝不是无知妄言,也不是出于狭隘的爱国主义,而是规律使然。可在当时,颇有一些什么什么之士嗤之以鼻。我并不在乎,是嗤之以鼻,还是嗤之以屁股,那是他们的事,与我无干。

值得庆幸的事是,我在十几二十年前提出来的预言完全说对了。中华民族所固有的大气磅礴的创造力,被种种内在的和外在的力量堵塞了几百年;现在,一旦乘机迸发,有如翻江倒海,势不可当。例子多得不胜枚举。我只举一个看似虽小而意义实大的例子:"中国制造"(made in China)的商品现在流传全世界,包括美国在内,这在以前无论如何也是难以想象的。中国报刊以"中国和平崛起,世界拍案惊奇"等类的词句来表达这种感情。

中国人不喜欢"老王卖瓜，自卖自夸"。认为这是没有出息的事。我现在从外国请一位贵宾来，帮着夸上几句。英国前外交大臣杰弗里·豪曾说过几句话："过去 25 年，中国发生了巨大变化，它不仅确立了自己是国际社会一个稳定且负责任的成员的地位，它的政治制度及人民的聪明才智和能量已经产生了举世瞩目的经济成就，绝大多数人的生存条件和日常生活大大改善。"这一位英国绅士肯说几句真话，值得我们钦佩。我引用他的话来抹掉自己的自卖自夸之嫌。

2004 年 2 月 13 日

再谈爱国主义

爱国主义这样一个题目，不知道有多少人写了文章，做过发言。我自己在过去的一些文章中也曾谈到过这个题目。如果说我对这个题目有什么贡献的话，那就是，我曾指出来，不要一看爱国主义就认为是好东西。爱国主义有两种：一种是正义的爱国主义，一种是邪恶的爱国主义。日寇侵华时中日两国都高呼爱国，其根本区别就在于一个是正义的，一个是邪恶的。如果有人已经做过这样的论断，那就怪我老朽昏庸，孤陋寡闻，务请普天下大方家原谅则个。

我既不是哲学家，也不是思想家，但好胡思乱想。俗话说：愚者千虑，必有一得。我希望，这一句话能在我身上兑现。简短直说，我想从国籍这个角度上来探讨爱国主义。按现在的国际惯例，每个人都必须有一个国籍。听说有人有双国籍，情况不明，这里不谈。国际法大概允许无国籍。二战期间，我滞留德国。中国南京汪伪政府派去了大使。我是绝对不能与汉奸沾边的，我同张维到德国警察局去宣布自己无国籍。

爱国的国字，如果孤立起来看，是一个模糊名词。哪里的国？谁的国？都不清楚。但是，一旦同国籍联系在一起，就十分清楚了。国就是这个国籍的国。再讲爱国的话，指的就是爱你这个国籍的国。

如果一个国家热爱和平，绝不想侵略、剥削、压迫、屠杀别的国家，愿意同别的国家和平共处，这样的国家是值得爱的，非爱不行的。这样的爱国主义就是我上面所说的正义的爱国主义。反之，如果一个国家，特别是它的领导人，专心致志地侵略别的国家，征服别的国家，最终统一全球，天上地下，唯我独尊，这样的国家是绝对不能爱的，爱它就成了统治者的帮凶。爱国主义与国际主义是相通的，是互有联系的。保卫世界和平是两者共同的愿望。

要举具体的例子嘛，就在眼前。二战期间，西方一个德国，领袖是希特勒。东方一个日本，头子是东条英机。两国在屠杀别国人民的时候，都狂呼爱国主义。这当然就是我上面所说的邪恶的爱国主义。两个国家，两个头子的下场是众所周知的。

这种情况已经是俱往矣。然而到了今天，居然还有一个大国，亦步亦趋地步希特勒、东条英机的后尘，手舞大棒，飞扬跋扈，驻军遍世界，航空母舰游弋于几大洋。明明知道，别的国家是不可能从外面进攻它的，却偏搞什么导弹防御系统。任何国家屁大的事，它都要过问。不经过它的批准，就是非圣无法。联合国它根本看不起，它就是天下的主人。

有这个国家国籍的人们的爱国主义怎样表现？这个国家，特别是它的领导人值不值得爱？这是有这个国家国籍的人们要慎重考虑的问题。我一个局外人不敢越俎代庖。

2002 年 12 月 27 日

温馨,家庭不可或缺的气氛

大千世界,芸芸众生,除了看破红尘出家当和尚的以外,每一个人都会有一个家。一提到家,人们会不由自主地漾起一点温暖之意,一丝幸福之感。

不这样也是不可能的。不管是单职工还是双职工,白天在政府机构、学校、公司、工厂、商店等等五花八门的场所工作劳动;不管是脑力劳动,还是体力劳动,都会付出巨大的力量,应付错综复杂的局面,会见性格各异的人物,有时会弄得筋疲力尽。有道是:"不如意事常八九。"哪里事事都会让你称心如意呢?到了下班以后,有如倦鸟还巢一般,带着一身疲惫,满怀喜悦,回到自己家里。这是一个真正的安身立命之处,在这里人们主要祈求的就是温馨。有父母的,向老人问寒问暖,老少都感到温馨;有子女的,同孩子谈上几句,亲子都感到温馨;夫妻说上几句悄悄话,男女都感到温馨。当是时也,白天一天操劳身心两方面的倦意,间或有心中的愤懑,工作中或竞争中偶尔的挫折,在处理事务中或人际关系中碰的一点小钉子,如此等等,都会烟消云散,代之而兴的是融融的愉悦。总之,感到的是不能用任何语言表达的温馨。

你还可以便装野服,落拓形迹。白天在外面有时不得不戴着的假面具,完全可以甩掉。有时不得不装腔作势,以求得能适应对进退的所谓礼貌,也统统可以丢开,还你一个本来面目,圆通无碍,纯然真我。天下之乐宁有过于此者乎?所有这一切都来自家庭中真正的温馨。

但是,是不是每一个家庭都是温馨天成、唾手可得呢?不,不,绝不是的。家庭中虽有夫妻关系、亲子关系、血缘关系,但是,所有这一些关系,都不能保证温馨气氛必然出现。俗话说,锅碗瓢盆都会相撞。每个人的脾气不一样,爱好不一样,习惯不一样,信念不一样,而且人是活人,喜怒哀乐,时有突变的情况,情绪也有不稳定的时候,特别是在自己的亲人面前,更容易表露出来。有时候为一点芝麻绿豆大的小事,也会意见相左,处理不得法,也能产生龃龉。天天耳鬓厮磨,谁也不敢保证这种情况不会发生。

那么,我们应当怎么办呢?就我个人来看,处理这样清官难断的家务事,说难极难,说不难也颇易。只要能做到"真""忍"二字,虽不中,不远矣。"真"者,真情也;"忍"者,容忍也。我归纳成了几句顺口溜:相互恩爱,相互诚恳,相互理解,相互容忍,出以真情,不杂私心,家庭和睦,其乐无垠。

有人可能不理解,我为什么把容忍强调到这样的高度。要知道,容忍是中华美德之一。我们的往圣先贤,大都教导我们要容忍。民间谚语中,也有不少容忍的内容,教人忍让。有的说法,看似消极,实有积极意义,比如"忍辱负重",韩信就是一个有名的例子。《唐书》记载,张公艺九世同居,唐高宗问他睦族之道,公艺提笔写了一百多个"忍"字递给皇帝。从那以后,姓张的多自命为"百忍家声"。佛家也十分强调忍辱之要义,经中有很多忍辱仙人的故事。常言道:"小不忍则乱大谋。"在家庭中则是"小不忍则乱家庭"。夫妻、父母、子女之间,有时难免有不同的意见,如果一方发点小脾气,你让他(她)一下,风暴便可平息。等到他(她)心态平衡以后,自己会认错的。此时,如果你也不冷静,火冒三丈,轻则动嘴,重则动手,最终可能告到法庭,宣判离婚,岂不大可哀哉!父母兄弟姊妹之间,也有同样的情况。结果，一个好端端的家庭，会弄得分崩离析。这轻则会影响你暂时的情绪，重则影响你的生命前途。难道我这是危言耸听吗？

总之，温馨是家庭不可或缺的气氛，而温馨则是需要培养的。培养之道，不出两端，一真一忍而已。

1998 年 10 月 23 日

我的座右铭

多少年以来,我的座右铭一直是:

纵浪大化中,
不喜亦不惧。
应尽便须尽,
无复独多虑。

老老实实的、朴朴素素的四句陶诗,几乎用不着任何解释。

我是怎样实行这个座右铭的呢?无非是顺其自然,随遇而安而已,没有什么奇招。

"应尽便须尽,无复独多虑。"(到了应该死的时候,你就去死,用不着左思右想),这句话应该是关键性的。但是在我几十年的风华正茂的期间内,"尽"什么的是很难想到的。在这期间,我当然既走过阳关大道,也走过独木小桥。即使在走独木桥时,好像路上铺的全是玫瑰花,没有荆棘。这与"尽"的距离太远太远了。

到了现在,自己已经九十多岁了。离人生的尽头,不会太远了。我在这时候,根据座右铭的精神,处之泰然,随遇而安。我认为,这是唯一正确的态度。

我不是医生,我想贸然提出一个想法。所谓老年忧郁症恐怕十有八九同我上面提出的看法有关,怎样治疗这种病症呢?我本来想

用"无可奉告"来答复。但是,这未免太简慢,于是改写一首打油诗,题曰"无题":

  人生在世一百年,
  天天有些小麻烦。
  最好办法是不理,
  只等秋风过耳边。

座右铭(老年时期)

我现在的座右铭是:

老骥伏枥,
志在十里。
烈士暮年,
壮心难已。

读起来一副老调,了无新意。其实是有的。即以"志在十里"而论,为什么不写上百里、千里,甚至万里呢?那有多么威武雄壮呀!其实,如果我讲"志在半里",也是瞎吹。我现在不能走路,活动全靠轮椅,是要别人推的。我说"十里",是指一个棒小伙子一口气可以达到的长度。

我的美人观

说清楚一点,就是:我怎样看待美人。

纵观动物世界,我们会发现,在雌雄之间,往往是雄的漂亮、高雅,动人心魄,惹人瞩目。拿狮子来说,雄狮多么威武雄壮,英气磅礴。如果张口一吼,则震天动地,无怪有人称之为兽中之王。再拿孔雀来看,雄的倘一开屏,则遍体金碧耀目,非言语所能形容。仪态万方,令人久久不能忘怀。

但是,一讲到人美,情况竟完全颠倒过来。我们不知道,造物主囊中卖的是什么药。她(他,它)先创造人中雌(女人)。此时她大概心情清爽,兴致昂扬,精雕细琢,刮垢磨光。结果是创造出来的女子美妙、漂亮、悦目、闪光。她看到了自己的作品,左看右看,十分满意,不禁笑上脸庞。

但是,她立刻就想到,只造女人是不行的。这样怎么能传宗接代呢?必须再创造人中雌的对应物人中雄。这样创造活动才算完成。

这样想过,她立即着手创造人中雄。此时,她的心情比较粗疏,因此手法难以细腻。结果是,造出来的人中雄,一反禽兽的标格,显得有点粗陋。连她自己都并不怎样满意。但是,既然造出来了,就只能听之任之,不必再返工了。

到了此时,造物主老年忽发少年狂,决心在本来已经很秀丽、美妙、赏心悦目的人中雌中再创造几个出类拔萃、傲视群雌的超级美人。于是人类中就出现了西施、明妃、赵飞燕、貂蝉、二乔、杨贵妃、柳如是、董小宛、陈圆圆等等出类拔萃的超级美人。这样一来，在中国老百姓的中国史观中，就凭空增添了几分靓丽，几分滋润，几分光彩，几分清芬。

打油一首：

> 中华自古重美人，
> 西施貂蝉论纷纭。
> 美人只今仍然在，
> 各为神州添馨淳。

但是，我还是有问题的。世界文明古国，特别是亚洲文明古国，不止中国一个，为什么只有中国传留下来这么多超级美人，而别的国家则毫无所闻呢？我个人认为，这绝不是一个无足轻重的问题。如果研究比较文化史，这个问题绝对躲不过去的。目前，我对于这个问题考虑得还不够深透。我只能说，中国老百姓的中国史观，是丰富多彩的，有滋有味的，不是一堆干巴巴的相斫书。

我现在越来越不安分了，越来胆子越大了。我想在太岁头上动一下土，探讨一下"美人"这个美字的含义。我没有研究过美学，只记得在很多年以前，中国美学论坛上忽然爆发了一场论战。我以一个外行人的身份，从窗外向论坛上瞥了一眼，只见专家们意气风发，舌剑唇枪争得极为激烈。有的学者主张，美是主观的。有的学者主张美是客观的。有的学者主张，美是主客观相结合的。像美这样扑朔迷离、玄之又玄的现象或者问题，一向难以得到大家一致同意的结论或者解释的。专家们讨论完了，一哄而散，问题仍然摆在那里，原封未动。

我想从一个我认为是新的观点中解决问题。我认为，美人之所以被称为美人,必然有其异于非美人者。但是,她们也只具有五官四肢,造物主并没有给她们多添上一官一肢,也没有挪动官肢的位置,只在原有的排列上卖弄了一点手法,使这个排列显得更匀称,更和谐,更能赏心悦目。

美人身上有多处美的亮点,我现在不可能一一研究。我只选其中一个最引人注意的来谈一谈,这就是细腰的问题。这是一个极老的问题;但是,无论多么古老,也古老不到蒙昧的远古。那时候,人类首要的问题是采集野果,填饱肚子。男女都整天奔波,男女的腰都是粗而又粗的。哪里有什么余裕来要妇女细腰呢?大概到了先秦时期,情况有了改变。《诗经》第一篇中的"苗条(窈窕)淑女,君子好逑",苗条二字,无论怎样解释也离不开妇女的腰肢。先秦典籍中还有"楚王好细腰,宫中多饿死"的记载。可见此风在高贵不劳动的妇女中已经形成。流风所及,延续未断,可以说到今天也并没有停住。

中国古典诗词中,颇有一些描绘美人的文章。其中讲到美人的各个方面,细腰当然不会遗漏。我现在从宋词中选取几个例子,以见一斑。

1. 柳永《乐章集·木兰花》

酥娘一搦腰肢袅,回雪萦尘皆尽妙。几多狎客看无厌,一辈舞童功不到。星眸顾指精神峭,罗袖迎风身段小。而今长大懒婆娑,只要千金酬一笑。

2. 柳永《乐章集·浪淘沙》

有个人人,飞燕精神,急锵环佩上华裀。促拍尽随红袖举,风柳腰身。

3. 柳永《乐章集·合欢带》

身材儿、早是妖娆,算风措、实难描。一个肌肤浑似玉,更都来、占了千娇。妍歌艳舞,莺惭巧舌,柳妒纤腰。自相逢,便觉韩娥价减,飞燕声消。

4. 柳永《乐章集·少年游》

世间尤物意中人。轻细好腰身。

5. 秦观《淮海集·虞美人影》

妒云恨雨腰肢裊,眉黛不堪重扫。薄幸不来春老,羞带宜男草。

6. 秦观《淮海集·昭君怨》

隔叶乳鸦声软。啼断日斜阴转。杨柳小腰肢,画楼西。

7. 贺方回《万年欢》

吴都佳丽苗而秀,燕样腰身。按舞华茵。

8. 秦观《淮海集·满江红》

越艳风流,占天上、人间第一。须信道、绝尘标致,倾城颜色。翠绾垂螺双髻小,柳柔花媚娇无力。笑从来、到处只闻名,今相识。

9. 辛弃疾《临江仙》

小靥人怜都恶瘦,曲眉天与长颦。沉思欢事惜腰身。枕添离别泪,粉落却深匀。

宋词里面讲到细腰的地方,大体就是这样。遗漏几个地方,无关大局,不影响我的推论。

中国其他古典诗词中,也有关于细腰的叙述。因为同我要谈的主要问题无关,我就不谈了。

我现在的首要任务是解释一下,为什么细腰这个现象会同美联系起来。简捷了当地说一句话,我是想使用德国心理学家Lipps的"感情移入"的学说来解决这个问题。比如说,你看一个细腰的美女走在你的眼前,步调轻盈,柔软,好像是曹子建眼中的洛神。你一时失神,产生了感情移入的效应,仿佛与细腰女郎化为一体,得大喜悦,飘飘欲仙了。真诚的喜悦,同美感是互相沟通的。

赞"代沟"

现在常常听到有人使用"代沟"这个词儿。这个词儿看起来像一个外来语。然而它表达的内容却不限于外国,而是有普遍意义的,中国当然也不能够例外。

青年人怎样议论"代沟",我不清楚。老年人一谈起来,往往流露出十分不满意的神气,有时候甚至有类似"人心不古,世道浇漓"之类的慨叹。这种神气和慨叹我也有过。我现在是一个地地道道的老年人了。老年人的心理状态,我同样也是有的。我们大概都感觉到,在青年人身上有一些东西,我们看着不顺眼;青年人嘴里讲一些话,我们听上去不大顺耳,特别是那一些新造的名词更是特别刺耳。他们的衣着、他们的态度、他们的言谈举动以及接物待人的礼节、他们欣赏的对象和趣味,总之,一切的一切,我们无不觉得不那么顺溜。脾气好一点的老头摇一摇头,叹一口气,脾气不太好的就难免发发牢骚,成为九斤老太的同党了。

如果说有一条沟的话,那么,我们就站在沟的这一边,那一边站的是年轻人。但是若干年以前,我们也曾在沟的那一边站过,站在这一边的是我们的父母、老师、长辈。不知道从什么时候起,好像是在一夜之间,我们忽然站到这边来了。原来站在这边的人,由于自然规律不可抗御,一个个地让出了位置,走向涅槃,空出来的位置由我们来递补。有如秋后的树木,落叶渐多,枝头渐空,全身都在秋风里,只有日渐凋零了。这一个过程是非常非常微妙的,好像一点痕迹都没有留下,然而它确实是存在的。

站在沟这一边的老人,往往有一些杞忧。过去老人喜欢说一些世风日下之类的话,其尤甚者甚至缅怀什么羲皇盛世。现在这种人比较少了,但是类似这样的感慨还是有的。我在这一方面似乎更特别敏感。最近几年,我曾数次访问日本。年纪大一点的日本朋友对于中国文化能够理解,能够欣赏,他们感谢中国文化带给日本的好处,感激之情,溢于言表。中国古代的诗词和书画,他们熟悉。他们身上有一股"老"味,让我们觉得很亲切。然而据日本朋友说,现在的年轻人可完全不是这个样子了。中国古代的那一套,他们全不懂,全不买账,他们喝咖啡,吃西餐,一切唯西方马首是瞻。同他们交往,他们身上有一股"新"味,这种"新"味使我觉得颇不舒服。我自己反复琢磨,中日交往垂两千年。到了近代,日本虽然进行了改革,成为世界上头号经济强国,但是在过去还多少有点共同语言。好像在一夜之间,忽然从地里涌出了一代"新人类",同过去几乎完全割断了纽带联系。同这一群新人打交道,我简直手足无所措。这样下去,我们两国不是越来越疏远吗?为什么几千年没有变,而今天忽然变了呢?我冥思苦想,不得其解。

在中国,我也有这种杞忧。过去,当我站在沟的那一边的时候,我虽然也感到同沟这一边的老年人有点隔阂,但并不认为十分严重;然而到了今天,世界变化空前加速,真正是一天等于二十年,我来到了沟的这一边,顿时觉得沟那一边的年轻人也颇有"新人类"的味道。他们所作所为,很多我都觉得有点难以理解。男女自由恋爱,在封建时期是不允许的;在解放前允许了,但也多半不敢明目张胆。如果男女恋人之间接一个吻,恐怕也要秘密举行。然而今天呢,青年们在光天化日之下,大庭广众之间,公然拥抱接吻,坦然,泰然,甚至还有比这更露骨的举动,我看了确实感到吃惊,又觉得难以理解。我原来自认为脑筋还没有僵化,同九斤老太划清了界限。曾几何时,我也竟成了她的"同路人",岂不大可异哉!又岂不大可哀哉!

不管从世界范围来看,还是从中国范围来看,代沟自古以来就存在的;任何国家,任何时代,都是不可避免的。然而,根据我个人的感觉,好像是"自古已然,于今为烈",好像任何时候也没有今天这样明显。青年老年之间存在的好像已经不是沟,而是长江大河,其中波涛汹涌,难以逾越,我们两代人有点难以互相理解的势头了。为代沟而杞忧者自古就有,今天也绝不乏人。我也是其中之一,而且还可能是"积极分子"。

说了上面这一些话以后,倘若有人要问:"你对代沟抱什么态度呢?"答曰:"坚决拥护,竭诚赞美!"

试想一想:如果没有代沟,青年人和老年人完全一模一样,人类的进步表现在什么地方呢?再往上回溯一下,如果在猴子中间没有代沟,所有的猴子都只能用四条腿在地上爬行,哪一只也决不允许站立起来,哪一只也决不允许使用工具劳动,某一类猴子如何能转变成人呢?从语言方面来讲,如果不允许青年们创造一些新词,我们的语言如何能进步呢?孔老头子说的话如果原封不动地保留到今天,这种情况你能想象吗?如果我们今天的报纸杂志孔老夫子这位圣人都完全能懂,这是可能的吗?人类社会在不停地变化,世界新知识日新月异,如果不允许创造新词儿,那么,语言就不能表达新概念、新事物,语言就失去存在的意义了,这种情况是可取的吗?总之,代沟是不可避免的,而且是十分必要的。它标志着变化,它标志着进步,它标志着社会演化,它标志着人类前进。不管你是否愿意,它总是要存在的,过去存在,现在存在,将来也还要存在。

因此，我赞美代沟，用满腔热忱来赞美代沟。

1987年4月29日于上海华东师大

笑着走

走者，离开这个世界之谓也。赵朴初老先生，在他生前曾对我说过一些预言式的话。比如，1986年，朴老和我奉命陪班禅大师乘空军专机赴尼泊尔公干。专机机场在大机场的后面。当我同李玉洁女士走进专机候机大厅时，朴老对他的夫人说："这两个人是一股气。"后来又听说，朴老说，别人都是哭着走，独独季羡林是笑着走。这一句话给我留下了很深的印象。我认为，他是十分了解我的。

现在就来分析一下我对这一句话的看法。应该分两个层次来分析：逻辑分析和思想感情分析。

先谈逻辑分析。

江淹的《恨赋》最后两句是："自古皆有死，莫不饮恨而吞声。"第一句话是说，死是不可避免的。对待不可避免的事情，最聪明的办法是，以不可避视之，然后随遇而安，甚至逆来顺受，使不可避免的危害性降至最低点。如果对生死之类的不可避免性进行挑战，则必然遇大灾难。"服食求神仙，多为药所误。"秦皇、汉武、唐宗等等是典型的例子。既然非走不行，哭又有什么意义呢？反不如笑着走更使自己洒脱，满意，愉快。这个道理并不深奥，一说就明白的。我想把江淹的文章改一下：既然自古皆有死，何必饮恨而吞声呢？

总之，从逻辑上来分析，达到了上面的认识，我能笑着走，是不成问题的。

但是，人不仅有逻辑，他还有思想感情。逻辑上能想得通的，思想感情未必能接受。而且思想感情的特点是变动不居。一时冲动，往往是靠不住的。因此，想在思想感情上承认自己能笑着走，必须有长期的磨练。

在这里，我想，我必须讲几句关于赵朴老的话。不是介绍朴老这个人。"天下谁人不识君"。朴老是用不着介绍的。我想讲的是朴老的"特异功能"。很多人都知道，朴老一生吃素，不近女色，他有特异功能，是理所当然的。他是虔诚的佛教徒，一生不妄言。他说我会笑着走，我是深信不疑的。

我虽然已经九十五岁，但自觉现在讨论走的问题，为时尚早。再过十年，庶几近之。

2006 年 3 月 19 日

关于人的素质的几点思考

本篇为作者在台北法鼓人文社会学院召开的"人文关怀与社会实践系列——人的素质学术研究会"上的讲话。

一　我们当前所面临的形势

谈问题必须从实际出发,这几乎成了一个常识。谈人的素质又何能例外?

在这方面,我们,包括大陆和台湾,甚至全世界,我们所面临的形势怎样呢?我觉得,法鼓人文社会学院的"通告"中说得简洁而又中肯:

> 识者每以今日的社会潜伏下列诸问题为忧:即功利气息弥漫,只知夺取而缺乏奉献和服务的精神;大家对社会关怀不够,环境日益恶化;一般人虽受相当教育,但缺乏判断是非善恶的能力;科技教育与人文教育未能整合,阻碍教育整体发展,亦且影响学生健全人格的养成。

这些话都切中时弊。

在这里,我想补充上几句。

我们眼前正处在20世纪的世纪末和千纪末中。"世纪"和"千纪"

都是人为地创造出来的；但是，一旦创造出来，它似乎就对人类活动产生了影响。19世纪的世纪末可以为鉴，当前的这一个世纪末，也不例外。在政治、经济等方面所发生的巨大变化，有目共睹。我特别想指出环境保护等方面的令人触目惊心的情况。这些都与西方科学技术的发展密切相连。

西方自产业革命以后，科技飞速发展。生产力解放之后，远迈前古，结果给全体人类带来了极大的意想不到的福利。这一点是无论如何也否认不掉的。但是同时也带来了同样是想不到的弊端或者危害，比如空气污染、海河污染、生态平衡破坏、一些动植物灭种、环境污染、臭氧层出洞、人口爆炸、淡水资源匮乏、新疾病产生，如此等等，不一而足。这些灾害中任何一项如果避免不了，祛除不掉，则人类生存前途就会受到威胁。所以，现在全世界有识之士以及一些政府，都大声疾呼，注意环保工作。这实在值得我们钦佩。

英国浪漫主义诗人雪莱（Shelley）以诗人的惊人的敏感，在19世纪初叶，正当西方工业发展如火如荼地上升的时候，在他所著的于1821年出版的《诗辨》中，就预见到它能产生的恶果，他不幸而言中，他还为这种恶果开出了解救的药方：诗与想象力，再加上一个爱。这也实在值得我们佩服。

眼前的这一个世纪末，实在是人类历史上一个空前的大动荡大转轨的时代。在这样的时机中，我们平常所说的"代沟"空前地既深且广。老少两代人之间的隔阂十分严峻。有人把现在年轻的一代人称为"新人类"，据说日本也有这个词儿，这个词儿意味深长。

二　人的天性或本能

我们就处在这样的环境条件下来探讨人的天性的一些想法。

两千多年以来，中国哲学史上始终有一个争论不休的问题：性善与性恶。孟子主性善，荀子主性恶，这是众所周知的事实。两说各有拥护者和反对者，中立派就主张性无善无恶说。我个人的看法接近此说，但又不完全相同。如果让我摆脱骑墙派的立场，说出真心话的话，我赞成性恶说，然则根据何在呢？

　　由于行当不对头——我重点搞的是古代佛教历史、中亚古代语文、佛教史、中印和中外文化交流史……我对生理学和心理学所知甚微。根据我多年的观察与思考，我觉得，造物主或天或大自然，一方面赋予人和一切生物（动植物都在内）以极强烈的生存欲，另一方面又赋予它们极强烈的发展扩张欲。一棵小草能在砖石重压之下，以惊人的毅力，钻出头来，真令我惊叹不止。一尾鱼能产上百上千的卵，如果每一个卵都能长成鱼，则湖海有朝一日会被鱼填满。植物无灵，但有能，它想尽办法，让自己的种子传播出去。类似的例子，举不胜举。但是，与此同时，造物主又制造某些动植物的天敌，大鱼吃小鱼，小鱼吃虾米，猫吃老鼠，等等，等等。总之是，一方面让你生存发展，一方面又遏制你生存发展，以此来保持物种平衡、人和动植物的平衡。这是造物主给生物开玩笑。老子说："天地不仁，以万物为刍狗。"意思与此差为相近。如此说来，荀子的性恶说能说没有根据吗？荀子说："人之性恶，其善者伪也。""伪"字在这里有"人为"的意思，不全是"假"。总之，这说法比孟子性善说更能说得过去。

三　道德问题

　　写到这里，我认为可以谈道德问题了。道德讲善恶，讲好坏，讲是非，等等。那么，什么是善，是好，是是呢？根据我上面的说法，我们可以说：自己生存，也让别的人或动植物生存，这就是善。只考虑自己生存不考虑别人生存，这就是恶。《三国演义》中说曹操有言："宁教我负天下人，休教天下人负我。"这是典型的恶。要一个人不为自己的生存考虑，是不可能的，是违反人性的。只要能做到既考虑自己也考虑别人，这一个人就算及格了，考虑别人的百分比愈高，则这个人的道德水平也就愈高。百分之百考虑别人，所谓"毫不利己，专门利人"，是做不到的。那极少数为国家、为别人牺牲自己性命的，用一个哲学家的现成的话来说是出于"正义行动"。

只有人类这个"万物之灵"才能做到既为自己考虑，也能考虑到别人的利益。一切动植物是绝对做不到的，它们根本没有思维能力。它们没有自律，只有他律，而这他律就来自大自然或者造物主。人类能够自律，但也必须辅之以他律。康德所谓"消极义务"，多来自他律。他讲的"积极义务"，则多来自自律。他律的内容很多，比如社会舆论、道德教条等等都是。而最明显的则是公安局、检察机构、法院。

写到这里，我想把话题扯远一点，才能把我想说的问题说明白。

人生于世，必须处理好三个关系：一、人与大自然的关系，那也称之为"天人关系"；二、人与人的关系，也就是社会关系；三、人自己的关系，也就是个人思想感情矛盾与平衡的问题。这三个关系处理好，人就幸福愉快；否则就痛苦。

在处理第一个关系时，也就是天人关系时，东西方，至少在指导思想方向上截然不同。西方主"征服自然"（to conquer the nature），《天演论》的"物竞天择，适者生存"，即由此而出。但是天或大自然是能够报复的，能够惩罚的。你"征服"得过了头，它就报复。比如砍伐森林，砍光了森林，气候就受影响，洪水就泛滥。世界各地都有例可证。今年大陆的水灾，根本原因也在这里。这只是一个小例子，其余可依此类推。学术大师钱穆先生一生最后一篇文章《中国文化对人类未来可有的贡献》，讲的就是"天人合一"的问题，我冒昧地在钱老文章的基础上写了两篇补充的文章，我复印了几份，呈献给大家，以求得教正。

"天人合一"是中国哲学史上一个重要命题，解释纷纭，莫衷一是。钱老说："我曾说'天人合一'论，是中国文化对人类最大的贡献。"我的补充明确地说，"天人合一"就是人与大自然要合一，要和平共处，不要讲征服与被征服。西方近二百年以来，对大自然征服不已，西方人以"天之骄子"自居，骄横不可一世，结果就产生了我在上文第一章里补充的那一些弊端或灾害。钱宾四先生文章中讲的"天"似乎重点是"天命"，我的"新解"，"天"是指的大自然。这种人与大自然要和谐相处的思想，不仅仅是中国思想的特征，也是东方各国思想的特征。这是东西方文化思想分道扬镳的地方。在中国，表现这种思想最明确的无过于宋代大儒张载，他在《西铭》中说："民，吾同胞；物，吾与也。""物"指的是天地万物。佛教思想中也有"天人合一"的因素，韩国吴亨根教授曾明确地指出这一点来。佛教基本教规之一的"五戒"中就有戒杀生一条，同中国"物与"思想一脉相通。

四　修养与实践问题

我体会，圣严法师之所以不惜人力和物力召开这样一个规模宏大的会议，大陆暨香港地区以及台湾的许多著名的学者专家之所以不远千里来此集会，决不会是让我们坐而论道的。道不能不论，不论则意见不一致，指导不明确，因此不论是不行的。但是，如果只限于论，则空谈无补于实际，没有多大意义。况且，圣严法师为法鼓人文社会学院明定宗旨是"提升人的品质,建设人间净土"。这次会议的宗旨恐怕也是如此。所以,我们在议论之际,也必须想出一些具体的办法。这样会议才能算是成功的。

我在本文第一章中已经讲到过,我们中国和全世界所面临的形势是十分严峻的。钱穆先生也说:"近百年来,世界人类文化所宗,可说全在欧洲。最近50年,欧洲文化近于衰落,此下不能再为世界人类文化向往之宗主。所以可说,最近乃人类文化之衰落期。此下世界文化又将何所向往?这是今天我们人类最值得重视的现实问题。"可谓慨乎言之矣。

我就是在面临这样严峻的情况下提出了修养和实践问题的,也可以称之为思想与行动的关系,二者并不完全一样。

所谓修养,主要是指思想问题、认识问题、自律问题,他律有时候也是难以避免的。在大陆,帮助别人认识问题,叫作"做思想工作"。一个人遇到疑难,主要靠自己来解决,首先在思想上解决了,然后才能见诸行动,别人的点醒有时候也起作用。佛教禅宗主张"顿悟"。觉悟当然主要靠自己,但是别人的帮助有时也起作用。禅师的一声断喝,一记猛掌,一句狗屎橛,也能起振聋发聩的作用。宋代理学家有一个克制私欲的办法。清尹铭绶《学见举隅》中引朱子的话说:

> 前辈有俗澄治思虑者,于坐处置两器,每起一善念,则投白豆一粒于器中;每起一恶念,则投黑豆一粒于器中。初时黑豆多,白豆少,后来随不复有黑豆,最后则验白豆亦无之矣。然此只是个死法,若更加以读书穷理的工夫,那去那般不正作当底思虑,何难之有?

这个方法实际上是受了佛经的影响。《贤愚经》卷十三，（六七）优波提品第六十讲到一个"系念"的办法：

> 以白黑石子，用当等于筹算。善念下白，恶念下黑。优波提奉受其教，善恶之念，辄投石子。初黑偶多，白者甚少。渐渐修习，白黑正等。系念不止。更无黑石，纯有白者。善念已盛，逮得初果。（《大正新修大藏经》，第四卷，页四四二下）

这与朱子说法几乎完全一样，区别只在豆与石耳。

这个做法究竟有多大用处？我们且不去谈。两个地方都讲善念、恶念。什么叫善？什么叫恶？中印两国的理解恐怕很不一样。中国的宋儒不外孔孟那些教导，印度则是佛教教义。我自己对善恶的看法，上面已经谈过。要系念，我认为，不外是放纵本性与遏制本性的斗争而已。为什么要遏制本性？目的是既让自己活，也让别人活。因为如果不这样做的话，则社会必然乱了套，就像现代大城市里必然有红绿灯一样，车往马来，必然要有法律和伦理教条。宇宙间，任何东西，包括人与动植物，都不允许有"绝对自由"。为了宇宙正常运转，为了人类社会正常活动，不得不尔也。对动植物来讲，它们不会思考，不能自律，只能他律。人为万物之灵，是能思考、能明辨是非的动物，能自律，但也必济之以他律。朱子说，这个系念的办法是个"死法"，光靠它是不行的，还必须读书穷理，才能去掉那些不正当的思虑。读书当然是有益的，但却不能只限于孔孟之书；穷理也是好的，但标准不能只限于孔孟之道。特别是在今天，在一个新世纪即将来临之际，眼光更要放远。

眼光怎样放远呢？首先要看到当前西方科技所造成的弊端，人类生存前途已处在危机中。世人昏昏，我必昭昭。我们必须力矫西方"征服自然"之弊，大力宣扬东方"天人合一"的思想，年轻人更应如此。

以上主要讲的是修养。光修养还是很不够的，还必须实践，也就是行动，最好能有一个信仰，宗教也好，什么主义也好；但必须虔诚、真挚。这里存不得半点虚假成分。我们不妨先从康德的"消极义务"做起：不污染环境、不污染空气、不污染河湖、不胡乱杀生、不破坏生态平衡、不砍伐森林，还有很多"不"。这些"消极义务"能产生积极影响。这样一来，个人的修养与实践、他人的教导与劝说，再加上公、检、法的制约，本文第一章所讲的那一些弊害庶几可以避免或减少，圣严法师所提出的希望庶几能够实现，我们同处于"人间净土"中。"挽狂澜于既倒"，事在人为。

1999 年 3 月 29 日

我害怕"天才"

人类的智商是不平衡的,这种认识已经属于常识的范畴,无人会否认的。不但人类如此,连动物也不例外。我在乡下观察过猪,我原以为这蠢然一物,智商都一样,无所谓高低的。然而事实上猪们的智商颇有悬殊。我喜欢养猫,经我多年的观察,猫们的智商也不平衡,而且连脾气都不一样,颇使我感到新奇。

猪们和猫们有没有天才,我说不出。专就人类而论,什么叫作"天才"呢?我曾在一本书里或一篇文章里读到过一个故事。某某数学家,在玄秘深奥的数字和数学符号的大海里游泳,如鱼得水,圆融无碍。别人看不到的问题,他能看到;别人解答不了的方程式之类的东西,他能解答。于是,众人称之为"天才"。但是,一遇到现实生活中的问题,他的智商还比不了一个小学生。比如猪肉三角三分一斤,五斤猪肉共值多少钱呢?他瞠目结舌,无言以对。

因此,我得出一个结论:"天才"即偏才。

在中国文学史或艺术史上,常常有几"绝"的说法。最多的是"三绝",指的是诗、书、画三绝。所谓"绝",就是超越常人,用一个现成的词儿,就是"天才"。可是,如果仔细分析起来,这个人在几绝中只有一项,或者是两项是真正的"绝",为常人所不能及,其他几绝都是为了凑数凑上去的。因此,所谓"三绝"或几绝的"天才",其实也是偏才。

可惜古今中外参透这一点的人极少极少,更多的是自命"天才"的人。这样的人老中青都有。他们仿佛是从菩提树下金刚台上走下来的如来佛，开口便昭告天下："天上天下，唯我独尊。"这种人最多是在某一方面稍有成就，便自命不凡起来，看不起所有的人，一副"天才气"，催人欲呕。这种人在任何团体中都不能团结同仁，有的竟成为害群之马。从前在某个大学中有一位年轻的历史教授，自命"天才"，瞧不起别人，说这个人是"狗蛋"，那个人是"狗蛋"。结果是投桃报李，群众联合起来，把"狗蛋"的尊号恭呈给这个人，他自己成了"狗蛋"。

这样的人在当今社会上并不少见，他们成为社会上不安定的因素。

蒙田在一篇名叫《论自命不凡》的随笔中写道：

> 对荣誉的另一种追求，是我们对自己的长处评价过高。这是我们对自己怀有的本能的爱，这种爱使我们把自己看得和我们的实际情况完全不同。

我决不反对一个人对自己本能的爱，应该把这种爱引向正确的方向。如果把它引向自命不凡，引向自命"天才"，引向傲慢，则会损己而不利人。

我害怕的就是这样的"天才"。

1999年7月25日

病中琐谈（在病中）

我是在病中。

我是在病中吗？才下结论，立即反驳，常识判断，难免滑稽。但其中不是没有理由的。

早期历史

对于我这一次病的认识，有一个漫长的过程。不但我自己和我身边的人是这个样子，连大夫看来也不例外。这是符合认识事物的规律的，不足为怪。

我患的究竟是一种什么病呢？这件事三言两语说不清楚。

约摸在三四十年以前，身上开始有了发痒的毛病。每年到冬天，气候干燥时，两条小腿上就出现小水泡，有时溃烂流水，我就用护肤膏把它贴上，有时候贴得横七竖八，不成体系，看上去极为可笑。我们不懂医学，就胡乱称之为皮炎。我的学生张保胜曾陪我到东城宽街中医研究院，去向当时的皮肤科权威赵炳南教授求诊。整整等候了一个上午，快到十二点了，该加的塞都加过以后，才轮到了我。赵大夫在一群大夫和研究生的围拥下，如大将军八面威风。他号了号脉，查看了一下，给我开了一服中药，回家煎服后，确有效果。

后来赵大夫去世，他的接班人是姓王的一位大夫，名字忘记了，我们俩同是全国人大代表北京代表团的成员。平常当然会有所接触，但是，他那一副权威相让我不大愿意接近他。后来，皮炎又发作了，非接触不行了，只好又赶到宽街向他求诊。到了现在，我才知道，我患的病叫作老年慢性瘙痒症。不正名倒也罢了，一正名反而让我感到滑稽，明明已经流水了，怎能用一个"瘙痒"了之！但这是他们医学专家的事，吾辈外行还以闭嘴为佳。

西苑医院

以后，出我意料地平静了一个时期。大概在两年前，全身忽然发痒，夜里更厉害。问了问身边的友人，患此症者，颇不乏人。有人试过中医，有人试过西医，大都不尽如人意。只能忍痒负重，勉强对付。至于我自己，我是先天下之痒而痒，而且双臂上渐出红点。我对病的政策一向是拖，不是病拖垮了我，就是我拖垮了病。这次也拖了几天。但是，看来病的劲比我大，决心似乎也大。有道是"好汉不吃眼前亏"，我还是屈服吧。

屈服的表现就是到了西苑医院。

西苑医院几乎同北大是邻居，在全国中医院中广有名声。而且那里有一位大夫是公认为皮肤科的权威，他就是邹铭西大夫。我对他的过去了解不多，我不知道他同赵炳南的关系。是否有师弟之谊，是否同一个门派，统统不知道。但是，从第一次看病起，我就发现邹大夫的一些特点。他诊病时，诊桌旁也是坐满了年轻的大夫、研究生、外来的学习者。邹大夫端居中央，众星拱之。按常识，存在决定意识，他应该傲气凌人，顾盼自雄。然而，实际却正相反。他对病人笑容满面，和颜悦色，一点大夫容易有的超自信都不见踪影。有一位年老的身着朴素的女病人，腿上长着许多小水泡，有的还在流着脓。但是，邹大夫一点也不嫌脏，亲手抚摩患处。我是个病人，我了解病人心态。大夫极细微的面部表情，都能给病人极大的影响。眼前他的健康，甚至于生命就攥在大夫手里，他焉得而不敏感呢？中国有一个词儿，叫作"医德"。医德是独立于医术之外的一种品质。我个人想，在治疗过程中，医德和医术恐怕要平分秋色吧。

我把我的病情向邹大夫报告清楚，并把手臂上的小红点指给他看。他伸手摸了摸，号了号脉，然后给我开了一服中药。回家煎服，没有过几天，小红点逐渐消失了。不过身上的痒还没有停止。我从邹大夫处带回来几瓶止痒药水，使用了几次，起初有用，后来就逐渐失效。接着又从友人范曾先生处要来几瓶西医的止痒药水，使用的结果同中医的药水完全相同，我没有别的办法，只好交替使用，启用了我的"拖病"的政策。反正每天半夜里必须爬起来，用自己的指甲，浑身乱搔。痒这玩意儿也是会欺负人的：你越搔，它越痒。实在不胜其烦了，决心停止，强忍一会儿，也就天下太平了。后背自己搔不着，就使用一种山东叫痒痒挠的竹子做成的耙子似的东西。古代文人好像把这玩意儿叫"竹夫人"。

这样对付了一段时间，我没有能把病拖垮，病却似乎要占上风。我两个手心里忽然长出了一层小疙瘩，有点痒，摸上去皮粗，极不舒服。这使我不得不承认，我的拖病政策失败了，赶快回心向善，改弦更张吧。

西苑二进宫

又由玉洁和杨锐陪伴着走进了邹大夫的诊室。他看了看我的手心，自言自语地轻声说道："典型的湿疹！"又站起来，站在椅子背后，面对我说："我给你吃一服苦药，很苦很苦的！"

取药回家，煎服以后，果然是很苦很苦的。我服药虽非老将，但生平也服了不少，像这样的苦药还从来没有服过。我服药一向以勇士自居，不管是丸药还是汤药，我向来不问什么味道，拿来便吃，眉头从没有皱过。但是，这一次碰到邹大夫的"苦药"，我才真算是碰到克星。药杯到口，苦气猛冲，我下定决心，不怕牺牲，排除万难，几口喝净，又赶快要来冰糖两块，以打扫战场。

服药以后，一两天内，双手手心皮肤下大面积地充水。然后又转到手背，在手背和十个指头上到处起水泡，有大有小，高低不一。但是泡里的水势都异常旺盛，不慎碰破，水能够滋出很远很远，有时候滋到头上和脸上。有时候我感到非常腻味，便启用了老办法、土办法：用消过毒的针把水泡刺穿，放水流出。然而殊不知这水泡斗争性极强，元气淋漓。你把它刺破水出，但立即又充满了水，让你刺不胜刺。有时候半夜醒来，瞥见手上的水泡——我在这里补一句，脚上后来也长起了水泡——心里别扭得不能入睡，便起身挑灯夜战。手持我的金箍狼牙棒，对水泡一一宣战。有时候用一个多小时的时间才只能刺破一小部分，人极疲烦，只好废然而止。第二天早晨起来，又看到满手的水泡颗粒饱圆，森然列队，向我示威。我连剩勇都没有了，只能徒唤负负，心甘情愿地承认自己是败兵之将，不敢言战矣。

西苑三进宫

不敢言战，是不行的。水泡家族，赫然犹在，而且鼎盛辉煌，傲视一切。我于是又想到了邹铭西大夫。

邹大夫看了看我的双手，用指头戳了戳什么地方，用手指着我左手腕骨上的几个小水泡，轻声地说了一句什么，群弟子点头会意。

邹大夫面色很严肃，说道："水泡一旦扩张到了咽喉，事情就不好办了！"这是不是意味着，在邹大夫眼中我的病已经由量变到质变了呢？玉洁请他开一个药方。此时，邹大夫的表情更严肃了："赶快到大医院去住院观察！"

我听说——只是听说，旧社会有经验的医生，碰到重危的病人，一看势头不对，赶快敬谢不迭，让主人另请高明，一走了事。当时好像没有什么抢救的概念和举措，事实上没有设备，何从抢救！但是，我看，今天邹大夫决不是这样子。

我又臆测这次发病的原因。最近半年多以来，不知由于什么缘故，总是不想吃东西，从来没有饿的感觉。一坐近饭桌，就如坐针毡。食品的色香味都引不起我的食欲。严重一点的话，简直可以称之为厌食症——有没有这样一个病名？我猜想，自己肚子里毒气或什么不好的气窝藏了太多，非排除一下不行了。邹大夫嘴里说的极苦极苦的药，大概就是想解决这个问题的。可能是在估计方面有了点差距，所以排除出来的变为水泡的数量，大大地超过了预计。邹大夫成了把魔鬼放出禁瓶的张天师了。挽回的办法只有一个：劝我进大医院住院观察。

只可惜我没有立即执行，结果惹起了一场颇带些危险性的大患。

张衡插曲

张衡，是我山东大学的小校友。毕业后来北京从事书籍古玩贸易，成绩斐然。他为人精明干练，淳朴诚悫。多少年来，对我帮助极大，我们成为亲密的忘年交。

对于我的事情，张衡无不努力去办，何况这一次水泡事件可以说是一件大事，他哪能袖手旁观？他不知道从什么地方得知了这个消息。7月27日晚上，我已经睡下，在忙碌了一天之后，张衡风风火火地跑了进来，手里拿着白矾和中草药。他立即把中药熬好，倒在脸盆里，让我先把双手泡进去，泡一会儿，把手上的血淋淋的水泡都用白矾末埋起来。双脚也照此处理，然后把手脚用布缠起来，我不太安然地进入睡乡。半夜里，双手双脚实在缠得难受，我起来全部抖搂掉了，然后又睡。第二天早晨一看，白矾末确实起了作用，它把水泡粘住或糊住了一部分，似乎是凝结了。然而，且慢高兴，从白矾块的下面或旁边又突出了一个更大的水泡，生意盎然，笑傲东风。我看了真是啼笑皆非。

张衡绝不是鲁莽的人，他这一套做法是有根据的。他在大学里学的是文学，不知什么时候又学了中医，好像还给人看过病。他这一套似乎是民间验方和中医相结合的产物。根据我的观察，一开始他信心十足，认为这不过是小事一端，用不着担心。但是，试了几次之后，他的锐气也动摇了。有一天晚上，他也提出了进医院观察的建议，他同邹铭西大夫成了"同志"了。可惜我没有立即成为他们的"同志"，我不想进医院。

艰苦挣扎

在从那时以后的十几二十天里是我一生思想感情最复杂最矛盾最困惑的时期之一。总的心情，可以归纳成两句话：侥幸心理，掉以轻心、蒙混过关的想法与担心恐惧、害怕病情发展到不知伊于胡底的心理相纠缠；无病的幻象与有病的实际相磨合。

中国人常使用一个词儿"癣疥之疾"，认为是无足轻重的。我觉得自己患的正是"癣疥之疾"，不必大惊小怪。在身边的朋友和大夫口中也常听到类似的意见。张衡就曾说过，只要撒上白矾末，第二天就能一切复原。北大校医院的张大夫也说,过去某校长也患过这样的病,住在校医院里输液,一个礼拜后就出院走人。同时,大概是由于张大夫给了点激素吃,胃口忽然大开,看到食品,就想狼吞虎咽,自己认为是个吉兆。又听我的学生上海复旦的钱文忠说,毒水流得越多,毒气出得越多,这是好事,不是坏事。所有这一切都是我爱听的话,很符合我当时苟且偷安的心情。

但这仅仅是事情的一面,事情还有另外一面。水泡的声威与日俱增,两手两脚上布满了泡泡和黑痂。然而客人依然不断,采访的,录音、录像的,络绎不绝。虽经玉洁奋力阻挡,然而,撼山易,撼这种局面难。客人一到,我不敢伸手同人家握手,怕传染了人家,而且手也太不雅观。道歉的话一天不知说多少遍,简直可以录音播放。我最怕的还不是说话,而是照相,然而照相又偏偏成了应有之仪,有不少人就是为了照一张相,不远千里跋涉而来。从前照相,我可以大大方方,端坐在那里,装模作样,电光一闪,大功告成。现在我却嫌我多长了两只手。手上那些东西能够原封不动地让人照出来吗?这些东西,一旦上了报,上了电视,岂不是一失足成千古恨了吗?因此,我一听照相就觳觫不安,赶快把双手藏在背后,还得勉强"笑一笑"哩。

这样的日子好过吗?

静夜醒来,看到自己手上和脚上这一群丑类,心里要怎么恶心就怎么恶心;要怎样头痛就怎样头痛。然而却是束手无策。水泡长到别的地方,我已经习惯了。但是,我偶尔摸一下指甲盖,发现里面也充满了水,我真有点毛了。这种地方一般是不长什么东西的。今天忽然发现有了水,即使想用针去扎,也无从下手。我泄了气。

我蓦地联想到一件与此有点类似的事情。20世纪50年代后期全国人民头脑发热的时候,在北京号召全城人民打麻雀的那一天,我到京西斋堂去看望下放劳动的干部，适逢大雨。下放干部告诉我，此时山上树下出现了无数的蛇洞，每一个洞口都露出一个蛇头，漫山遍野，蔚为宇宙奇观。我大吃一惊，哪敢去看！我一想到那些洞口的蛇头，身上就起鸡皮疙瘩。我眼前手脚上的丑类确不是蛇头，然而令我厌恶的程度决不会小于那些蛇头。可是，蛇头我可以不想不看，而这些丑类却就长在我身上，如影随形，时时跟着我。我心里烦到了要发疯的程度。我真想拿一把板斧，把双手砍掉，宁愿不要双手，也不要这些丑类！

我又陷入了病与不病的怪圈。手脚上长了这么多丑恶的东西，时常去找医生，还要不厌其烦地同白矾和中草药打交道，能说不是病吗？即使退上几步，说它不过是癣疥之疾，也没能脱离了病的范畴。可是，在另一方面，能吃能睡，能接待客人，能畅读，能照相，还能看书写字，读傅彬然的日记，张学良的口述历史，怎么能说是病呢？

左右考虑，思绪不断，最后还是理智占了上风，我不得不承认，自己是在病中了。

三〇一医院

结论一出，下面的行动就顺理成章了：首先是进医院。

于是就在我还有点三心二意的情况下，玉洁和杨锐把我裹挟到了三〇一医院，找我的老学生这里的老院长牟善初大夫，见到了他和他的助手、学生和秘书那位秀外慧中、活泼开朗的周大夫。

这里要加上一段插曲。

去年 12 月我曾来这里住院，治疗小便便血。在 12 月 31 日，一年的最后一天，我才离开医院。那一次住的是南八楼，算是准高干病房，设备不错而收费却高。再上一层，才是真正的高干病房，病人须是部队少将以上的首长，文职须是副部级以上的干部。玉洁心有所不平，见人就嚷嚷，以至最后传到了中央几个部的领导耳中。中组部派了一位局长来到我家，说1982年我已经被定为副部级待遇。由于北大方面在某一个环节上出了点问题，在过去二十年中，校领导更换了几度，谁也不知此事。现在真相既已大白，我可以名正言顺地住进真正的高干病房来了。但是，这里的病房异常紧张。我们坐在善初的办公室里，他亲自打电话给林副院长，林立即批准，给我在呼吸道科病房里挤出了一间房子，我们就住了进来，正式名称是三〇一医院南楼一病室（ward）十三床。据说，许多部队的高级将领都曾在这里住过。病室占了整整一层楼，共有十八个房间，每间约有五六十平方米。这样大的病房，我在北京各大医院还没有看到过。还有一点特别之处，这里把病人都称为"首长"，连书面通知文件上也不例外。事实上，这里的病人确乎都是首长。只有现在我一个文职人员。一个教书匠，无端挤了进来，自己觉得有点滑稽而已，有时也有受宠若惊之感。这里警卫极为森严，楼外日夜有解放军站岗，想进来是不容易的。

　　人虽然住进来了，但是问题还并没有最后解决。医院的皮肤科主任李恒进大夫心头还有顾虑，他不大愿意接受我这个病人。刚搬进十三号病房时，本院的眼科主任魏世辉大夫有事来找我，他们俩是很要好的朋友。李大夫说，北大三院水平高，那里还有皮肤科研究所。但是魏大夫却笑着说："你是西医皮肤科权威大夫之一。你是怕给季羡林治病治不好，砸了牌子！"最后，李大夫无话可说，笑了一笑，大局就这样敲定了。

皮肤科群星谱

说老实话，过去我对三〇一医院的皮肤科毫无所知，这次我来投奔的是"三〇一"三个大字。既然生的是皮肤病，当然就要同皮肤科打交道。打交道的过程，也就是我认识皮肤科的过程。

本科的人数不是太多，只有十几个人。主任就是李恒进大夫。副主任是冯峥大夫，还有一位年轻的汪明华大夫，平常跟我打交道的就是他们三位。我们过去从来没有见过面，彼此是陌生的。互相认识，要从头开始。不久我就发现了他们身上一些优秀的亮点。我在上面已经提到过，李大夫原来是不想收留我的，是我赖着不走，才得以留下的。一旦留下，李大夫就显露出他那在别人身上少见的细致与谨慎，这都是责任心的表现。有一次，我坐在沙发上，他站在旁边，我看到他陷入沉思，面色极其庄严，自言自语地说道："药用多了，这么老的老人怕受不了。用少了，则将旷日持久，治不好病。"最后我看他下了决心，又稍稍把药量加重了点。这是一件小事，无形中却感动了我这个病人。以后，我逐渐发现在冯峥大夫身上这种小心谨慎的作风也十分突出。一个不大的医疗集体中两位领导人的医风和医德，一定会起着决定性的作用。因此，我可以断定，三〇一医院的皮肤科一定是一个可以十分信赖的集体。

两次大会诊

我究竟患的是什么病？进院时并没有结论。李大夫看了以后，心中好像是也没有多少底，但却轻声提到了病的名称，完全符合他那小心谨慎对病人绝对负责的医德医风，他不惜奔波劳碌，不怕麻烦，动员了全科和全院的大夫，再加上北京其他著名医院的一些皮肤科名医，组织了两次大会诊。

我是8月15日下午四时许进院的，搬入南楼，人生地疏，心里迷离模糊，只睡了一夜，第二天早晨，第一次会诊就举行了，距我进院还不到十几个小时，中间还隔了一个夜晚，可见李大夫心情之迫切。会诊的地点就在我的病房里。在扑朔迷离中，我只看到满屋白大褂在闪着白光，人却难以分辨。我偶一抬头，看到了邹铭西大夫的面孔，原来他也被请来了。我赶快向他做检讨，没有听他的话，早来医院，致遭今日之困难与周折，他一笑置之，没有说什么。每一位大夫对我查看了一遍。李大夫还让我咳一咳喉咙，意思是想听一听，里面是否已经起了水泡。幸而没有，大夫们就退到会议室里去开会了。

紧接着在第二天上午就举行了第二次会诊。这一次是邀请院内的一些科系的主治大夫，研究一下我皮肤病以外的身体的情况。最后确定了我患的是天疱疮。李大夫还在当天下午邀请了北大校长许智宏院士和副校长迟惠生教授来院，向他们说明我的病可能颇有点麻烦，让他们心中有底，免得以后另生枝节。

在我心中，我实在异常地感激李大夫和三〇一医院。我算一个什么重要的人物！竟让他们这样兴师动众。我从内心深处感到愧疚。

三〇一英雄小聚义

但是，我并没有愁眉苦脸，心情郁闷。我内心里依然平静，我并没有意识到我现在的处境有什么潜在的危险性。

我的学生刘波，本来在准备一次盛大宴会，庆祝我的九二华诞。可偏在此时，我进了医院。他就改变主意，把祝寿与祝进院结合起来举行，被邀请者都是1960年我开办梵文班以来四十余年的梵文弟子和再传弟子，济济一堂，时间是我入院的第三天，8月18日。事情也真凑巧，远在万里之外大洋彼岸的任远正在国内省亲，她也赶来参加了，凭空增添了几分喜庆。我个人因为满手满脚的丑类尚未能消灭，只能待在病房里，不能参加。但是，看到四十多年来我的弟子们在许多方面都卓有建树，印度学的中国学派终于形成了，在国际上我们中国的印度学学者有了发言权了，渝雪了几百年的耻辱，快何如之！

死的浮想

但是，我心中并没有真正达到我自己认为的那样的平静，对生死还没有能真正置之度外。

就在住进病房的第四天夜里，我已经上了床躺下，在尚未入睡之前我偶尔用舌尖舔了舔上颚，蓦地舔到了两个小水泡。这本来是可能已经存在的东西，只是没有舔到过而已。今天一旦舔到，忽然联想起邹铭西大夫的话和李恒进大夫对我的要求，舌头仿佛被火球烫了一下，立即紧张起来。难道水泡已经长到咽喉里面来了吗？

我此时此刻迷迷糊糊，思维中理智的成分已经所余无几，剩下的是一些接近病态的本能的东西。一个很大的"死"字突然出现在眼前，在我头顶上飞舞盘旋。在燕园里，最近十几年来我常常看到某一个老教授的门口开来救护车，老教授登车的时候心中做何感想，我不知道，但是，在我心中，我想到的却是"风萧萧兮易水寒，壮士一去兮不复还！"事实上，复还的人确实少到几乎没有。我今天难道也将变成了荆轲吗？我还能不能再见到我离家时正在十里飘香绿盖擎天的季荷呢！我还能不能再看到那一个对我依依不舍的白色的波斯猫呢？

其实，我并不是怕死。我一向认为，我是一个几乎死过一次的人。"文革"中，我曾下定决心"自绝于人民"。我在上衣口袋里，在裤子口袋里装满了安眠药片和安眠药水，想采用先进的资本主义自杀方式，以表示自己的进步。在这千钧一发之际，押解我去接受批斗的牢头禁子猛烈地踢开了我的房门，从而阻止了我到阎王爷那里去报到的可能。批斗回来以后，虽然被打得鼻青脸肿，帽子丢掉了，鞋丢掉了一只，身上全是革命小将，也或许有中将和老将吐的痰。游街仪式完成后，被一脚从汽车上踹下来的时候，躺在11月底的寒风中，半天爬不起来。然而，我"顿悟"了。批斗原来是这样子呀！是完全可以忍受的。我又下定决心，不再自寻短见，想活着看一看，"看你横行到几时"。

一个人临死前的心情，我完全有感性认识。我当时心情异常平静，平静到一直到今天我都难以理解的程度。老祖和德华谁也没有发现，我的神情有什么变化。我对自己这种表现感到十分满意，我自认已经参透了生死奥秘，渡过了生死大关，而沾沾自喜，认为自己已经修养得差不多了，已经大大地有异于常人了。

然而黄铜当不了真金，假的就是假的，到了今天，三十多年已经过去了，自己竟然被上颚上的两个微不足道的小水泡吓破了胆，使自己的真相完全暴露于光天化日之下，这完全出乎我的意料。我自己辩解说，那天晚上的行动只不过是一阵不正常的歇斯底里爆发。但是正常的东西往往寓于不正常之中。我虽已经痴长九十二岁，对人生的参透还有极长的距离。今后仍须加紧努力。

皮癌的威胁

常言道"屋漏偏遭连夜雨,船破又遇打头风",前一天夜里演了那一出极短的闹剧(melodrama)之后,第二天早晨,大夫就通知要进行B超检查。我心里咯噔一下子紧张了起来。

谁都知道,检查B超是做什么用的。在每年履行的查体中做B超检查,是应有的过程,大家不会紧张。但是,一个人如果平白无故地被提溜出来检查B超,他一定会十分紧张的。我今天就是这样。

我在三〇一医院是有"前科"的。去年年底来住院,曾被怀疑有膀胱癌。后来经过彻底检查,还了我的清白。今年手脚上又长了这一堆丑类,不痛不痒,却蕴含着神秘的危害性。我看,大概有的大夫就把这现象同皮癌联系上了,于是让我进行彻底的B超检查。B超大夫在我的小腹上对准膀胱所在的地方,使劲往下按。我就知道,他了解我去年的情况。经过十分认真的检查,结论是,我与那种闻之令人战栗的绝症无关。这对我的精神无疑是一个极大的解脱。

奇迹的出现

按照以李、冯两位主任为代表的皮肤科的十分小心谨慎的医风,许多假设都被否定,现在能够在我手脚上那种乱糊糊的无序中找出了头绪,抓住了真实的要害,可以下药了。但是,他们又考虑到我的年龄。药量大了,怕受不了;小了,又怕治不了病,再三斟酌才给定下了药量。于是立即下药,药片药丸粒粒像金刚杵、照妖镜,打在群丑身上,使它们毫无遁形的机会,个个缴械投降,把尾巴垂了下来。水泡干瘪了,干瘪了的结成了痂。在不到几天的时间内,黑痂脱落，又恢复了我原来手脚的面目。我伸出了自己的双手，看到细润光泽，心中如饮醍醐。

奇迹终于出现了。我这一次总算是没有找错地方。常言道"大难不死，必有后福"，这一次我的难多大，我说不清楚，反正总算是一难，这是毫无问题的。年属耄耋，还能够有后福可享，我心旷神怡，乐不可支。

院领导给我留下的印象

这个奇迹发生在三〇一医院。这是一所有上万工作人员的大医院。让这样一所庞大的机构循规蹈矩、按部就班每天启动工作，一定要有原动力的，而这原动力只能来自院领导身上。

我进院以后不久，出差刚回来而又做了三小时报告的朱士俊院长就来看我，还有几个院领导陪同。以后又见到了院政委范银瑞同志，以及几位副院长秦银河、苏元福、王树峰、林运昌等。他们的外貌当然各不相同，应对进退的动作和神态也有差异。但是，在一刹那间，我忽然有了一个"天才"的发现，我发现他们有共同之处。这情况若是落到哲学家手中，他们一定会努力分析，分析，再分析，还不知道要创造出多少新奇的术语，最后给人一个大糊涂，包括他们自己在内。而我呢，还是采用中国传统的办法，使用形象的语言。我杜撰了八个字：形神恢宏，英气逼人。中国古人说："运筹帷幄之内，决胜千里之外。"三〇一医院没有千里之遥；然而，到了今天这样复杂的社会中，决胜五里，也并不容易的。解放军任用这样的干部来管理这样庞大的一所医院，全军放心，全体人民放心。

病房里的日常生活

上面谈的都可以算作大事,现在谈一些细事。

关于我现在住的病房,上面已经写了简要的介绍,这里不再重复了。我现在只谈一谈我的日常生活。

我活了九十多岁,平生播迁颇多,适应环境的能力因而也颇强。不管多么陌生的环境,我几乎立刻就能适应。现在住进了病房,就好像到了家一样。这里的居住条件、卫生条件等等,都是绝对无可指责的。我也曾住过、看过一些北京大医院的病房,只是卫生一个条件就相形见绌。我对这里十分满意,自然就不在话下了。

在十八间病房里住的真正的首长,大都是解放军的老将军,年龄都低于我,可是能走出房间活动的只不过寥寥四五人。偶尔碰上,点头致意而已。但是,我对他们是充满了敬意的。解放军是中国人民的"新的长城",又是世界和平的忠诚的保卫者。在解放军中立过功的老将,对他们我焉能不极端尊敬呢?

至于我自己的日常生活,我是一个比较保守的人,几十年形成的习惯,走到哪里也改不掉。我每天照例四点多起床,起来立即坐下来写东西。在进院初,当手足上的丑类还在飞扬跋扈的时候,我也没有停下。我的手足有问题,脑袋没有问题。只要脑袋没问题,文章就能写。实际上,我从来没有把脑袋投闲置散,我总让它不停地运转。到了医院,转动的频率似乎更强了。无论是吃饭、散步、接受治疗、招待客人,甚至在梦中,我考虑的总是文章的结构、遣词、造句等与写作有关的问题。我自己觉得,我这样做,已经超过了平常所谓的打腹稿的阶段,打来打去,打的几乎都是成稿。只要一坐下来,把脑海里缀成的文字移到纸上,写文章的任务就完成了。

七点多吃过早饭以后，时间就不能由我支配，我就不得安闲了。大夫查房，到什么地方去做体检，反正总是闲不住。但是，有时候坐在轮椅上，甚至躺在体检的病床上，脑袋里忽然一转，想的又是与写文章有关的一些问题。这情况让我自己都有点吃惊。难道是自己着了魔了吗？

　　在进院后，不到一个月的时间内，我写了三万字的文章，内容也有学术性很强的，也有一些临时的感受。这在家里是做不到的。

　　生活条件是无可指责的，一群像白衣天使般的小护士，个个聪明伶俐，彬彬有礼，同她们在一起，自己也似乎年轻了许多。

　　我想用两句话总结我的生活：在治病方面，我是走过炼狱；在生活方面，我是住于乐园。

第三次大会诊

　　奇迹发生以后，我到三〇一医院来的目的可以说是已经完全达到了，可以胜利还朝了。但是，正如我在上面已经说过的那样，我本是皮肤科的病人，可是皮肤科的病房已经满员，所以借用了呼吸道科仅余的一间病房。焉知歪打正着，我作为此科的病人，也是够格的，我患有肺气肿、哮喘等病。主治大夫大概对借房的过程不甚了了，既然进了他的领域，就是他的病人，于是也经常来查房、下药，连我的呼吸道的毛病也给清扫了一下。对我来说，这无疑是意外的收获。

　　我的血压，几十年来，一贯正常。入院以后，服了激素，血压大概受到了影响，一度升高。这本来也算不了什么大事。但是，这里的大夫之心如新发之硎，纤细不遗。他们看出我的血压有点毛病，立即加以注意，除了天天量以外，还进行过一次二十四小时的连续观测。最终认为没有问题，才从容罢手。

总起来看，这次大会诊的目的是：总结经验，肯定胜利，观察现状，预测未来。从院领导一直到每一个与我的病有关的大夫，都想把我躯体中的隐患一一扫净，让原来我手足上那样的丑类永远不能再出生。他们这种用心把我感动得热烘烘的，嘴里说不出任何话来。

简短的评估

我生平不爱生病。在九十多年的寿命中，真正生病住院，这是第三次。因此，我对医生和医院了解很有限。但是，有时候也有所考虑。以我浅见所及，我觉得，医院和医生至少应该具备三个条件：医德、医术、医风。中国历代把医药事业说成"是乃仁术"。在中国传统道德的范畴中，仁居第一位。仁者爱人，心中的仁外在表现就是爱。现在讲"救死扶伤"，也无非是爱的表现。医生对病人要有高度的同情心，要有为他们解除病苦的迫切感。这就是医德，应该排在首位。所谓医术，如今医科大学用五六年，甚至更长的时间所学的就是这一套东西，多属技术性的，一说就明白，用不着多讲。最后一项是医风。把医德、医术融合在一起，再加以必要的慎重和谨严，就形成了医生和医院的风采、风格或风貌、风度。这三者在不同的医院里和医生身上，当然不会完全相同，高低有别，水平悬殊，很难要求统一。

以上都是空论，现在具体到三〇一医院和这里的大夫们来谈一点我个人的看法。医院的最高领导，我大概都接触过了，对他们的印象我已经写在上面。至于大夫，我接触得不多，了解得不多，不敢多谈。我只谈我接触最多的皮肤科的几位大夫。对整科的印象，我在上面也已写过。我现在在这里着重讲一个人,就是李恒进大夫。我们俩彼此接触最多,了解最深。

实话实说,李大夫最初是并不想留下我这个病人的,他是专家,他一看我得的病是险症,是能致命的,谁愿意把一块烧红的炭硬接在自己手里呢?我的学生前副院长牟善初的面子也许起了作用,他终于硬着头皮把我留下了。这中间他的医德一定也起了作用。

他一旦下决心把我留下,就全力以赴,上面讲到的两次大会诊就是他的行动表现。我自己糊里糊涂,丝毫没有感到问题的严重性。他是专家,他一眼就看出了我患的是天疱疮,一种险症。善初肯定了这个看法,遂成定论。患这样的病,如果我不是九十二,而是二十九,还不算棘手。但我毕竟是前者而非后者。下药重了,有极大危险;轻了,又治不了病。什么样的药量才算恰好,这是查遍医典也不会得到任何答案的。在这一个极难解决的问题上,李大夫究竟伤了多少脑筋,用了多大的精力,我不得而知,但却能猜想。经过了不知多少次反复思考,最终找到了恰到好处的药量。一旦服了下去,奇迹立即产生。不到一周的时间,手脚上的水泡立即向干瘪转化。我虽尚懵里懵懂,但也不能不感到高兴了。

我同李恒进大夫素昧平生,最初只是大夫与病人的关系。但因接触渐多,我逐渐发现他身上有许多闪光的东西,使我暗暗钦佩。我感觉到,我们现在已经走上了朋友的关系。我坚信,他是一个可以信赖的朋友。

在治疗过程中,有时候也说上几句闲话。我发现李大夫是一个很有哲学头脑的人。他多次说到,治我现在的病是"在矛盾中求平衡"。事实不正是这样子吗?病因来源不一,表现形式不一,抓住要点,则能纲举目张;抓不住要点,则是散沙一盘。他和冯峥大夫等真正抓住了我这病的要点,才出现了奇迹。

我一生教书，搞科学研究，在研究方面，我崇尚考证。积累的材料越多越好，然后爬罗剔抉，去伪存真。无征不信，孤证难信。"大胆的假设，小心的求证"，这一套都完全用上。经过了六七十年这样严格的训练，自谓已经够严格慎重的了。然而，今天，在垂暮之年，来到了三〇一医院，遇到了像李大夫这样的医生，我真自愧弗如，要放下老架子，虚心向他们学习。

还有一点也必须在这里提一提，这就是预见性。初入院时，治疗还没有开始，我就不耐烦住院，问李大夫什么时候可以出院。他沉思了会儿，说："如果年轻五十岁，半个月就差不多了。现在则至少一个月多。"事实正是这个样子。他这种预见性是怎样来的，我说不清楚。

现在归纳起来，极其简略地说上几句我对三〇一医院和其中的一些大夫，特别是李恒进大夫的印象。在医德、医术、医风中，他们都是高水平的，可以称之为三高医院和三高大夫，都是中国医坛上的明珠。

反躬自省

我在上面，从病原开始，写了发病的情况和治疗的过程，自己的侥幸心理，掉以轻心，自己的瞎鼓捣，以致酿成了几乎不可收拾的大患，进了三〇一医院。边叙事、边抒情、边发议论、边发牢骚，一直写了一万三千多字。现在写作重点是应该换一换的时候了。换的主要枢纽是反求诸己。

三〇一医院的大夫们发扬了三高的医风，熨平了我身上的创伤，我自己想用反躬自省的手段，熨平我自己的心灵。

我想从认识自我谈起。

每一个人都有一个自我，自我当然离自己最近，应该最容易认识。事实证明正相反，自我最不容易认识。所以古希腊人才发出了 Know myself 的惊呼。一般的情况是，人们往往把自己的才能、学问、道德、成就等等评估过高，永远是自我感觉良好。这对自己是不利的，对社会也是有害的。许多人事纠纷和社会矛盾由此而生。

不管我自己有多少缺点与不足之处，但是认识自己，我是颇能做到一些的。我经常剖析自己，想回答"自己究竟是一个什么样的人"这样一个问题。我自信能够客观地实事求是地进行分析的。我认为，自己绝不是什么天才，绝不是什么奇才异能之士，自己只不过是一个中不溜丢的人；但也不能说是蠢材。我说不出，自己在哪一方面有什么特别的天赋。绘画和音乐我都喜欢，但都没有天赋。在中学读书时，在课堂上偷偷地给老师画像，我的同桌同学比我画得更像老师，我不得不心服。我羡慕许多同学都能拿出一手儿来，唯独我什么也拿不出。

我想在这里谈一谈我对天才的看法。在世界和中国历史上，确实有过天才；我都没能够碰到。但是，在古代，在现代，在中国，在外国，自命天才的人却层出不穷。我也曾遇到不少这样的人。他们那一副自命不凡的天才相，令人不敢向迩。别人嗤之以鼻，而这些"天才"则岿然不动，挥斥激扬，乐不可支。此种人物列入《儒林外史》是再合适不过的。我除了敬佩他们的脸皮厚之外，无话可说。我常常想，天才往往是偏才。他们大脑里一切产生智慧或灵感的构件集中在某一个点上，别的地方一概不管，这一点就是他的天才之所在。天才有时候同疯狂融在一起，画家梵高就是一个好例子。

在伦理道德方面，我的基础也不雄厚和巩固。我绝没有现在社会上认为的那样好，那样清高。在这方面，我有我的一套"理论"。我认为，人从动物群体中脱颖而出，变成了人。除了人的本质外，动物的本质也还保留了不少。一切生物的本能，即所谓"性"，都是一样的，即一要生存，二要温饱，三要发展。在这条路上，倘有障碍，必将本能地下死力排除之。根据我的观察，生物还有争胜或求胜的本能，总想压倒别的东西，一枝独秀。这种本能人当然也有。我们常讲，在世界上，争来争去，不外名利两件事。名是为了满足求胜的本能，而利则是为了满足求生。二者联系密切，相辅相成，成为人类的公害，谁也铲除不掉。古今中外的圣人贤人们都尽过力量，而所获只能说是有限。

至于我自己，一般人的印象是，我比较淡泊名利。其实这只是一个假象，我名利之心兼而有之。只因我的环境对我有大裨益，所以才造成了这一个假象。在四十多岁时，一个中国知识分子当时所能追求的最高荣誉，我已经全部拿到手。在学术上是中国科学院学部委员，即后来的院士。在教育界是一级教授。在政治上是全国政协委员。学术和教育我已经爬到了百尺竿头，再往上就没有什么阶梯了。我难道还想登天做神仙吗？因此，以后几十年的提升提级活动我都无权参加，只是领导而已。假如我当时是一个二级教授——在大学中这已经不低了，我一定会渴望再爬上一级的。不过，我在这里必须补充几句。即使我想再往上爬，我决不会奔走、钻营、吹牛、拍马，只问目的，不择手段。那不是我的作风，我一辈子没有干过。

写到这里，就跟一个比较抽象的理论问题挂上了钩：什么叫好人？什么叫坏人？什么叫好？什么叫坏？我没有看过伦理教科书，不知道其中有没有这样的定义。我自己悟出了一套看法，当然是极端粗浅的，甚至是原始的。我认为，一个人一生要处理好三个关系：天人关系，也就是人与大自然的关系；人人关系，也就是社会关系；个人思想和感情中矛盾和平衡的关系。处理好了，人类就能够进步，社会就能够发展。好人与坏人的问题属于社会关系。因此，我在这里专门谈社会关系，其他两个就不说了。

正确处理人与人的关系，主要是处理利害关系。每个人都有自己的利益，都关心自己的利益。而这种利益又常常会同别人有矛盾的。有了你的利益，就没有我的利益。你的利益多了，我的就会减少。怎样解决这个矛盾就成了芸芸众生最棘手的问题。

人类毕竟是有思想能思维的动物。在这种极端错综复杂的利益矛盾中，他们绝大部分人都能有分析评判的能力。至于哲学家所说的良知和良能，我说不清楚。人们能够分清是非善恶，自己处理好问题。在这里无非是有两种态度，既考虑自己的利益，为自己着想，也考虑别人的利益，为别人着想。极少数人只考虑自己的利益，而又以残暴的手段攫取别人的利益者，是为害群之马，国家必绳之以法，以保证社会的安定团结。

这也是衡量一个人好坏的基础。地球上没有天堂乐园，也没有小说中所说的"君子国"。对一般人民的道德水平不要提出过高的要求。一个人除了为自己着想外，能为别人着想的水平达到百分之六十，他就算是一个好人。水平越高，当然越好。那样高的水平恐怕只有少数人能达到了。

大概由于我水平太低，我不大敢同意"毫不利己，专门利人"这种提法，一个"毫不"，再加上一个"专门"，把话说得满到不能再满的程度。试问天下人有几个人能做到。提这个口号的人怎样呢？这种口号只能吓唬人，叫人望而却步，决起不到提高人们道德水平的作用。

至于我自己，我是一个谨小慎微、性格内向的人。考虑问题有时候细如毫发。我考虑别人的利益，为别人着想，我自认能达到百分之六十。我只能把自己划归好人一类。我过去犯过许多错误，伤害了一些人。但那绝不是有意为之，是为我的水平低修养不够所支配的。在这里，我还必须再做一下老王，自我吹嘘一番。在大是大非问题前面，我会一反谨小慎微的本性，挺身而出，完全不计个人利害。我觉得，这是我身上的亮点，颇值得骄傲的。总之，我给自己的评价是：一个平平常常的好人，但不是一个不讲原则的滥好人。

现在我想重点谈一谈对自己当前处境的反思。

我生长在鲁西北贫困地区一个僻远的小村庄里。晚年，一个幼年时的伙伴对我说："你们家连贫农都够不上！"在家六年，几乎不知肉味，平常吃的是红高粱饼子，白馒头只有大奶奶给吃过。没有钱买盐，只能从盐碱地里挖土煮水腌咸菜。母亲一字不识，一辈子季赵氏，连个名都没有捞上。

我现在一闭眼就看到一个小男孩，在夏天里浑身上下一丝不挂，滚在黄土地里，然后跳入浑浊的小河里去冲洗。再滚，再冲；再冲，再滚。

"难道这就是我吗？"

"不错，这就是你！"

六岁那年，我从那个小村庄里走出，走向通都大邑，一走就走了将近九十年。我走过阳关大道，也跨过独木小桥。有时候歪打正着，有时候也正打歪着。坎坎坷坷，跌跌撞撞，磕磕碰碰，推推搡搡，云里，雾里，不知不觉就走到了现在的九十二岁，超过古稀之年二十多岁了。岂不大可喜哉！又岂不大可惧哉！我仿佛大梦初觉一样，糊里糊涂地成为一位名人。现在正住在三〇一医院雍容华贵的高干病房里。同我九十年前出发时的情况相比，只有李后主的"天上人间"四个字差堪比拟于万一。我不大相信这是真的。

我在上面曾经说到，名利之心，人皆有之。我这样一个平凡的人，有了点名，感到高兴，是人之常情。我只想说一句，我确实没有为了出名而去钻营。我经常说，我少无大志，中无大志，老也无大志。

这都是实情。能够有点小名小利，自己也就满足了。可是现在的情况却不是这样子。已经有了几本传记，听说还有人正在写作。至于单篇的文章数量更大。其中说的当然都是好话，当然免不了大量溢美之词。别人写的传记和文章，我基本上都不看。我感谢作者，他们都是一片好心。我经常说，我没有那样好，那是对我的鞭策和鼓励。

我感到惭愧。

常言道，"人怕出名猪怕壮"，一点小小的虚名竟能给我招来这样的麻烦，不身历其境者是不能理解的。麻烦是错综复杂的，我自己也理不出个头绪来。我现在，想到什么就写点什么，绝对是写不全的。首先是出席会议。有些会议同我关系实在不大，但却又非出席不行，据说这涉及会议的规格。在这一顶大帽子下面，我只能勉为其难了。其次是接待来访者，只这一项就头绪万端。老朋友的来访，什么时候都会给我带来欢悦，不在此列。我讲的是陌生人的来访，学校领导在我的大门上贴出布告：谢绝访问。但大多数人却熟视无睹，置之不理，照样大声敲门。外地来的人，其中多半是青年人，不远千里，为了某一些原因，要求见我。如见不到，他们能在门外荷塘旁等上几个小时，甚至住在校外旅店里，每天来我家附近一次。他们来的目的多种多样；但是大体上以想上北大为最多。他们慕北大之名；可惜考试未能及格。他们错认我有无穷无尽的能力和权力，能帮助自己。另外想到北京找工作也有，想找我签个名照张相的也有。这种事情说也说不完。我家里的人告诉他们我不在家。于是我就不敢在临街的屋子里抬头，当然更不敢出门，我成了"囚徒"。其次是来信。我每天都会收到陌生人的几封信。有的也多与求学有关。有极少数的男女大孩子向我诉说思想感情方面的一些问题和困惑。据他们自己说，这些事连自己的父母都没有告诉。我读了真正是万分感动，遍体温暖。我有何德何能，竟能让纯真无邪的大孩子如此信任！据说，外面传说，我每信必复。我最初确实有这样的愿望。但是，时间和精力都有限，只好让李玉洁女士承担写回信的任务。这个任务成了德国人口中常说的"硬核桃"。其次是寄来的稿子，要我"评阅"，提意见，写序言，甚至推荐出版。其中有洋洋数十万言之作。我哪里有能力有时间读这些原稿呢？有时候往旁边一放，为新来的信件所覆盖。过了不知多少时候，原作者来信催还原稿。这却使我作了难。"只在此室中，书深不知处"了。如果原作者只有这么一本原稿，那我的罪孽可就大了。其次是要求写字的人多，求我的"墨宝"，有的是楼台名称，有的是展览会的会名，有的是书名，有的是题词，总之是花样很多。一提"墨宝"，我就汗颜。小时候确实练过字。但是，一入大学，就再没有练过书法，以后长期居住在国外，连笔墨都看不见，何来"墨宝"。现在，到了老年，忽然变成了"书法家"，竟还有人把我的"书法"拿到书展上去示众，我自己都觉得可笑！有比较老实的人，暗示给我：他们所求的不过"季羡林"三个字。这样一来，我的心反而平静了一点，下定决心：你不怕丑，我就敢写。其次是广播电台、电视台，还有一些什么台，以及一些报纸杂志编辑部的录像采访。这使我最感到麻烦。我也会说一些谎话的；但我的本性是有时嘴上没遮拦，说溜了嘴，在过去，你还能耍点无赖，硬不承认。今天他们人人手里都有录音机，"君子一言，驷马难追"，同他们订君子协定，答应删掉；但是，多数是原封不动，和盘端出，让你哭笑不得。上面的这一段诉苦已经够长的了，但是还远远不够，苦再诉下去，也了无意义，就此打住。

　　我虽然有这样多麻烦，但我并没有被麻烦压倒。我照常我行我素，做自己的工作。我一向关心国内外的学术动态。我不厌其烦地鼓励我的学生阅读国内外与自己研究工作有关的学术刊物。一般是浏览，重点必须细读。为学贵在创新。如果连国内外的新都不知道，你的新从何创起？我自己很难到大图书馆看杂志了。幸而承蒙许多学术刊物的主编不弃，定期寄赠，我才得以拜读，了解了不少当前学术研究的情况和结果，不致闭目塞听。我自己的研究工作仍然照常进行。遗憾的是，许多多年来就想研究的大题目，曾经积累过一些材料，现在拿起来一看，顿时想到自己的年龄，只能像玄奘当年那样，叹一口气说："自量气力，不复办此。"

对当前学术研究的情况，我也有自己的一套看法，仍然是顿悟式地得来的。我觉得，在过去，人文社会科学学者在进行科研工作时，最费时间的工作是搜集资料，往往穷年累月，还难以获得多大成果。现在电子计算机光盘一旦被发明，大部分古籍都已收入，不费吹灰之力，就能涸泽而渔。过去最繁重的工作成为最轻松的了。有人可能掉以轻心，我却有我的忧虑。将来的文章由于资料丰满可能越来越长，而疏漏则可能越来越多。光盘不可能把所有的文献都吸引进去，而且考古发掘还会不时有新的文献呈现出来。这些文献有时候比已有的文献还更重要，万万不能忽视的。好多人都承认，现在学术界急功近利浮躁之风已经有所抬头，剽窃就是其中最显著的表现，这应该引起人们的戒心。我在这里抄一段朱子的话，献给大家。朱子说："圣贤言语，一步是一步。近来一种议论，只是跳躞。初则两三步做一步，甚则十数步做一步，又甚则千百步做一步。所以学之者皆颠狂。"（《朱子语类》124）愿与大家共勉力戒之。

我现在想借这个机会廓清与我有关的几个问题。

辞"国学大师"

现在在某些比较正式的文件中，在我头顶上也出现"国学大师"

这一灿烂辉煌的光环。这并非无中生有，其中有一段历史渊源。

约摸十几二十年前，中国的改革开放大见成效，经济飞速发展。文化建设方面也相应地活跃起来。有一次在还没有改建的大讲堂里开了一个什么会，专门向同学们谈国学，中华文化的一部分毕竟是保留在所谓"国学"中的。当时在主席台上共坐着五位教授，每个人都讲上一通。我是被排在第一位的，说了些什么话，现在已忘得干干净净。《人民日报》的一位资深记者是北大校友，"于无声处听惊雷"，在报上写了一篇长文《国学，在燕园又悄然兴起》。从此以后，其中四位教授，包括我在内，就被称为"国学大师"。他们三位的国学基础都比我强得多。他们对这一顶桂冠的想法如何，我不清楚。我自己被戴上了这一顶桂冠，却是浑身起鸡皮疙瘩。这情况引起了一位学者（或者别的什么"者"）的"义愤"，触动了他的特异功能，在杂志上著文说，提倡国学是对抗马克思主义。这话真是石破天惊，匪夷所思，让我目瞪口呆。一直到现在，我仍然没有想通。

说到国学基础，我从小学起就读经书、古文、诗词，对一些重要的经典著作有所涉猎。但是我对哪一部古典，哪一个作家都没有下过死功夫，因为我从来没想成为一个国学家。后来专治其他的学术，浸淫其中，乐不可支。除了尚能背诵几百首诗词和几十篇古文外；除了尚能在最大的宏观上谈一些与国学有关的自谓是大而有当的问题比如天人合一外，自己的国学知识并没有增加。环顾左右，朋友中国学基础胜于自己者，大有人在。在这样的情况下，我竟独占"国学大师"的尊号，岂不折煞老身（借用京剧女角词）！我连"国学小师"都不够，遑论"大师"！

为此，我在这里昭告天下：请从我头顶上把"国学大师"的桂冠摘下来。

辞"学界（术）泰斗"

这要分两层来讲：一个是教育界，一个是人文社会科学界。

先要弄清楚什么叫"泰斗"。泰者，泰山也；斗者，北斗也。两者都被认为是至高无上的东西。

光谈教育界。我一生做教书匠，爬格子。在国外教书十年，在国内五十七年。人们常说："没有功劳，也有苦劳。"特别是在过去几十年中，天天运动，花样翻新，总的目的就是让你不得安闲，神经时时刻刻都处在万分紧张的情况中。在这样的情况下，我一直担任行政工作，想要做出什么成绩，岂不戛戛乎难矣哉！我这个"泰斗"从哪里讲起呢？

在人文社会科学的研究中，说我做出了极大的成绩，那不是事实。说我一点成绩都没有，那也不符合实际情况。这样的人，滔滔者天下皆是也。但是，现在却偏偏把我"打"成泰斗。我这个泰斗又从哪里讲起呢？

为此，我在这里昭告天下：请从我头顶上把"学界（术）泰斗"的桂冠摘下来。

辞"国宝"

在中国，一提到"国宝"，人们一定会立刻想到人见人爱憨态可掬的大熊猫。这种动物数量极少，而且只有中国有，称之为"国宝"，它是当之无愧的。

可是，大约在八九十年前，在一次会议上，北京市的一位领导突然称我为"国宝"，我极为惊愕。到了今天，我所到之处，"国宝"

之声洋洋乎盈耳矣。我实在是大惑不解。当然,"国宝"这一顶桂冠并没有为我一人所垄断,其他几位书画名家也有此称号。

我浮想联翩,想探寻一下起名的来源。是不是因为中国只有一个季羡林,所以他就成为"宝"?但是,中国的赵一钱二孙三李四等等,等等,也都只有一个,难道中国能有十三亿"国宝"吗?

这种事情,痴想无益,也完全没有必要。我来一个急刹车。

为此,我在这里昭告天下:请从我头顶上把"国宝"的桂冠摘下来。

三顶桂冠一摘,还了我一个自由自在身。身上的泡沫洗掉了,露出了真面目,皆大欢喜。

露出了真面目,自己是不是就成了原来蒙着华贵的绸罩的朽木架子而今却完全塌了架了呢?

也不是的。

我自己是喜欢而且习惯于讲点实话的人。讲别人,讲自己,我都希望能够讲得实事求是,水分越少越好。我自己觉得,桂冠取掉,里面还不是一堆朽木,还是有颇为坚实的东西的。至于别人怎样看我,我并不十分清楚。因为,正如我在上面说的那样,别人写我的文章我基本上是不读的,我怕里面的溢美之词。现在困居病房,长昼无聊,除了照样舞笔弄墨之外,也常考虑一些与自己学术研究有关的问题,凭自己那一点自知之明,考虑自己学术上有否"功业",有什么"功业"。我尽量保持客观态度。过于谦虚是矫情,过于自吹自擂是老王,二者皆为我所不敢取。我在下面就"夫子自道"一番。

我常常戏称自己为"杂家"。我对人文社会科学领域内,甚至科技领域内的许多方面都感兴趣。我常说自己是"样样通,样样松"。这话并不确切。很多方面我不通;有一些方面也不松。合辙押韵,说着好玩而已。

我从事科学研究工作，已经有七十年的历史。我这个人在任何方面都是后知后觉。研究开始时并没有显露出什么奇才异能，连我自己都不满意。后来逐渐似乎开了点窍，到了德国以后，才算是走上了正路。但一旦走上了正路，走的就是快车道。回国以后，受到了众多的干扰，"文革"中完全停止。改革开放，新风吹起，我又重新上路，到现在已有二十多年了。

　　根据我自己的估算，我的学术研究的第一阶段是德国十年，研究的主要方向是原始佛教梵语，我的博士论文就是这方面的题目。在论文中，我论到了一个可以说是被我发现的新的语尾，据说在印欧语系比较语言学上颇有意义，引起了比较语言学教授的极大关怀。到了1965年，我还在印度语言学会出版的 Indian Linguistics Vol. Ⅱ 发表了一篇 On the Ending– neatha for the First Person Rlural Atm. in the Buddhist mixed Dialect ①。这是我博士论文的持续发展。当年除了博士论文外，我还写了两篇比较重要的论文，一篇是讲不定过去时的，一篇讲 –am > o, u。都发表在哥廷根科学院院刊上。在德国，科学院是最高学术机构，并不是每一个教授都能成为院士。德国规矩，一个系只有一个教授，无所谓系主任。每一个学科，全国也不过有二三十个教授，比不了我们现在大学中一个系的教授数量。在这样的情况下，再选院士，其难可知。科学院的院刊当然都是代表最高学术水平的。我一个三十岁刚出头的异国的毛头小伙子竟能在上面连续发表文章，要说不沾沾自喜，那就是纯粹的谎话了。而且我在文章中提出的结论至今仍能成立，还有新出现的材料来证明，足以自慰了。此时还写了一篇关于解读吐火罗文的文章。

　　1946年回国以后，由于缺少最起码的资料和书刊，原来做的

---

① 经查，本篇发表于1949年的 Indian Linguistics Vol. Ⅺ。——编者注

研究工作无法进行，只能改行，我就转向佛教史研究，包括印度、中亚以及中国佛教史在内。在印度佛教史方面，我给与释迦牟尼有不共戴天之仇的提婆达多翻了案，平了反。公元前五六世纪的北天竺，西部是婆罗门的保守势力，东部则兴起了新兴思潮，是前进的思潮，佛教代表的就是这种思潮。提婆达多同佛祖对着干，事实俱在，不容怀疑。但是，他的思想和学说的本质是什么，我一直没弄清楚。我觉得，古今中外写佛教史者可谓多矣，却没有一人提出这个问题，这对真正印度佛教史的研究是不利的。在中亚和中国内地的佛教信仰中，我发现了弥勒信仰的重要作用。也可以算是发前人未发之覆。我那两篇关于"浮屠"与"佛"的文章，篇幅不长，却解决了佛教传入中国的道路的大问题，可惜没引起重视。

  我一向重视文化交流的作用和研究。我是一个文化多元论者，我认为，文化一元论有点法西斯味道。在历史上，世界民族，无论大小，大多数都对人类文化做出了贡献。文化一产生，就必然会交流，互学，互补，从而推动了人类社会的进步。我们难以想象，如果没有文化交流，今天的世界会是一个什么样子。在这方面，我不但写过不少的文章，而且在我的许多著作中也贯彻了这种精神。长达约八十万字的《糖史》就是一个好例子。

  提到了《糖史》，我就来讲一讲这一部书完成的情况。我发现，现在世界上流行的大语言中，"糖"这一个词儿几乎都是转弯抹角地出自印度梵文的śarkarā这个字。我从而领悟到，在糖这种微末不足道的日常用品中竟隐含着一段人类文化交流史。于是我从很多年前就着手搜集这方面的资料。在德国读书时，我在汉学研究所曾翻阅过大量的中国笔记，记得里面颇有一些关于糖的资料。可惜当时我脑袋里还没有这个问题，就视而不见，空空放过，而今再想弥补，是绝对不可能的事情了。今天有了这问题，只能从头做起。最初,电子计算机还很少很少,而且技术大概也没有过关。即使过了关,也不可能把所有的古籍或今籍一下子都收入。留给我的只有一个笨办法:自己查书。然而,群籍浩如烟海,穷我毕生之力,也是难以查遍的。幸而我所在的地方好,北大藏书甲上庠,查阅方便。即使这样,我也要定一个范围。我以善本部和楼上的教员阅览室为基地,有必要时再走出基地。教员阅览室有两层楼的书库,藏书十余万册。于是在我八十多岁后,正是古人"含饴弄孙"的时候,我却开始向科研冲刺了。我每天走七八里路,从我家到大图书馆,除星期日大馆善本部闭馆外,不管是冬天,还是夏天;不管是刮风下雨,还是坚冰在地,我从未间断过。如是者将及两年,我终于翻遍了书库,并且还翻阅了《四库全书》中有关典籍,特别是医书。我发现了一些规律。首先是,在中国最初只饮蔗浆,用蔗制糖的时间比较晚。其次,同在古代波斯一样,糖最初是用来治病的,不是调味的。再次,从中国医书上来看,使用糖的频率越来越小,最后几乎很少见了。最后,也是最重要的一点,把原来是红色的蔗汁熬成的糖浆提炼成洁白如雪的白糖的技术是中国发明的。到现在,世界上只有两部大型的《糖史》,一为德文,算是世界名著;一为英文,材料比较新。在我写《糖史》第二部分,国际部分时,曾引用过这两部书中的一些资料。做学问,搜集资料,我一向主张要有一股"竭泽而渔"的劲头。不能贪图省力,打马虎眼。

既然讲到了耄耋之年向科学进军的情况,我就讲一讲有关吐火罗文研究。我在德国时,本来不想再学别的语言了,因为已经学了不少,超过了我这个小脑袋瓜的负荷能力。但是,那一位像自己祖父般的西克(E.Sieg)教授一定要把他毕生所掌握的绝招统统传授给我。我只能向他那火一般的热情屈服,学习了吐火罗文A焉耆语和吐火罗文B龟兹语。我当时写过一篇文章,讲《福力太子因缘经》

的诸译本,解决了吐火罗文本中的一些问题,确定了几个过去无法认识的词儿的含义。回国以后,也是由于缺乏资料,只好忍痛与吐火罗文告别,几十年没有碰过。20世纪70年代,在新疆焉耆县七个星断壁残垣中发掘出来了吐火罗文A的《弥勒会见记剧本》残卷。新疆博物馆的负责人亲临寒舍,要求我加以解读。我由于没有信心,坚决拒绝。但是他们苦求不已,我只能答应下来,试一试看。结果是,我的运气好,翻了几张,书名就赫然出现:《弥勒会见记剧本》。我大喜过望。于是在冲刺完了《糖史》以后,立即向吐火罗文进军。我根据回鹘文同书的译本,把吐火罗文本整理了一番,理出一个头绪来。陆续翻译了一些,有的用中文,有的用英文,译文间有错误。到了20世纪90年代后期,我集中精力,把全部残卷译成了英文。我请了两位国际上公认是吐火罗文权威的学者帮助我,一位德国学者,一位法国学者。法国学者补译了一段,其余的百分之九十七八以上的工作都是我做的。即使我再谦虚,我也只能说,在当前国际上吐火罗文研究最前沿上,中国已经有了位置。

下面谈一谈自己的散文创作。我从中学起就好舞笔弄墨。到了高中,受到了董秋芳老师的鼓励。从那以后的七十年中,一直写作不辍。我认为是纯散文的也写了几十万字之多。但我自己喜欢的却为数极少。评论家也有评我的散文的;一般说来,我都是不看的。我觉得,文艺评论是一门独立的科学,不必与创作挂钩太亲密。世界各国的伟大作品没有哪一部是根据评论家的意见创作出来的。正相反,伟大作品倒是评论家的研究对象。目前的中国文坛上,散文又似乎是引起了一点小小的风波,有人认为散文处境尴尬,等等,皆为我所不解。中国是世界散文大国,两千多年来出现了大量优秀作品,风格各异,至今还为人所诵读,并不觉得不新鲜。今天的散文作家大可以尽量发挥自己的风格,只要作品好,有人读,就算达到了目的,凭空作南冠之泣是极为无聊的。前几天,病房里的一位小护士告诉我,她在回家的路上一气读了我五篇散文,她觉得自己的思想感情有向上的感觉。这种天真无邪的评语是对我最高的鼓励。

最后,还要说几句关于翻译的话。我从不同文字中翻译了不少文学作品,其中最主要的当然是印度大史诗《罗摩衍那》。

以上是我根据我那一点自知之明对自己"功业"的评估,是我的"优胜纪略"。但是,我自己最满意的还不是这些东西,而是自己胡思乱想关于"天人合一"的新解。至少在十几年前,我就想到了一个问题。大自然中出现了不少问题,比如生态平衡破坏,植物灭种,臭氧出洞,气候变暖,淡水资源匮乏,新疾病产生等等,等等。哪一样不遏制,人类发展前途都会受到影响。我认为,这些危害都是西方与大自然为敌,要征服自然的结果。西方哲人歌德、雪莱、恩格斯等早已提出了警告,可惜听之者寡,情况越来越严重,各国政府,甚至联合国才纷纷提出了环保问题。我并不是什么先知先觉,只是感觉到了,不得不大声疾呼而已。我的"天人合一"要求的是人与大自然要做朋友,不要成为敌人。我们要时刻记住恩格斯的话:大自然是会报复的。

以上就是我的"夫子自道","道"得准确与否,不敢说。但是,"道"的都是真话。

此外,在提倡新兴学科方面,我也做了一些工作,比如敦煌学,我在这方面没有写过多少文章;但对团结学者和推动这项研究工作,我却做出了一些贡献。又如比较文学,关于比较文学的理论问题,我几乎没有写过文章,因为我没有研究。但是中国第一个比较文学研究会却是在北大成立的,可以说是开风气之先。此外,我还主编了几种大型的学术丛书,首先就是《东方文化集成》,准备出五百种,用高水平的研究成果,向世界人民展示什么叫东方文化。我还帮助编纂了《四库全书存目丛书》，取得了很大的成功。其余几种现在先不介绍了。我觉得有相当大意义的工作是我把印度学引进了中国，或者也可以说，在中国过去有光辉历史的有上千年历史的印度研究又重新恢复起来。现在已经有了几代传人，方兴未艾。要说我身上还有什么值得学习的东西，那就是勤奋。我一生不敢懈怠。

总而言之，我就是通过这一些"功业"获得了名声，大都是不虞之誉。政府、人民，以及学校给予我的待遇，同我对人民和学校所做的贡献，相差不可以道里计。我心里始终感到疚愧不安。现在有了病，又以一个文职的教书匠硬是挤进了部队军长以上的高干疗养的病房，冒充了四十五天的"首长"。政府与人民待我可谓厚矣。扪心自问，我何德何才，获此殊遇！

就在进院以后，专家们都看出了我这一场病的严重性，是一场能致命的不大多见的病。我自己却还糊里糊涂，掉以轻心，溜溜达达，走到阎王爷驾前去报到。大概由于文件上一百多块图章数目不够，或者红包不够丰满，被拒收，我才又走回来，再也不敢三心二意了，一住就是四十五天，捡了一条命。

我在医院中是一个非常特殊的病人，一般的情况是，病人住院专治一种病，至多两种。我却一气治了四种病。我的重点是皮肤科，但借住在呼吸道科病房里，于是大夫也把我吸收为他们的病人。一次我偶尔提到，我的牙龈溃疡了。院领导立刻安排到牙科去，由主任亲自动手，把我的牙整治如新。眼科也是很偶然的。我们认识魏主任，他说要给我治眼睛。我的眼睛毛病很多，他作为专家，一眼就看出来了。细致地检查，认真地观察，在十分忙碌的情况下，最后他说了一句铿锵有力的话："我放心了！"我听了当然也放心了。他又说，今后五六年中没有问题。最后还配了一副我生平最满意的眼镜。

上面讲的主要是医疗方面的情况。我在这里还领略人情之美。我进院时，是病人对医生的关系。虽然受到院长、政委、几位副院长，以及一些科主任和大夫的礼遇，仍然不过是这种关系的表现。

但是，悄没声地这种关系起了变化。我同几位大夫逐渐从病人医生的关系转向朋友的关系，虽然还不能说无话不谈，但却能谈得很深，讲一些蕴藏在心灵中的真话。常言道："对人只讲三分话，不能闲抛一片心。"讲点真话，也并不容易的。此外，我同本科的护士长、护士，甚至打扫卫生的外地来的小女孩，也都逐渐熟了起来，连给首长陪住的解放军战士也都成了我的忘年交，其乐融融。

我的七十年前的老学生、原三〇一副院长牟善初，至今已到了望九之年，仍然每天穿上白大褂，巡视病房。他经常由周大夫陪着到我屋里来闲聊。七十年的漫长的岁月并没有隔断我们的师生之情，不也是人生一大快事吗？

我的许多老少朋友，包括江牧岳先生在内，亲临医院来看我。如果不是三〇一门禁极为森严，则每天探视的人将挤破大门。我真正感觉到了，人间毕竟是温暖的，生命毕竟是可爱的，生活着毕竟是美丽的（我本来不喜欢某女作家的这一句话，现在姑借用之）。

我初入院时，陌生的感觉相当严重。但是，现在我要离开这里了，却产生了浓烈的依依难舍的感情。"客房回看成乐园"，我不禁一步三回首了。

对未来的悬思

我于2002年8月15日入院，9月30日出院回家，带着捡回来的一条命，也可以说是三〇一送给我的一条命，这四十五天并不长，却在我生命历程上划上了一个深深的痕迹。

现在回家来了，怎么办？

记得去年一位泰国哲学家预言我今年将有一场大灾。对这种预言我从来不相信，现在也不相信。但是却不能不承认，他说准了。我在上面已经提到过："大难不死，必有后福。"我还能有什么后福呢？

那些什么"相期以茶"，什么活一百二十岁的话，是说着玩玩的，像唱歌或作诗，不能当真的。真实的情况是，我已经九十二岁。是古今中外文人中极少见的了，我应该满意了。通过这一场大病，我认识到，过去那种忘乎所以的态度是要不得的，是极其危险的。老了就得服老，老老实实地服老，才是正道。我现在能做到这一步了。

或许有人要问：你读万卷书，行万里路，生平极多坎坷，你对人生悟出了什么真谛吗？答曰：悟出了一些，就是我上面说的那一些，真谛就寓于日常生活中，不劳远求。那一套"菩提本无树，明镜亦非台，本来无一物，何处染尘埃"，我是绝对悟不出来的。

现在身躯上的零件，都已经用了九十多年，老化是必然的。可惜不能像机器一样，拆开来涂上点油。不过，尽管老化，看来还能对付一些日子。而且，不管别的零件怎样，我的脑袋还是难得糊涂的。我就利用这一点优势，努力工作下去，再多写出几篇《新日知录》，多写出一些抒情的短文，歌颂祖国，歌颂人民，歌颂生命，歌颂自然，歌颂一切应该歌颂的美好的东西，鞠躬尽瘁，死而后已。

写到这里，最重要的问题我还没有说。老子是讲辩证法的哲学家。他那有名的关于祸福的话，两千年来，尽人皆知：福兮祸所伏，祸兮福所倚。我这一次重得新生，当然是福。但是，这个重得并非绝对的，也还并没有完成。医生让我继续服药，至少半年，随时仔细观察。倘若再有湿疹模样的东西出现，那就殆矣。这无疑在我头顶上用一根头发悬上了一把达摩克利斯利剑，随时都有刺下来的可能。其实，每一个人从出生的那一刹那开始，就有这样的利剑悬在头上，有道是"黄泉路上无老少"嘛，只是人们不去感觉而已。我被告知，也算是幸运，让我随时警惕，不敢忘乎所以。这不是极大的幸福吗？

我仍然是在病中。

2002 年 10 月 3 日写毕

一 回首前行

梦游 21 世纪

21世纪就在眼前，不久我们就能够亲身莅临，何劳梦游，但是，我们眼前还毕竟是处在20世纪中，要谈21世纪，只能梦游了。

21世纪究竟是个什么样子呢？我不相信20世纪的最后一天和21世纪的最初一天会有什么区别。早晨，太阳照样从东方出来；晚上，太阳照样在西方落下，一切几乎都一模一样。

但是，我认为，既然是21世纪，必然有其特点，不过，这个特点决不会一下子就显露出来的，这是一个缓慢的逐渐显露的过程。在这个世纪的初叶，只能渐露端倪，到了2050年左右，它已如日中天，整个特点都会毫无保留地显露出来了。

对于那一些特点，我现在只能做梦。

我梦到，近几百年以来，西方的科学技术给人民，全世界人民带来了空前的幸福；但是，其基础是"征服自然"，与自然为敌，因而受到了大自然的惩罚，产生了许多弊端，比如大气污染、环境污染、生态失衡、物种灭绝，如此等等，不一而足。切盼到了21世纪能有所改变，能改恶向善。要想做到这一点，必须以东方"天人合一"的思想，济西方思想之穷，也就是说，人类必须同大自然为友，双方互相了解，增进友谊，然后再伸手向大自然要衣，要食，要住，要行。只有这样，人类才能避免现在面临的这一些灾难。

我梦到，我们的国家继续安定团结，繁荣昌盛下去。政府中减少了官气，社会上杜绝了假冒伪劣。人民的伦理道德水平提高，人文素质教育加强。五十六个民族团结得像一个人。南方不再洪水泛滥，北方没有森林火灾。天比现在蓝，水比现在清，一片祥和气象。

我梦到，在每一个家庭里，父慈子孝，兄友弟恭，夫妻相敬相爱，相忍相让。像眼前这样的一些青年对恋爱和婚姻的轻率态度，再也看不到了。对待爱情坚贞真实，谁也不做露水夫妻，把离婚当作家常便饭。原本温馨的家庭更温馨了，原本不温馨的家庭变得逐渐温馨起来。在任何时代，人生都是一场搏斗，搏斗就难免惊涛骇浪。在这样的浪涛中，有胜利者，当然也有失败者。在整个社会中，家庭对这样的浪涛来说，就是一个安全的避风港。胜利者回到这个避风港中，在温馨的气氛中，细细品味这胜利的甜蜜；失败者回到这个避风港中，追忆和分析失败的教训，家庭的温馨会增强他的斗志。回忆之余，奋然而起，他又有了足够的勇气和力量，再回到社会中，继续拼搏，勇往直前，必须胜利在握而后止。家庭的作用大矣哉！

我梦到，个人也有了新的变化和起色。对世界来说，他是一个世界公民。对国家来说，他是一个国家公民。对社会来说，他是其中的一分子。他应当在道德方面不断修养和锻炼，能做到苟日新，又日新，日日新，成为一个有用的人，成为一个正直的人。对世界，对国家和社会，对家庭都能尽上应尽的责任。他决不应当像杨花柳絮一样，虽然一时能飞满春城，但是随风飘荡，毫无自主能力，到头来，虽然给骚人墨客增添一些灵感，写出了美妙绝伦的诗词，自己最终却落到泥土地上，化为尘埃，消逝得无影无踪。

我想做和能做的梦还有很多很多，今天就先做这一些，至于能否成为现实，那就不能由我来决定，这要由每一个人自己决定，一方面要奋发图强，另一方面还必须靠点机遇，两者缺一不可。不管怎么样，我的梦是异常美妙的。我切盼，到了21世纪某一个时刻，我的梦能够完全实现，喜气盈大地，春色满寰中，全世界人民共庆升平。

1999年10月23日

千禧感言

稚珊来信，要我写一篇关于世纪转换的文章。这样的要求，最近一个时期以来，我已经接到过不知多少次了，电台、报纸、杂志等等，都曾对我提出过这样的要求。但是，我都一一谢绝了。原因不是由于这样的文章难写，恰恰相反，这样的太容易写，只需写上几句大话和套话，再加上几句假话，不费吹灰之力，一篇文章就完成了。这样的文章，除了浪费纸张和人们的时间以外，一点效果也不会有。

但是，稚珊的要求我没加考虑就立即应允了。原因是，《群言》是一份比较敢讲一点真话的杂志，而我又与《群言》有多年的友谊。为《群言》写点什么，是我的光荣，也是我的义务。我也想通过我写的东西多少能够反映出像我这样平民老百姓的心声，对我们的领导机关会有益处的。我写的东西，不会有套话、大话，至于真话是否全都讲了出来，那倒不敢说。我只能保证，我讲的全是真话。

旧日每逢新年，总有贴新门联的习惯，门联辞藻美而丰富，最常用的是"一元复始，万象更新"。对仗工整，含义深刻。但是，汉语是一种模糊性很强的语言，我们使用这种语言的人，往往习以为常，不去推敲。即如上面这两句话，说的是具体情况呢，还仅仅是希望？我个人的语感是，这仅仅是希望。一元虽已复始，眼前万象还未必就能更新。我现在要说：世纪——甚至千纪——复始，万象更新，也绝不是说，2000年的第一天同1999年的最后一天，其间会有天大的变化。就以常识而论,那也是绝不可能的,这不过是表示我的愿望而已。21世纪的特点是一定出现的,不过决不会一蹴而就。

我对21世纪究竟有什么希望呢?

先从大的讲起。首先,我希望世界和平,民族团结。但是,我自己立即否定了这个希望,这是根本办不到的。眼前的世界大国,特别是那一个唯一的超级大国,一点也没有接受20世纪两次世界大战的惨痛教训,仍然自我感觉十分良好,颐指气使,横行霸道,以世界警察自居。我希望,我们中国人民不要为花言巧语所迷惑,奋发图强,加强团结,随时保留一点忧患意识,准备对付一切可能发生的外来的侵略,保卫我们的祖国。

其次是对我们国家的希望。改革开放确实给我们国家带来了翻天覆地的变化,经济繁荣,政局安定,人民生活有了提高。总体来看,确有一个安定团结的局面。但这仅仅是一面,也不是没有令人担忧的一面。我不懂经济;但是我从《参考消息》上看到一则外国评论中国经济的报道,其中讲到中国国有经济在某一些方面给中国带来了一些麻烦,详情我不清楚,不敢妄加评论。但是,《参考消息》敢于刊登,其中必有依据,我们的最高领导班子对这个问题是十分清楚的,也正在采取措施。我希望这个问题能够尽早地尽善尽美地得到解决。

从人类生存的前途来看,多少年来,我就提出了一个看法:西方自产业革命以后,恶性膨胀逐渐形成的对大自然诛求无厌的要求,也就是所谓"征服自然"的做法,现在已经产生了严重的后果。现在全世界各国政府都对环保问题异常重视。但是,却没有什么人追究造成这种现象的根源。我认为,这是一种缺少远见卓识的表现。我一向主张,中国的,同时也是东方的"天人合一"的思想,也就是人类要与大自然为友，不要为敌的思想，能济西方思想之穷。我这种想法，反对的人有，赞成的人也有。我则深信不疑。我希望，21世纪走到某一个阶段时，人类文化会在融合的基础上突出东方文化的作用，明辨而又笃行之。

还有一件让我忧心忡忡的事，这就是中国公民中某一些人素质不高，道德滑坡的现象。谁也无法否认，中华民族是一个伟大的民族。但是，在伟大的后面也确有不够伟大的地方，对此熟视无睹是有害无益的。例子用不着多举，我只举一个随地吐痰的坏习惯。这样做是一切文明国家所没有的，然而在中国却是司空见惯，屡禁不止。前不久，为庆祝新中国成立五十年的喜事，北京市政府和各界人士，费了九牛二虎之力，把北京打扮得花团锦簇，净无纤尘，谁看了谁爱。然而，曾几何时，国庆后不到一个月，许多地方又故态复萌，花坛和草地遭到破坏践踏，烟头随处乱丢，随地吐痰也不稀见。还有一些破坏公共设施的现象，连风光旖旎的燕园内也不例外。这种破坏对肇事者本人一点好处也没有，对群众则带了莫大的不方便。我真不了解，这些人是何居心。这样的人，如果只有几个，则世界任何文明国家都难以避免。可惜竟不是这样子，看来人数并不太少。这一批害群之马，实在配不上是伟大民族的一部分。救之方法何在？我觉得，过去主要靠说教，事实证明，用处不大。我认为，必须加以严惩。捉到你一次，罚得你长久不能翻身。只有这样才能奏效，新加坡就是一个例子。在此万象更新之际，我希望在21世纪某一个时候，这种现象能够绝迹，至少是能够减少。伟大的中华民族真正能显出伟大的本色，岂不猗欤休哉！

我在20世纪，有"世纪老人"之称。到了21世纪，绝不可能再成为"世纪老人"了。但是，我对21世纪却不知道有多少希望，凡是20世纪没有能够做到的事情，我都寄希望于21世纪。希望太多，只能举出上面说到的几个，以概其余。在世纪之初，本来是应该多说一些吉利话的。但是，我在上面已经声明过，我不说大话，不说假话。我认为，那样做，既对不起《群言》，也对不起全国人民。其实我说的话，不管听起来多么不顺耳，里面却有大吉大利的内涵。如果把那些弊端除掉，不就是大吉大利了吗？我真希望，大吉大利能降临我国；我真希望，国泰民安；我真希望，人民的素质越来越提高；我真希望，人民越过越幸福；我真希望，我国能成为一个名副其实的经济文化大国，巍然立于全世界民族之林中。

1999 年 11 月 1 日